巨人 /유림

무릎 위로 떠다니던 별들을 모아
낮 동안 데워놓았던 하늘에 던지니 밤이 되었다.
거인은 잠든 이의 꿈속으로 정견한다.
그는 새가 되어 날기도 하고,
바다가 되어 누워 있기도 한다.
뒤죽박죽 뒤섞인 영상은 짧은 허무함을 남길 뿐이다.
그러나, 거인은 그곳에서 존재하기를 갈망한다.
거인의 발목을 휘감던 새벽 안개가 사라지면
거인은 어깨 위로 태양을 짊어진다.
구름은 그의 눈썹을 간질인다.
거인의 웃음소리에 풀잎은 손을 들어 인사를 한다.
땡볕 아래 나무 그늘에서 낮잠을 자던 소년은
부스스 떨어지는 낙엽에 잠시 긁적이다 돌아눕는다.
거인은 그의 발등을 조심히 주시한다.

광마도법

狂魔刀法

광마도협 1

백향목 新무협 판타지 소설

초판 1쇄 찍은 날 § 2005년 9월 13일
초판 1쇄 펴낸 날 § 2005년 9월 23일

지은이 § 백향목
펴낸이 § 서경석

편집장 § 문혜영
편집책임 § 이재권
편집 § 장상수 · 유경화

펴낸곳 § 도서출판 청어람
등록번호 § 제1081-1-89호
등록일자 § 1999. 5. 31
어람번호 § 제2-0699호

주소 § 경기도 부천시 원미구 심곡1동 350-1 남성B/D 3F (우) 420-011
전화 § 032-656-4452 팩스 § 032-656-4453
http://www.chungeoram.com
E-mail § eoram99@chollian.net

ISBN 89-5831-732-9 04810
ISBN 89-5831-731-0 (세트)

Fantastic Oriental Heroes

백항목 新무협 판타지 소설

광마도법

狂魔刀法

풍운장

도서출판 청어람

목차

중학교 때 아버지께서 빌려보시던 27편이나 되는 장대한 비디오 무협을 접한 후 나는 무림(武林)의 세계에 주저없이 뛰어들었다. 그 후로 성적이 떨어지고 용돈이 고갈되는 등 온갖 시련에 봉착하고도 무림 세계에 대한 열망이 사그라지기는커녕 오히려 더욱더 커져만 갔다.

강호 세계에 뛰어든 지 어언 십여 년. 무림에서 발생한 수천 가지 비사(秘事)들을 접했건만 나의 갈증은 가시지 않았다. 그러던 어느 날 우연히 꿈속에서 하나의 비사를 접하게 되었고 온몸을 적시는 전율을 느끼며 잠에서 깼었다. 그리고 기억을 더듬어 이것을 나 못지않게 갈증에 시달리고 있는 수백만 무림동도들에게 전해주어야 한다는 사명감을 느꼈다.

시대적 배경은 16세기 중반이었다. 해금정책을 펼쳤던 중국과는 달리 유럽에서는 대항해 시대가 한창인 시대였다. 중국의 구파일방과 오대세가, 마교가 존재하듯, 유럽이나 중동, 아프리카 등에도 이에 못지않은 뭔가가 존재하고 있었던 것이다. 이른바 천외천(天外天)의 무림이 바로 그것이었다.

징기스칸이나 알렉산더도 세계를 완전히 정복하지 못했다. 인공위성과 전투기, 항공모함이 있는 현대와는 달리, 당시에는 방대한 세계를 돌아보기에는 지리적, 시간적 제약이 많았다. 그러나 만일 그들에게 환물(幻物)을 만들 능력이 있었다면 얘기는 달라졌을 것이다. 물론 말도 안 되는 소리다.

환물이 무엇인가는 책을 읽으면 알게 될 것이다. 이곳에서 너무 많은 것을 알려주면 글을 읽는 재미가 떨어지게 된다. 광마도법(狂魔刀法)은 어디까지나 내가 본 꿈속의 사건일 뿐이다. 간혹 귀에 익은 지명이나 인물이 등장한다 해도 역사적 사실과는 전혀 무관한 일이다.

부족한 글 솜씨로 아련한 기억을 더듬어 이야기를 전해야 하는 데 많은 부담을 느낀다. 다소 미흡하여도 넓으신 아량으로 이해해 주기를 바라며, 세상사에 지친 많은 무림동도들께서 이 책을 통해 잠시나마 갈증이 해소되고 삶에 활력을 갖게 되었으면 하는 기대를 해본다.

광마도법의 출간에 힘써주신 청어람의 김홍 실장님을 비롯한 편집부원님들께 진심으로 감사드리고, 뵙지는 못했지만 서경석 사장님께도 감사의 말씀 드리고 싶다. 또한, 광마도법을 고무판에서 연재하게 해주신 금강님과 많은 독자 분들께도 진심으로 감사의 말씀을 올린다.

나를 위해 항상 기도해 주시는 어머니께 감사드리고, 부족한 자식을 믿어 주시는 아버지께 진심으로 감사드린다. 항상 내 곁에서 나를 도와주고, 퇴고 시에도 어색한 대화체와 내용에 조언을 하며 수정을 도와준 나의 사랑 유림. 그녀의 도움이 없었다면 이 책은 결코 나올 수 없었을 것이다. 진심으로 그녀에게 감사드린다.

마지막으로 이 모든 것을 주관하신 하나님께 감사드리며 이 책을 바친다.

2005년 秋夕 즈음하여
백향목(柏香木) 배상.

序

어둡지만 투명하도록 시야가 분명한 기이한 밤이었다. 달은 회색으로 빛나고 있었다.

휘스스스.

어둠조차 집어삼키는 시커먼 기운. 그것은 완벽한 암흑의 구름이었다. 소용돌이치듯 산자락에 머물던 구름이 흩어지며 한 명의 청년이 드러났다. 왼손에는 불이 활활 타오르는 것 같은 적색 도(刀)를 들었고 오른손에는 주위를 둘러싸고 있는 암흑같이 검은 도를 들고 있는 청년이었다.

"크크큭."

청년이 사악하게 웃자 그의 주위로 끔찍한 형상의 온갖 괴물들이 몰려들었다. 핏빛으로 빛나는 시뻘건 눈에 가공할 살기가 번뜩였다. 인세에 존재할 수 없는, 지옥에서나 볼 수 있을 법한 끔찍한 괴물들의 숫자는 무려 일만(一萬).

크르르르!

끄으으으!

끼끼끼끼!

청년의 두 눈이 검게 빛났고, 괴물들은 산 아래에서 그것들을 보며 긴장하고 있는 많은 사람들을 향해 달려들었다.

"크아악!"

"아악!"

온갖 무기로 무장한 수많은 무사들. 그들은 필사적으로 무공을 펼쳐 괴물들에 대항했으나 도검이 통하지 않고 가공할 괴력을 지닌 괴물들을 상대할 수는 없었다.

"으아악!"

"아악!"

무사들은 괴물들의 이빨과 발톱에 처참히 뜯기고 찢겨졌다. 그런 괴물들을 뚫고 세 명의 무사가 청년을 향해 다가왔다. 그들의 검에는 푸른색 기운이 서려 있었고, 세 명이 동시에 펼친 검초는 거대한 태극(太極)의 형상을 이루며 청년에게 쇄도했다.

"크큭."

청년은 가소롭다는 듯 웃으며 도를 휘둘렀다.

번쩍!

마치 뇌전이 번뜩이듯 수백 개의 도영(刀影)이 공간을 휩쓸었다.

파파파파팟!

"아악!"

태극의 형상이 파괴됨과 동시에 합벽검진을 펼치며 날아오던 세 명의 무사가 허공에서 분시되어 흩어져 버렸다. 그들의 죽음에 수많은 사람들이 절망의 표정을 지으며 후퇴했으나 괴물들은 그런 그들을 끝까지 쫓아가 물어뜯었다.

"크악!"

"으아악!"

수십 채의 전각이 무너져 내렸고, 도처에 사지가 처참히 뭉개져 죽은 사람들의 시체가 널브러졌다.

전멸(全滅)이었다. 사방 어디를 둘러봐도 생존자는 보이지 않았다. 순식간에 수천의 무사가 죽은 이곳에는 놀랍게도 적막이 감돌았다. 그토록 괴기스러운 소리를 내던 괴물들은 숨소리조차 내지 않고 조용히 청년을 주시하고 있었다.

"크크크."

적막을 깨는 청년의 웃음소리. 다시 암흑의 구름이 청년을 감쌌고, 소용돌이치듯 그 구름은 어딘가를 향해 날아갔다. 그 뒤를 괴물들이 빠른 속도로 뒤따랐다.

휘이이잉—

바람이 세차게 불었다. 괴물들이 떠난 후 수천의 시체가 처참하게 뒤엉킨 이곳을 거니는 한 명의 소년이 있었다.

"……!"

소년은 사방에 펼쳐진 끔찍한 참상을 보고는 공포에 질려 아무 말도 하지 못했다. 몸을 움직여야 하는데 몸이 움직여지지 않았다.

"…허억!"

소년은 일순 자신을 쳐다보고 있는 붉은 눈빛을 발견했다. 십 척이 넘는 커다란 괴물이 소년을 향해 다가오고 있었다.

"…안 돼!"

소년은 도망가려 했으나 몸이 움직여지지 않았다. 괴물은 어느새 지척까지 다가와 있었다.

"…무, 물러나라!"

소년은 몸부림치며 외쳤다. 그러자 괴물은 더 이상 다가오지 않고 그 자리에 멈췄다. 그리고는 소년을 향해 무릎을 꿇는 것이었다.

"……!"

소년은 황당했으나 더 더욱 이해할 수 없는 일이 벌어졌다. 어디론가 사라졌던 수많은 괴물들이 어느새 돌아와 무릎을 꿇고 있었다.

"대체 무슨 짓이냐?"

소년은 전신을 떨며 크게 소리쳤다. 소년은 그 순간 자신의 양손에 적색의 도와 흑색의 도가 들려 있는 것을 발견했다.

"…허억!"

소년은 잠에서 깨며 벌떡 일어났다. 밖을 보니 아직 밤이었다.

"휴우!"

소년은 한숨을 쉬고는 수건을 들어 땀을 닦았다.

"또 악몽을 꾸었구나. 요즘 들어 악몽을 자주 꾸다니… 내가 몸이 허해진 것일까?"

소년은 밖으로 나갔다. 하늘에는 달이 떠 있어 밖은 그리 어둡지 않았다.

"답답하구나. 비슷한 내용의 꿈을 꾸는 것 같은데 일어나면 꿈의 내용이 전혀 기억나지를 않으니."

소년은 뭔가를 생각해 내려 한동안 고심하다가 이내 포기하고는 심호흡을 하며 몸을 풀었다.

"타앗!"

가볍게 권각을 움직이며 몸을 풀고는 목검을 들어 검법을 한동안 펼쳤다. 대략 반 시진쯤 지났을까. 소년은 얼굴에 흐르는 땀을 소매로 닦으며 목검을 내려놓았다.

"혹시 몇 달 앞으로 다가온 과거시험 때문에 악몽을 꾸는 것일까. 과거를 보는 것쯤이야 두렵지 않지만⋯⋯."

소년은 하늘을 응시했다.

"저 달빛을 받으며 유유히 떠다니는 구름들처럼 나는 자유롭게 살고 싶다. 평생 관복을 입고 얽매여 살 수는 없지."

구름에 반쯤 가려진 달이 주위의 별들과 함께 총총히 빛났다.

"어머니, 소자 유강이옵니다."

"어서 들어오너라."

십오륙 세 정도의 소년이 문을 열고 들어가자 삼십대 후반의 중년 미부인(美婦人)이 앉아 있었다.

"네가 떠난다는 얘기를 하시더구나."

"어머니⋯⋯."

"어려서부터 한 번 작정한 것은 반드시 하고야 마는 그 고집을 누가 꺾겠느냐?"

"⋯죄송합니다."

소년은 고개를 숙였다. 그러자 중년 부인이 부드럽게 말했다.

"유강아, 너는 겉보기에 유약한 듯 보이나 내면에 고집과 호기심이 무궁무진한 아이였다. 또한 승부욕이 너무 강한 아이였어."

"…예."

"승부에 너무 집착하지 말거라. 너무 강하면 부러지게 된다."

"명심하겠습니다."

소년이 공손히 답하자 중년 부인은 미소 지었다.

"무공에 진척은 있었느냐?"

"잘 모르겠습니다. 그저 꾸준히 수련하고 있을 뿐입니다."

"네가 내게 배운 검법은 그다지 강한 무공이 아니란다. 혹 무공에 관심이 있다면 명나라에 가거든 외가에 들러보거라. 오라버니, 즉 너의 외숙부 되시는 분께 이 서찰을 전해주면 그분께서 네게 무공을 전수해 주실 것이야."

중년 부인은 한쪽에 접어놓은 서찰을 소년에게 건네주었다. 소년은 서찰을 품속 깊이 넣었다.

"외숙부님의 무공은 어느 정도입니까?"

그 말에 중년 부인은 미소 지었다.

"…그분이 너를 보면 무척 좋아하실 것 같구나. 이것도 챙기거라. 여행에서 노자가 부족하면 궁색해질 것이니 아껴 쓰도록 해라. 그리고 이 주머니 안에 들어 있는 것은 귀한 보석들이니 노자가 떨어지면 한 개씩 처분해서 쓰면 되고… 참, 명나라에 가면 전장에서 전표로 교환하는 것도 잊지 말거라."

"예."

"그리고 이것은 금창약이라는 것인데 상처를 입게 되면 바로 바르도록 해라. 그리고… 이것은 내상약으로 혹시라도 내상을… 입게 되면 즉시 복용하고 운기조식을 취하거라."

"예."

중년 부인은 서운해하는 기색이 역력했다. 소년은 순간 덥석 그녀의 손을 잡았다.

"어머니, 너무 걱정 마세요. 소자 자주 들르겠습니다."

第一章
흑의인

"주모, 여기 술 한잔만 갖다주시오!"

"아, 예에! 지금 갑니다!"

관도가 이어지는 산 밑의 한 주막이었다. 한낮의 땡볕을 피하려 했는지 벌써부터 손님들이 제법 있었다. 장사치로 보이는 사람들 몇 명이 그늘진 와상 위에서 산채에 비빈 밥을 먹고 있었고, 뜨거운 무더위에도 불구하고 김이 모락모락 나는 국밥을 땀을 뻘뻘 흘리며 먹고 있는 사람도 있었다. 대낮부터 한잔한 모양인지 얼굴이 불그레한 사람들도 많았다. 삼십대 중반으로 보이는 주모는 여기저기 음식과 술을 바쁘게 나르고 있었다.

이유강은 이마에 흐르는 땀을 닦으며 주막으로 들어섰다.

"어머, 손님! 어서 오세요!"

주모는 바쁜 와중에도 호들갑을 떨며 자리를 잡아주었다. 이유강은 와상 위에 앉은 후 짐짓 목소리를 깔고 말했다.

"여기도 먹을 것 좀 하고 술 한잔 주시오.'

"국밥으로 드릴까요?"

"아니, 저들이 먹는 것으로 주시오."

"예에, 조금만 기다리셔요!"

주모는 고개를 끄덕이고는 부엌 쪽으로 총총히 걸어 들어갔다. 이유강은 등에 진 봇짐을 풀어 옆에 놓고 편하게 앉았다. 집을 나온 지 한 달째. 이제는 이런 생활이 제법 익숙해졌다. 이런 곳에서 어설프게 행동했다간 무시받기 십상이고, 그러면 가끔 취객들이 만만하게 보고 시비를 걸었다. 몇 번 그런 일을 당했던지라 이제는 그리 튀지 않는 평범한 유생처럼 보이도록 행동했다.

"일단 여기 시원한 냉수부터 드세요."

"고맙소."

주모가 커다란 사발에 물을 가져왔다. 시원한 물을 들이키자 좀 살 것 같았다. 잠시 후 비빔밥과 함께 탁주도 나왔다. 먼저 술을 따라 한 잔 크게 들이켰다.

"커어!'

달짝지근하면서도 시원한 맛이었다.

'이 동동주의 맛을 그 무엇과 비교할 수 있단 말인가. 신선이 부럽지 않구나.'

그때 갑자기 주막에 십여 명의 장한들이 들어왔다. 무더위에 지친 듯 모두 들어오자마자 마당의 그늘진 한쪽에 깔아진 멍석 위에 털썩 주저앉았다.

"젠장, 그놈의 초적 토벌인지 뭔지 오늘 또 못 넘어가게 생겼네."

"염병! 괜히 관군들이나 더 뙈지든지 하겠지. 어이, 주모! 여기 술 좀 갖고 와!"

"오늘 기왕 이렇게 된 거 술판이나 실컷 땡겨보자구."

십수 명이 되는 장정들이 투덜투덜 소리를 질러대니 주막이 시끌벅적해졌다. 주모는 그들의 비위를 맞추며 술을 가져다 날랐다. 무더위에도 불구하고 손님들이 많아 흥에 겨운 모양인지 주모의 입가에는 미소가 떠나지 않았다.

'초적 토벌 때문에 관군들이 길을 막고 있나 보군.'

저번에도 이런 적이 있었기에 이유강은 고개를 끄덕였다. 아무래도 오늘은 여기서 유숙해야 할 것 같았다.

"아, 그러니까 오늘은 다르단 말이야."

"다르긴 뭐가 달라. 관군이 아무리 많아도 그 떡대 놈을 어떻게 이겨?"

"맞아. 그놈이 어디 보통 놈인가? 천 년 묵은 산삼을 먹어 힘은 장사에 어디서 배웠는지 칼 하나는 기가 막히게 잘 쓴다고 그러던데."

장한들은 벌써 술이 오르는지 얼굴이 발그레했다. 그러면서도 시종 입을 쉬지 않고 떠들어댔다. 이유강은 어느새 그들의 얘기에 귀를 기울이고 있었다. 얼굴에 커다란 점이 난 장한이 눈을 크게 뜨며 말했다.

"아, 진짜 오늘은 다르다니까. 관군에서도 보통내기가 아닌 사람이 왔어."

"누군데 그래?"

"박 뭐라고 했는데……. 암튼 대단한 고수라고 소문이 자자하더라고."

"고수? 그게 뭐지?"

그러자 얼굴이 불그레하다 못해 시뻘겋거 술이 오른 자가 소리쳤다.

"아, 칼을 기똥차게 잘 쓴다 이 말이지! 므식하기는!"

"뭣이? 이 잡놈이! 무식하긴 누가 무식해! 아무리 날고 기는 놈이라도 그 떡대 놈한텐 안 된다니까! 그놈이 어떤 놈인데."

"그건 그래. 박 머시긴지 지랄인지도 아다 한 칼에 뒈지겠지?"

"당연하지."

그러자 얼굴에 점이 있는 장한이 상을 쾅 내려쳤다.

"이 씨벌 것들이! 이번엔 진짜 다르다니까!"

"뭐야? 이 새끼가 환장을 했나!"

술상이 엎어지며 장돌뱅이 두 명이 뒤엉켜 싸우기 시작했다. 곧바로 다른 사람들이 말리긴 했지만 한마디로 난장판이었다.

'후훗.'

주막에서 가끔 볼 수 있는 광경이라 이유강은 신경 쓰지 않고 탁주를 들이킨 후 자리에서 일어났다. 가봐야 할 것 같았다. 초적 소탕에는 관심이 없었지만 얘기를 들으니 상당한 고수들끼리의 싸움이 벌어지는 것 같았다. 날은 더웠지만 내심 호기심이 일어 가만히 있을 수 없었다.

산중턱에 오르자 조금씩 칼 부딪치는 소리와 함성이 들렸다.

'격투 중인 모양이구나.'

이유강은 급히 그쪽으로 신형을 날렸다.

"네 이놈!"

갑자기 큰 고함 소리와 함께 포졸 한 명이 창을 찔러왔다. 이유강은 창을 피하며 말했다.

"나는 초적이 아니니 공격하지 마시오."

"닥치거라! 초적이 아니라면 왜 이곳에 있느냐? 에이잇!"

포졸이 다시 창을 겨누어 공격해 왔다. 이유강은 몸을 돌려 창을 빼앗았다. 포졸이 움찔했다. 이유강은 피식 웃으며 창을 돌려줬다.

"나는 초적이 아니오."

포졸은 급히 창을 잡으며 소리쳤다.

"그럼 썩 돌아가시오, 이곳에 있으면 위험하니!"

"초적 소탕이 있다기에 관군을 도우러 왔소."

"뭐요? 참내, 죽든지 말든지 마음대로 하시오!"

포졸은 기가 찬 듯 창을 부여잡고는 다른 곳을 향해 달려갔다. 이유강도 신형을 날렸다.

멀리 위쪽으로 초적들의 요새가 보였고, 초적들은 밑에서 올라오는 관군들을 맞아 싸웠다. 관군들의 숫자가 초적들에 비해 몇 배는 많았으나 가파른 지형 곳곳에 함정을 설치하여 잠복해 있는 초적들을 쉽게 제압하지는 못했다.

"답답하군."

이유강은 전장이 잘 보이는 커다란 나무 위에 서 있었다.

"요새를 방비하는 적을 단순히 밀어붙여 싸우다니… 병법의 기본도 모르는구나."

부득이한 상황이 아니라면 쓰지 말아야 할 최악의 방법이었다. 이유강은 잠시 사태를 관망했다. 도와주고 싶어도 어떤 방법으로 도와야 할지 고민이 되었다. 무작정 뛰어들어 초적들을 제압하는 것도 지금 상황에서는 쉬운 일이 아니었다. 좀 전처럼 초적으로 오인받아 관군들에게 공격을 받을 수도 있었다. 그렇다고 관군의 수뇌를 만나 병법에 대해 얘기할 수도 없는 일이었다.

전세는 점점 관군에게 불리하게 진행되고 있었다. 그런데 이상하게도 관군들의 수뇌인 듯한 자가 보이지 않았다. 몇몇 부장들만 보일 뿐 장수로 보이는 자가 보이지 않았던 것이다.

"박모라는 장군은 어디에 있단 말인가? 듣기로는 상당히 강한 것 같던데……."

'혹시 그 사람도 나와 같은 생각을 한 게 아닐까?'

무공에 자신이 있다면 요새로 몰래 들어가 초적 두목을 제압하는 게 이 싸움을 가장 빨리 끝낼 수 있는 방법일 것이다.

"그렇다면 위험할 수도 있다. 빨리 도와야겠군."

이유강은 경공을 펼쳤다. 전장은 나무가 드문 개활지에서 벌어지고 있었고, 나무들이 빽빽이 우거진 곳에는 길이 험해 초적들이나 관군들이 거의 없었다. 간혹 몇몇의 초적들이 공격해 왔지만 어렵지 않게 쓰러뜨릴 수 있었다.

요새 안에 도착하니 생각보다 지키는 초적들이 많지 않았다. 대부분 밖에 나가 관군들을 막고 있는 듯했다.

'저쪽이군.'

요새 안쪽 공터에 초적 이십여 명이 몰려 있었고, 두 명의 무사가 싸우고 있었다. 한 명은 덩치가 아주 큰 초적이었고 다른 한 명은 관군의 복장이었다.

'저 사람이 그 박모라는 장군인가?'

초적은 덩치에 걸맞는 매우 큰 칼을 휘두르고 있었고, 장군은 검을 들고 있었는데 실력은 비등해 보였다. 잠시 지켜보니 장군은 약간 지쳐 보였지만 초적 두목은 조금도 지친 기색이 없었다. 공터 곳곳에 널브러진 초적들의 시체를 보아 그들로 인해 장군은 상당한 체력 소모를 한 듯했다.

'저대로 두면 위험하다. 상당히 무모한 행동을 했군. 하긴 나도 그런 생각을 했지만…….'

생각보다 초적 두목의 무공이 뛰어나 곤욕을 치르고 있는 것 같았다. 장군은 자신이 초적 두목을 단번에 제압할 수 있으리라 생각하고 홀로 요새에 진입했지만 자신과 막상막하의 실력일 줄은 상상도 못했을 것이다.

이유강은 두리번거리다 바닥에 널브러진 창을 하나 집어 들었다. 그러자 결투에 집중하고 있던 초적들 중 하나가 그것을 보고는 소리쳤다.

"웬 놈이냐?"

동시에 몇 명이 무기를 휘두르며 달려왔다. 이유강은 창으로 그들을 간단하게 제압했다. 어머니께 배운 무예는 검법이었고, 둘째 숙부께 배운 무예는 창술과 권법이었다. 이렇게 여러 명이 달려들 때는 검보다는 창으로 상대하기가 수월한 법이었다.

"아니, 저놈이?"

"모두 저놈을 쳐라!"

장군과 싸우고 있는 두목을 제외한 나머지 초적들이 각자 무기를 빼어 들고 몰려왔다. 이유강은 창을 공중에서 회전시키며 소리쳤다.

"장군, 도우러 왔습니다!"

휘잉! 휘잉!

바람 가르는 소리가 날 때마다 초적들이 쓰러졌다. 서너 명이 쓰러지자 초적들은 쉽게 다가서려 하지 않고 무기를 겨누면서 주위를 포위했다. 그러자 장군과 싸우던 두목이 힐끗 쳐다보며 소리쳤다.

"멍청한 놈들! 뭐 하느냐? 한 놈도 못 당헌단 말이냐?"

초적들은 두목의 호령에 잠시 머뭇거리더니 한꺼번에 공격해 들어왔다. 이유강은 창을 휘두르며 그들의 무기를 한 지점에 모았다가 퉁겼다. 동시에 창을 땅에 꽂고 도약해 주위를 둘러싼 초적들을 모두 발로 차버렸다.

"크윽!"

"컥!"

순간 다시 싸우던 초적 두목과 장군이 싸움을 멈추고 이쪽을 쳐다봤다. 초적 두목은 입을 씰룩이며 웃었다.

"애송이 녀석이 제법이구나. 네놈은 조금 있다 두고 보자."

두목은 한 번 노려보더니 장군을 향해 칼을 휘둘렀다. 둘은 다시 싸우기 시작했다. 이유강은 창을 겨누고 내공을 모은 다음 초적 두목을 향해 힘껏 던졌다.

쉬아아앙!

창은 두목의 정수리를 향해 날아갔다. 초적 두목은 순간 기겁하더니 칼을 들어 막았다.

차앙!

창은 칼에 맞아 떨어졌다.

"이놈! 비겁하게 창을 던지다니!"

"네놈은 내가 상대하겠다!"

이유강은 밑에 떨어져 있는 검을 하나 주워 들고는 초적 두목을 향해 뛰어갔다.

"좋다! 네놈부터 죽여주지!"

초적 두목은 가소롭다는 듯 웃었다.

창! 차앙!

이유강은 연거푸 네 번을 공격했다. 그러나 초적 두목은 모두 막아냈다. 상당히 강했다. 천 년 묵은 산삼을 먹었다는 말이 사실인지 칼을 휘두르는 힘이 보통이 아니었다. 어려서부터 꾸준히 검법과 체력을 단련해 온 이유강도 팔이 저려왔다.

'으음, 장군이 고전한 이유를 알겠군. 보통 놈이 아니구나.'

그때 뒤에서 목소리가 들렸다.

"조심하게. 저놈은 괴이한 무공을 익혔는지 도통 공격이 먹히질 않네."

장군은 이십대 중반의 청년 무관이었다. 투구를 쓴 이마 아래로 땀이 비 오듯 흘렀지만 두 눈의 기세는 죽지 않고 있었다. 둘은 서로 고개를 끄덕였다.

"이야앗!"

"타앗!"

이유강은 좌로, 장군은 우로 동시에 초적 두목을 공격했다. 둘이 갑자기 공격해 올지는 몰랐는지 초적 두목은 일순 당황한 기색으로 공격을 막았다.

"으… 이놈들, 비겁하게 합공을 하다니."

이유강과 장군은 아무 말 없이 계속 초적 두목을 밀어붙였다. 관군들이 죽고 있는 마당에 그런 것을 따질 때가 아니었다.

창! 차차창! 차앙!

그러나 약간 밀리는 듯했던 초적 두목은 장군과의 합공을 그리 어렵지 않게 막아냈다. 게다가 조금도 지친 기색이 없었다. 이유강은 조금씩 숨이 가빠왔다.

'으음, 대체 무슨 무공이기에 이리도 방어를 잘하는 것일까.'

장군이 말했다.

"이대로는 안 되겠군. 반 각 정도만 혼자 버틸 수 있겠나?"

"물론입니다."

"조심하게. 반 각만 버텨준다면 승산이 있으니 부디 무리하지 말게."

이유강은 고개를 끄덕이고는 초적 두목을 공격했다. 장군은 뒤쪽으로 물러서더니 자리에 앉아 운기조식을 취했다.

"크하하하, 힘이 빠졌나 보구나! 네 녀석 혼자서 나를 당할 수 있을 것 같으냐?"

이유강은 대답 대신 검을 휘둘렀다. 현재로선 특별한 방법이 없었기에 장군이 부탁한 반 각의 시간을 벌어주는 것이 좋을 것 같았다. 급소를 노리며 검을 찔렀다.

"큭!"

초적 두목이 오히려 검을 퉁기고는 그대로 칼을 돌려 베어왔다. 이유강은 검을 들어 막았다. 힘에 눌려 뒤로 조금 물러났다. 순간 초적 두목이 발을 들어 가슴을 찼다.

"으윽!"

이유강은 뒤로 구르며 벌떡 일어났다. 초적 두목이 뛰어와 칼을 휘둘렀다. 잽싸게 막으며 물러났다. 가슴이 욱신거리고 아팠다. 입에서 조금씩 피가 새어 나왔다. 초적 두목이 냉소했다.

"놈, 각오해라!"

그는 빠르게 칼을 휘둘렀다.

창! 차앙!

정신없이 몰아치는 공격에 도무지 반격할 틈이 없었다. 점점 팔이 저려왔다. 갈비뼈라도 부러진 듯 숨 쉬기가 힘들 정도로 고통이 심했다.

'으윽!'

바로 그 순간,

"네 이놈!"

갑자기 큰 호령 소리가 들렸다. 장군이었다. 그는 공중으로 도약 후 맹렬히 회전하면서 초적 두목을 향해 쇄도했다.

촤아아앙!

강한 금속성이 울리는가 싶더니 초적 두목의 칼이 두 동강 났다. 그의 몸이 쓰러지고 있었다. 가슴에서 피를 분수처럼 쏟으며 쿵 하고 쓰러진 초적 두목의 몸은 더 이상 움직이지 않았다.

"장군님!"

이유강은 급히 뛰어가 장군을 부축했다.

"해치웠군."

"말을 아끼십시오! 출혈이 심합니다!"

장군의 얼굴엔 혈색이 없었다. 입에선 연신 피가 쏟아져 나왔다.

"나는… 이미 틀렸네. 자네 덕분에 놈을 해치울 수 있어 다행이군."

"어서 운기조식을 취하십시오! 여기 내상약이 있으니……!"

장군은 고개를 저으며 품속에서 힘겹게 뭔가를 꺼냈다. 한 권의 책자였다.

"받게."

"이것은……."

"어서 받아."

이유강은 어쩔 수 없이 책자를 받아 품속에 넣었다. 빨리 그를 부축하여 내상약을 먹여야 할 것 같았다. 그러나 장군은 고개를 흔들었다.

"나는… 틀렸어. 도저히 현 상태로는 펼쳐서는 안 될 무공을 펼쳐…
이제 곧 죽을 것이야."

"장군님……!"

"그 책을 소홀히 여기지 말고 끝까지 익히도록 하게. 부디."

장군은 마지막으로 한 번 웃더니 그대로 숨을 거두었다.

이유강은 자리에서 일어났다. 뭔가가 이상했다.

"이상하군. 왜 이렇게 조용하지?"

분명 관군들과 초적들의 격전으로 시끄러울 터인데 마치 아무도 없
는 산속처럼 고요했다.

"벌써 전투가 끝났단 말인가."

요새 문을 열고 밖으로 나갔다.

"이럴 수가!"

믿을 수 없었다. 모두가 쓰러져 있었다. 아니, 죽어 있는 것 같았다.
부상당해 쓰러진 사람의 신음 소리조차 없는 것으로 보아 모두 죽은
게 분명했다.

"이게 어찌 된 일인가?"

잠시 망연히 서 있던 이유강은 돌아섰다. 누군가 있었다.

"……?"

흑발이 허리까지 늘어진 흑의인이었다. 칠 척이 넘는 훤칠한 키에
흑발 사이로 드러난 얼굴은 음산하듯 창백했다. 게다가 두 눈은 흰자

위도 없이 온통 검었다. 그런 두 눈이 이유강을 노려보고 있었다.

'으윽!'

싸늘한 안광이었다. 이유강은 그의 눈빛을 받아낼 수 없었다. 검은색 구름이 온몸을 휘어 감는 것 같았다. 몸이 굳어져 움직여지지 않았다.

'으으……'

암흑이었다. 아득한 나락으로 떨어지는 느낌이었다.

"네놈 짓이냐?"

마치 환청과도 같은 목소리. 들어본 적은 없지만 저승 사자의 목소리가 저럴 것 같았다. 이유강은 가까스로 대답했다.

"아니오."

그러자 그는 힐끗 쓰러져 있는 장군의 시체를 쳐다봤다.

"본신 진력을 쓰고 죽은 걸 보니 이놈 짓이군."

그는 죽은 초적 두목과 무슨 관계가 있는 모양이었다.

"…나도 죽일 생각이오?"

"물론이다."

이유강은 이제 살아남기 힘들다는 것을 깨달았다. 부모님의 만류에도 불구하고 고집을 피워 집을 떠난 지 한 달째. 세상의 깊이를 이해하기는커녕 이런 산중에서 개죽음당하게 된 것이다. 막상 죽는다고 생각하니 눈물이 주루룩 흘러내렸다.

'아버지, 어머니, 소자 먼저 세상을 하직할 것 같습니다. 불효 자식을 용서하십시오.'

흑의인이 고개를 돌려 쳐다봤다.

"사내놈이 눈물을 흘리다니, 형편없는 놈이군."

"……."

문득 오기가 치밀었다. 제기랄, 어차피 죽을 몸이라면 무슨 말인들 못하겠는가.

"실로 분하군. 네놈 같은 살인마 따위어게 개죽음을 당하게 되다니."

"뭐라 했느냐?"

"비겁하게 사술을 쓰지 말고 정정당당하게 겨루자."

이유강은 옴짝달싹할 수 없어 기를 쓰고 말했다. 흑의인이 웃었다.

"무식한 놈, 암흑마기를 사술이라 부르다니 그럼 어디 한번 발악해 봐라!"

그가 손을 흔들자 몸이 자유로워졌다.

"나 혼자 죽진 않겠다!"

이유강은 혼신의 힘을 다해 검초를 펼쳤다.

쉬잇! 팟! 파팟!

흑의인은 슬쩍 검을 피하더니 손으로 검을 쳐서 부러뜨렸다.

"우욱!"

순간 기혈이 진탕되었다. 부러진 검을 흑의인을 향해 힘껏 던지고 뒤로 퉁기듯 물러났다. 밑을 보니 창이 있었다.

"에이잇!"

필사적으로 창을 휘두르고 찔렀다. 알고 있는 초식 중 가장 빠르고 절묘한 것들만 골라 펼쳤지만 흑의인은 창을 빼앗아 멀리 던져 버렸다.

"야앗!"

이유강은 도약해 양 발을 교차하며 흑의인의 머리를 찼으나 허사로 돌아갔다. 팔꿈치로 옆구리를 가격하다가 저지당하자 그대로 머리를 날려 흑의인의 가슴을 받았다.

쾅!

마치 철벽에 머리를 박은 듯 강한 충격에 정신을 잃었다.

'으음…….'

눈을 떴다. 머리가 아팠다.

"여기가 어디지?"

고통이 느껴지는 것으로 보아 죽은 것은 아니었다. 가까스로 몸을 움직여 일어났다. 출렁이는 물결이 보였다. 주위를 돌아봐도 온통 물이었다.

"바다?"

이유강은 벌떡 일어났다. 망망대해를 표류하고 있는 무척 작은 배였다. 조그만 돛대 하나에 작열하는 땡볕을 가릴 그늘도 없었다. 작은 고기잡이 어선보다도 더 작았다.

'……?'

배의 한쪽에 흑의인이 앉아 있었다. 그는 눈을 감은 채 기척도 없었다. 이유강은 소리쳤다.

"나를 대체 어디로 데려가는 것이냐?"

순간, 흑의인이 눈을 떴다. 검은 빛의 안광. 검은색 구름이 몸을 휘감았다.

'으으…….'

말도 나오지 않았다. 심장이 멎어버릴 것 같았다. 그때 환청과도 같은 괴이한 목소리가 들렸다.

"또다시 시끄럽게 하면 두 다리를 잘라 해적선에 팔아버리겠다."

흑의인은 다시 눈을 감았다. 몸을 꼼짝 못하게 했던 검은색 구름도 사라졌다. 몸이 자유로워졌지만 이유강은 아무 말도 할 수 없었다.

　하루가 지났다. 흑의인은 계속 자리에 앉아 있었다. 배가 어디로 흘러가는지도 몰랐다. 예전에 몇 번 배를 타본 적이 있었으나 잠깐 유람선을 탔을 뿐 지금처럼 오래 타본 적은 없었다. 뱃멀미와 배고픔, 갈증…… 죽을 지경이었다.

　'나는 대체 어떻게 되는 것일까? 저 잔인무도한 자가 어찌 나를 살려줬단 말인가.'

　하늘도 무심했다. 관군을 도와 초적을 무찌른 것뿐인데 이렇게 비참한 신세가 되다니…….

　다시 하루가 지났다. 이유강은 기진맥진했다. 이대로 하루를 더 지난다면 정말로 죽을 것이 분명했다.

　'이렇게 죽을 수는… 없어. 어떻게든 살아야 한다. 반드시 강해져서 저놈을…….'

　목이 타는 것 같았다. 손가락 하나를 깨물었다.

　'으윽!'

　핏방울이 맺혔다. 입에 넣어 빨았다. 갈증은 여전했지만 조금 나아졌다. 허리춤에 있는 소도(小刀)를 꺼내 들었다. 짐승의 가죽을 벗기거나 할 때 쓰는 작은 칼이었다.

　'줄이 있어야 한다.'

　이유강은 돛대 아래에 찢겨서 하늘거리고 있는 돛을 발견했다. 어차피 제 구실을 못하는 돛이라면 필요가 없었다. 그래도 혹시 몰라 주로 찢겨진 가장자리 부분만 칼로 가늘게 잘랐다. 가늘게 잘라진 천 조각들을 두 가닥씩 나선형으로 꼬아 줄을 만들었다. 끊어진 부분은 묶어서 이었다. 잠시 후 상당히 긴 줄이 완성됐다.

'제법 그럴듯하군.'

만들어진 줄 끝 부분을 칼에 묶었다. 하늘을 쳐다봤다. 태양의 위치를 보니 겨우 정오를 지난 상태였다. 아직은 한참을 기다려야 했다. 갈증나면 다시 손가락을 깨물고 피 몇 방울을 입에 흘려 넣었다. 뭔가 서러운 것이 가슴에 복받쳐 왔다. 눈에서 눈물이 흘러내렸다. 배고플 때문일까, 손가락을 깨문 아픔 때문일까? 그것도 아니라면 현재의 비참한 신세 때문인지도 몰랐다.

해가 수평선 가까이 내려가 붉은 석양이 바다를 물들였다. 이유강은 뚫어져라 주위를 살폈다.

'왔다!'

붉게 물든 물결 사이로 뭔가가 반짝였다. 그것들은 한두 개가 아니었다. 은빛인 것도 같았고 붉은색인 것도 같았다. 평시에 봤으면 아름다운 장면이라 생각해 시(詩) 한 수 지었을 법도 했으나 지금은 그럴 때가 아니었다. 어느 순간 이유강의 눈이 강하게 빛났다.

'지금이다!'

동시에 그의 손에 있던 칼이 어디론가 날아갔다.

파악!

칼은 물결 사이로 빛나던 수많은 은빛들 중 하나에 정확히 박혔다. 순간 환상과도 같이 은빛들이 사라졌다.

이유강은 매우 들뜬 상태였다. 줄을 잡아당기자 칼에 박힌 물고기 한 마리가 딸려왔다. 일 척은 되는 제법 큰 물고기였다.

'이 정도면 오늘 양식은 충분하리라.'

칼로 고기의 비늘을 밀었다. 비늘을 벗겨내니 허연 살이 드러났다. 이제 살점을 잘라 먹기만 하면 되었다.

"가져와라."

'……?'

잘못 들었나 했다. 무시하고 칼을 살점에 갖다 댔다.

"죽고 싶으냐?"

짙은 한기가 느껴지는 목소리였다. 깜짝 놀라 흑의인을 쳐다봤다. 검은색 눈에 살기가 가득했다.

"설마… 이것을 달라는 것은 아니… 시겠지요?"

이유강은 최대한 미소를 지었다. 그러나 흑의인의 살기는 더욱 짙어졌다. 두 눈이 시뻘겋게 변해 있었다.

'제길!'

물고기를 흑의인에게 갖다주고 돌아와 털썩 주저앉았다. 눈물조차 나오지 않았다. 배가 쓰리다 못해 아팠다. 희망마저 사라진 지금 맥까지 빠져 버린 것 같았다.

'이제 정말로 죽는구나.'

쩝쩝거리며 먹는 소리가 들렸다. 가슴에서 뭔가 울컥하니 올라왔다. 이유강은 벌떡 일어났다. 소도를 꽉 쥐었다.

'이렇게 살 바엔 차라리…….'

살기를 품고 흑의인을 쳐다봤다. 내공을 최대한 끌어올려 칼을 던지려는 순간 흑의인이 고개를 확 돌려 쳐다봤다.

'헉!'

이유강은 칼을 던지려는 자세 그대로 몸이 굳어졌다. 검은색 구름이 온몸을 쥐어짜듯 압박했다.

'끄으으으……'

신음조차 지를 수 없었다. 고통은 한동안 지속됐다.

"물고기를 잡은 대가로 여기서 그친다. 한 번 더 그딴 짓을 했다간 두 눈을 뽑고 다리를 자른 후 해적선에 넘겨 버리겠다."

그의 목소리는 저승사자와 같이 사이했다. 뭔가가 날아와 발밑에 떨어졌다. 물고기 꼬리 부분이었다. 다행히 몸통도 조금 붙어 있었다.

움썩움썩!

이유강은 물고기를 들고 뜯어 씹었다. 지느러미까지 몽땅 다 덕어치웠다. 잠이 몰려왔다.

第二章
괴이한 섬

"**네** 이놈! 기어이 떠나겠다는 말이냐?"

창노한 음성이었다. 사십대 중반으로 보이는 한 중년 문사 앞에 소년이 무릎을 꿇고 앉아 있었다.

"소자를 용서하십시오."

공손했지만 단호한 음성이었다. 중년 문사는 소년을 노려보았다.

"이놈! 그동안 전념했던 학문의 길은 어찌하고 떠난다는 것이냐? 과거시험이 몇 개월 남지 않았다는 것을 잊었단 말이냐?"

"……."

소년은 말이 없었다.

"공들여 왔던 탑을 무너뜨리려 하다니, 대체 무엇 때문인 것이냐?"

"세상을 더욱 깊이 알고 싶습니다."

"지금까지 학문을 했다는 녀석이 그것을 말이라고 하느냐? 설마 더 이상 배울 게 없다고 생각하는 것이냐?"

"사실은… 그렇습니다."

그러자 중년 문사는 탄식했다.

"네가 이미 학문에 있어 네 나이 때의 이 아비를 훨씬 능가하는 성취를 이룬 것은 잘 알고 있다. 그렇다고 네 녀석이 감히 학문의 극에 이르렀다고 생각한단 말이냐?"

"학문의 끝이 무엇인지 저는 전혀 알지 못합니다."

"그렇다면 어찌하여 그러한 말을 하느냐?"

소년은 차분히 말을 시작했다.

"이 세상을 이해하는 데 있어서 책을 통해서 더 이상 알 수 있는 것이 없습니다. 그동안 수없이 노력해 보았지만 이제 그 한계에 도달해 더 이상 책을 읽을 수 없습니다."

"허어."

"이제 보다 실질적인 것을 찾고 싶습니다. 대자연 속에 뛰어들어 그동안 머리로만 생각했던 법칙들을 직접 느끼고 만져 보고 싶습니다. 많은 곳을 여행하여 수많은 일들을 겪으며 세상을 깊이 이해하고 싶습니다."

중년 문사는 고개를 끄덕였다.

"뜻은 가상하다만 세상은 결코 만만하지가 않다. 그곳은 온갖 음모가 난무하는 곳이고 약육강식(弱肉强食), 적자생존(適者生存)의 원칙이 지배하는 무서운 곳이야. 자칫 세파에 부딪치며 자신감을 잃고 오히려 부정적으로 변하게 될까 심히 걱정이구나."

"학문에서는 더 이상 성취감도 없고 모든 것이 뜬구름 잡는 것 같은 생각이 들어 아무런 의욕이 생기지 않습니다."

중년 문사는 한숨을 쉬었다.

"너는 실로 인생의 가장 큰 기회를 저버리려 하고 있구나. 이로 인해 평생 동안 후회할지도 모른다. 또한 산속에서 초적들이나 길거리 부랑배를 만나 변을 당할 수도 있다. 그래도 떠나겠느냐?"

중년 문사의 어조에는 안타까움이 배어 있었다.

"제 뜻은 변함없습니다."

"……."

"걱정하지 마십시오. 어머님과 둘째 숙부님께 배운 무공으로 제 자신은 지킬 자신이 있습니다. 결코 산의 초적들이나 길거리 부랑배들에게 괴로움을 당할 만큼 약하진 않습니다. 또한 무공이라는 것이 재미있어 앞으로 계속 연구해 볼 생각입니다."

중년 문사는 고개를 끄덕였다.

"그래, 그렇다면 어디로 갈 생각이냐?"

"일단 이곳 산천을 둘러본 후 명나라로 갈 생각입니다."

"……."

중년 문사는 잠시 말이 없었다. 소년은 묵묵히 기다렸다. 잠시 후 중년 문사가 입을 열었다.

"좋다. 네 뜻대로 해라. 다만 한 가지 약조를 해줘야겠다."

"무엇이온지……."

"그 어떤 곳에서든 어떠한 일을 하든 네 마음의 중심을 잃지 말거라."

"명심하겠습니다."

"또한 언제든 네 마음이 바뀐다면 주저 말고 다시 돌아와 본래의 길을 가도록 하여라."

"…예, 아버지."

바람이 세게 얼굴을 쳤다. 여전히 바다였다. 검푸른 하늘에 별이 총총히 떠 있었다. 눈을 비비고 일어났다. 몸은 피로했지만 뭘 좀 먹고 자서인지 어제보다는 나았다. 그러나 부친에 대한 그리움으로 마음이 울적했다. 세상이 결코 만만한 곳이 아니라는 말이 계속 떠올랐다. 그렇게 자신했건만 누군지도 모를 자에게 끌려가고 있는 신세가 된 것이다. 이유강은 망연히 바다를 쳐다봤다.

촤아아아!

놀랍게도 배가 빠른 속도로 물살을 가르고 있었다. 돛도 달지 않았는데 육지에서 말이 달리는 속도보다 빨랐다.

'이 무슨 조화인가.'

실로 기이했다. 아무래도 흑의인이 뭔가 조화를 부리고 있는 것 같았다.

'무림의 고수들은 내력으로 배를 움직일 수 있다고 들었다. 과연 저 자는 엄청난 고수로구나.'

배는 한참 동안 물살을 가로질렀다. 흑의인은 묵묵히 앉아 앞만 보고 있었다. 그는 조금도 지친 기색이 없었다.

그렇게 하루 정도를 가는 것 같더니 드디어 한 섬에 도착했다. 이상하게도 섬 외곽에는 한 치 앞도 분간하기 힘들 만큼 안개가 가득했다. 그러나 흑의인은 안개 속으로 배를 몰았고, 그렇게 한참을 들어가자 모래사장이 나왔다.

"이곳은… 어디입니까?"

조심스레 물었다. 흑의인은 대답 대신 배에서 내려 걸었다. 이유강도 따라 내렸다.

"왜 나를 이곳에 데려온 것입니까?"

흑의인은 아무 말 없이 걸어갔다. 하늘은 낮인지 밤인지 분간하기 힘들었다. 칙칙한 어둠 같았는데 주위는 선명하게 보였다. 뒤를 돌아봤다. 배는 사라지고 없었다. 앞을 보니 흑의인은 멀리 멀어져 가고 있었다.

삐걱.

방은 제법 컸다. 방의 한 켠에 침대가 있었고 서가에는 책들이 많았다. 책상과 옷장도 있었다. 옆에는 욕실도 있었다. 욕실엔 두 개의 우물이 있었는데 하나의 우물에서는 뜨거운 물이 나왔고 다른 우물에서는 차가운 물이 나왔다. 신기한 곳이었다.

'제길.'

손에 들고 있던 걸레를 들어 방과 욕실을 깨끗이 닦았다. 욕조에는 따뜻한 물과 차가운 물을 적당히 섞어 온욕을 할 수 있도록 채웠다. 물론 이곳은 흑의인이 거하는 방이었다.

이유강의 처소는 그로부터 한참 떨어진 작은 창고였다. 그 안에는 침대 하나와 옷장이 전부였다. 이유강의 하루 일과는 새벽에 일어나 청소를 하고 식사를 만들어야 했다. 특이하게도 흑의인은 하루 한 끼의 식사만을 했다. 그나마 다행이었다. 게다가 그는 그의 방에서 지내지 않고 연무장으로 보이는 지하 밀실에서 생활했다. 심지어 잠까지도 거기서 자는 것 같았다. 제때에 식사를 가져다주기만 하면 무슨 일을 하든 상관하지 않았다.

탈출은 불가능했다. 집 밖으로 발을 내디디는 순간 사지를 찢어 죽인다느니 목을 비틀어 죽이겠다느니 하는 전음이 귀에 들려왔다. 결국 탈출을 포기할 수밖에 없었다. 원통하고도 허무했다. 힘찬 포부를 갖고 집을 나섰건만 종이 되고 만 것이다. 마당쇠나 하는 일을 하고 있었다.

'그러고 보니 책이 있었지?'

며칠 동안 힘없이 창고에 누워서 시간을 보내니 심심해 견딜 수가 없었다. 다행히 장군이 준 책이 품속에 있는 것을 발견했다.

대천검록(大天劍錄).

책의 겉 표지에 적혀 있는 제목이었다. 첫 장부터 찬찬히 읽어나갔다. 책은 크게 두 부분으로 나뉘어 있었는데 앞부분이 뒤에 비해 상당히 양이 많았다. 앞부분에는 무공을 익히는 기본 자세부터 시작해서 검법을 수련하는 방법, 검법의 기초, 내공심법과 같은 무학의 기본과 대천검법의 기수식, 각종 초식들이 그림과 함께 나열되어 있었다.

"상당히 자세히 설명되어 있군."

뒷부분을 펼쳤다. 그곳에는 대천삼식(大天三式)이라는 소제목과 함께 세 개의 초식이 적혀 있었다.

"대천삼식이라……."

첫 번째 초식인 비상참(飛上斬)은 읽어보니 눈에 익었다. 장군이 시전했던 초식이다. 최소 삼십 년의 내공이 있어야 시전이 가능하고 삼십 년 이하의 내공으로 무리하게 시전하게 되면 본신 진력의 소모로 반드시 죽는다고 적혀 있었다. 날아올라 그 앞을 가로막는 어떤 것이든 베어버릴 수 있는 필살 초식이었다.

"내 내공은 겨우 십 년 남짓이니 그림의 떡이구나."

앞으로 이십 년은 지나야 시전이 가능한 무공이었다. 어머니께 들었던 소림사의 대환단과 같은 무림의 보물을 얻어 복용한다면 모를까 그러한 특별한 기연을 만나지 않는다면 수련한 기간만큼의 내공만 얻을 수 있는 것이다.

두 번째 초식인 비풍파(飛風破)는 비상참보다 위력이 몇 배 강하지만 최소 육십 년의 내공이 필요했다. 마지막 초식은 비광무(飛狂舞)라는 것으로 내공이 백 년 이상이 되지 않고서는 펼칠 꿈도 꾸지 말라고 적혀 있었다. 그것의 위력이 어떤지에 대해서는 적혀 있지도 않았다.

"백 년 내공이 있어야 펼칠 수 있다고? 과연 내가 그때까지 살아 있을 수나 있을까?"

대천삼식의 무공은 모두 꿈같은 얘기였다. 첫째 초식인 비상참도 현재 상태로는 이십 년 후에나 펼칠 수 있다. 그러나 일단 모두 기억해 놓기로 했다. 내공이 없으니 펼칠 수는 없지만 그래도 자세는 몸에 익혀놓을 생각이었다.

책 앞부분의 내용은 대부분 다 알고 있는 내용이었고 대천검법 자체는 그리 특이한 것이 없는 평범한 검법이었다. 검법의 기초를 다지기에 적당한 검법인 듯했다. 그래서 그 내용만 참고하고 대천삼식의 초식만을 연습했다.

한 달이 지나니 눈을 감고도 대천삼식을 펼칠 수 있었다. 물론 초식 상으로만 가능했다.

"이제 뭐 할 게 없나? 무료하군."

집 뒤쪽의 작은 숲에서 열매를 몇 개 따왔다. 숲의 바깥쪽에는 울타리가 쳐져 있었는데 그 울타리를 벗어나면 또 찢어 죽인다느니 해적선에 팔아버리겠다는 등의 살벌한 전음성이 들려왔다. 숲에는 작은 농장이 있었고 그곳에는 여러 종류의 채소가 자라고 있었다. 흑의인은 과일 몇 개와 채소 한 접시만 갖다주면 그것으로 충분해했다.

신기한 것은 이곳은 기후 변화가 거의 없다는 것이었다. 과일 나무에는 항상 열매가 열려 있었고 채소들은 누가 돌보지 않는데도 잘 자랐다. 한편으로는 다행이었다. 만일 그렇지 않았다면 채소를 가꾸는 것은 모두 자신이 할 일이었을 것이다.

"그런데 이상해. 왜 식사를 하지 않는 것일까?"

이틀 전부터 밀실 앞에 갖다 놓은 음식들이 그대로 있었던 것이다. 흑의인은 절대로 그 밀실 안으로 들어오지 못하게 했기 때문에 항상 밀실 앞에 음식을 갖다 놓았다. 보통 아침에 음식을 가지고 가면 밀실 앞에 빈 접시가 놓여 있었는데 이틀 전부터는 음식이 가져다 놓은 그대로였다.

"혹시 이틀 전 밤에 들렸던 그 큰 소리가……?"

밤에 자다가 땅이 크게 울리는 거대한 굉음을 듣고 깜짝 놀라 깼었다. 지하 밀실에서 나는 소리였다. 가끔 큰 소리가 그쪽에서 나긴 했지만 그토록 엄청난 소리는 처음이었다. 무척 궁금했지만 밀실 앞까지만 갔다가 그냥 돌아왔다. 괜히 무슨 일이냐고 말이라도 걸었다간 또 어떻게 죽여줄까 하는 식의 말을 들을 게 분명했다. 그리고 솔직히 그자가 어떻게 되든 무슨 상관이란 말인가. 어딘지도 모를 곳에 데려와 하인 부리듯 부려먹으니 차라리 죽기라도 했다면 다행인 것이다.

하지만 그자는 절대로 그렇게 죽을 리가 없었다. 아마 섬이 통째로 가라앉아도 끄떡없을 게 분명했다. 무슨 무공인지 몰라도 뭔가 굉장한 파괴력을 지닌 무공을 익히고 한동안 운기조식을 취하고 있음이 분명했다. 그래도 마음 한편으로는 뭔가 시험해 보고 싶은 마음이 간절히 드는 것이었다.

'안 돼. 그놈이 정말 내 팔을 자를지도 모른다.'

한 보름쯤 전에 탈출을 시도한 적이 있었다. 그때 들렸던 흑의인의 음성.

"애송이 놈! 한 번만 더 그런 짓을 하면 팔을 하나 잘라 버리겠다. 시험해 봐도 좋다. 과연 팔을 자르나 안 자르나 알고 싶으면 다시 한 번 더 집 밖으로 나가봐라."

그 뒤로 다시는 집 밖으로 나갈 생각을 하지 않았다. 그런데 지금 또 다시 시험해 보고 싶은 마음이 드는 것이었다.
'참아야 한다. 진짜로 팔을 잘릴 수도 있어.'

일주일이 지났다. 그동안 꾸준히 음식을 가져다 날랐다. 그 전날 가져다 놓았던 것을 회수하여 버리고 새로운 음식을 계속 가져다 놓았건만 흑의인이 먹은 흔적은 없었다. 게다가 예전에 가끔 들렸던 큰 소리도 들리지 않았다. 밀실 문에 귀를 대고 소리를 들어보았다. 아무 소리도 느껴지지 않았다.
'내공을 끌어올려 소리를 들어보았지만 아무 기척이 없다. 정말로 죽은 것인가?'
그렇다고 밀실 문을 열고 싶지는 않았다. 잠시 고민한 후 떠날 채비를 했다. 특별히 가져갈 것은 없었다. 창고 옷장을 열어 봇짐을 꺼낸 후 십여 일 정도 먹을 수 있는 음식을 준비해 봇짐에 넣었다. 봇짐을 등에 잘 동여매고 검도 한 자루 챙겼다.
"이 정도면 떠날 채비가 되었군."
막상 떠난다고 생각하니 기분이 새로웠다. 근 한 달 반 동안 종 노릇을 하며 지냈던 것이다. 문득 그것을 생각하니 속에서 울컥하니 뭔가 올라왔다.

"이놈! 네놈이 살아 있든 죽었든 언젠가 내 다시 찾아와 혼을 나주겠다!"

밀실 앞에서 크게 소리쳤으나 밀실 안에서는 아무 소리도 없었다.

'휴우!'

큰소리를 한 번 치고 나니까 후련했다. 이제 떠날 일만 남은 것이다. 울타리 문을 열고 집을 나섰다. 십여 보를 걸었으나 아무 소리도 들리지 않았다. 예전 같았으면 서너 보를 채 걷기도 전에 협박 전음이 들려왔을 것이다.

"그놈, 천벌을 받아 죽은 것 같군."

하늘을 쳐다봤다. 처음부터 그랬지만 이곳은 항시 하늘이 회색빛이었다. 구름도 없었고 해와 달도 보이지 않았다. 뭔지 모를 안개 같은 것이 주위에 가득했지만 선명하도록 시야는 트여 있었다.

"기분 나쁜 곳이야."

그렇게 몇 보를 걸었을 때였다.

ㄲㄲㄲㄲㄲㄲㄲㄲ…….

뭔가가 괴이한 소리를 내며 다가왔다. 사람이 내는 소리가 아니었다. 살아 있는 짐승의 간장을 쥐어짜면 이런 소리가 날 것 같았다. 검을 빼어 들었다.

"네놈은 뭐냐?"

발목까지 치렁하게 늘어진 흑발, 일 장(一丈)이 넘는 거대한 몸체, 시뻘겋다 못해 핏빛으로 물든 두 눈 외에는 모든 것이 검었다.

'…허억!'

온몸이 얼어붙은 듯 경직되었다. 그것은 순식간에 삼 장 앞까지 다가왔다.

ㄱㄱㄱㄱㄱㄱㄱ······.

정신을 차리고 검을 겨눴다.

'속지 말자. 저것은 진법(陣法)의 환영임이 분명하다.'

아무리 생각해도 세상에 저런 것이 존재할 수는 없었다.

ㄱㄱㄱㄱㄱㄱㄱ······.

시커먼 손.

칼을 들어 막았다.

까강!

쇳소리가 났다. 큰 충격에 뒤로 나가떨어졌다.

"우욱!"

현실이었다. 진법의 환상이 아니었다. 폐부를 찌르는 고약한 냄새, 살기(殺氣)······.

ㄱㄱㄱㄱㄱㄱㄱ······.

멍하니 있을 때가 아니었다. 밑에 떨어진 검을 주워 들고 공격을 피한 후 날아올라 그것의 목을 향해 검을 휘둘렀다. 그러나 그것은 슬쩍 검을 피하더니 주먹을 날렸다.

"크윽!"

최대한 몸을 회전하여 비껴 맞았지만 충격은 엄청났다. 삼 장 가까이 날려가 곤두박질쳐졌다.

"우욱!"

입에서 피가 울컥 쏟아져 나왔다.

'이렇게 강하다니······. 설마 그놈이 저렇게 변했단 말인가?'

밀실 속에서 아무 기척 없던 흑의인. 그인지도 몰랐다. 그렇지 않다면 아무리 귀신이라 해도 이리 강할 수는 없는 것이다.

'정말로 죽는 건가? 이렇게 개죽음을 당하다니… 허억!'

이유강은 벌떡 일어났다.

"저, 저것은……?"

일 장 앞에 서 있는 그것은 땅에 떨어진 검을 집어 들고 다가왔다. 하지만 그것 때문이 아니었다.

사방에서 다가오는 시커먼 그림자들. 수를 헤아릴 수 없었다. 사람 만한 키에 날카로운 이빨을 번뜩이며 다가오고 있는 것들. 지옥에서나 볼 수 있는 흉측한 것들이었다. 얼굴의 반을 차지할 만큼 큰 입속의 송곳니 아래로 누런 액체가 흘러내렸다.

'어헉!'

뒤로 돌아 뛰어 울타리 문을 열고 집 안으로 뛰어들었다. 곧바로 창고 안으로 들어가 문을 걸었다.

"어찌 저런 끔찍한 것들이 존재할 수 있단 말인가."

창고 안으로 숨었지만 그것들은 쉽게 문을 부수고 들어올 것이다. 도저히 살아날 길이 없었다. 문득 화가 치밀어 올랐다. 흑의인이 뭔가 술수를 부려놓은 것이 분명했다.

"으으……."

어딘가 부러진 듯 심하게 몸이 아팠다. 봇짐을 풀어 어머니께서 주신 금창약을 상처 부위에 발랐다. 신기하게도 고통이 좀 줄어들었다.

"어머니……."

눈물이 흘러내렸다. 졸음이 몰려왔다.

第三章
기이한 무공들

*잠*에서 깨었다. 온몸이 부서질 듯 아팠다.

'내가 살아 있단 말인가……?'

괴물들이 분명 울타리를 부수고 들어와 자신을 죽일 수 있었을 것이다. 조심스레 창고 문을 열어보았다. 집 안에는 아무것도 없었다. 집 안 곳곳, 그리고 뒤쪽의 숲에도 가보았지만 괴물들의 흔적은 없었다.

'이상한 일이군. 내가 꿈을 꾼 것일까?'

상처가 아직 욱신거리고 있는 것을 보면 결코 꿈은 아니었다. 상처 부위는 금창약을 발라서인지 어제보다는 한결 부드러웠다. 그러다 문득 한 생각이 났다.

"그래, 혹시……?"

울타리 문을 열고 밖을 쳐다보았다.

ㄱㄱㄱㄱㄱㄱㄱㄱ…….

시뻘건 두 눈이 눈앞에 있었다.

'허억!'

잽싸게 문을 닫았다.

'꿈이 아니었구나.'

바닥에 주저앉았다. 식은땀이 흘러서인지 등 뒤가 축축했다.

'어찌 이런 일이 있을 수 있단 말인가.'

더욱 이상한 것은 그것들이 집 안으로 들어오지를 못하는 것이었다. 한참 동안 멍하니 앉아 있던 이유강은 일어났다. 생각할수록 분했다.

"죽을 때를 대비해서 술수를 써놨구나."

지하 밀실로 가서 밀실 문을 밀어보았다. 문은 꿈쩍도 하지 않았다. 내공을 실어 힘껏 발로 차보기도 했지만 미동도 없었다. 오히려 발만 아플 뿐이었다. 무슨 수를 써도 밀실 문은 열리지 않았다. 결국 지쳐서 창고로 돌아와 침대에 누웠다. 좀 쉬어야 할 것 같았다. 그러다 벌떡 일어났다.

봇짐을 들고 흑의인의 방으로 들어갔다. 언제 나올지 몰라 항시 깨끗이 청소해 놓은 곳이었다. 널찍한 방에 욕실도 있었고 서가에 책들도 많았다.

"그놈도 죽었으니 이제 이곳이 내 방이다."

일단 목욕부터 하기로 했다. 전에는 숲 속에 있는 찬 우물에서 곡욕을 했는데 이제는 그럴 필요가 없었다. 뜨거운 물도 나오는 욕실이 바로 옆에 있었다. 욕조에 뜨거운 물과 찬물을 적당히 섞어 물을 채운 후 옷을 벗고 몸을 담갔다.

"오……!"

피곤이 싹 가시는 기분이었다. 상처 부위가 약간 쓰라리긴 했지만 견딜 수 있었다.

다음날.

이유강은 숲에서 열매를 몇 개 따와 아침을 해결했다. 혹시나 해서 슬쩍 문밖을 힐끔거렸지만 역시 그것들은 그대로 있었다.

"감옥이 따로 없군. 이대로 여기서 늙어 죽는 것은 아닐까."

그나마 집 안으로 그것들이 들어오지 못하는 것 같아 다행이었다. 차라리 이 안에서 늙어 죽으면 죽었지 저런 끔찍한 것들에게 찢겨 죽고 싶지는 않았다. 틀림없이 그것들은 자신을 잡아먹을 것이다. 정신을 집중하고 주위를 찬찬히 살펴봤다.

"이것이 혹 기문둔갑의 술법이라면……?"

다른 게 아니고 진법의 일종이라면 알아내지 못할 리 없었다. 어지간한 고대의 기문진법은 다 꿰고 있는 터였다. 하지만 한나절이 지나도 알아낼 수가 없었다.

"놀랍군. 저것들은 모두 살아 있는 존재들이다. 결코 허상이 아니야."

지옥에서나 존재해야 할 마물(魔物)들이 어찌 현세에 존재하고 있는지 알 수 없었다.

'내가 죽어 지옥에 온 것인가?'

정녕 지옥이라면 벌써 그것들에게 온몸이 뜯기고 있었을 것이다. 그렇다면 혹시 천국일까? 비록 먹을 것이 풍족하고 부족함이 없지만 천국도 아니었다.

"지옥이든 천국이든 상관없다. 난 무슨 수를 써서라도 빠져나갈 것이다."

방 안으로 들어가 서가로 눈을 돌렸다.

방 한쪽 면을 모두 차지한 서가에는 책들이 상당히 많이 꽂혀 있었다. 자신이 읽지 않은 책은 없을 거라는 생각에 애초부터 눈도 주지 않았었다. 책이라면 이력이 나도록 봤던 터라 별다른 흥미도 생기지 않았다. 그러나 잠시 책들을 살펴보니 그게 아니었다. 아득한 고대의 범어(梵語)로 쓰인 문자였던 것이다.

"조환물여의경(造幻物如意經)?"

생전 처음 보는 책이었다. 서가의 책은 도합 삼백두 권이었다. 그중 이백 권이 '조환물여의경'이라는 제목의 책들이었다. 실로 방대한 분량이었는데 종이가 아닌 양피지로 만들어져 있었고, 그 색도 변해 있어서 자세히 보지 않으면 글자를 알아보기 힘들었다. 더욱 놀라운 것은 그 옆의 서가에 가득한 책들의 제목도 하나였다.

"신조환물여의경(新造幻物如意經)?"

앞에 신(新)이라는 글자가 붙은 이 책들은 표지나 속지가 상당히 깨끗했고 속지도 양피지가 아닌 종이인 것을 보니 최근에 집필된 것 같았다.

'신조환물여의경'은 총 백 권으로 이루어져 있었다. 그것의 저자는 아마도 '조환물여의경'을 연구하고 보완하여 책을 집필한 듯했다. 단순한 해설이나 주석집이라면 분명 조환물여의경해록(造幻物如意經解錄)이거나 조환물여의경주석집(造幻物如意經註釋集)과 같은 제목을 붙였을 것이다. 그러나 앞에 신(新)이라는 글자를 붙였다는 것은 예전의 내용을 보완하여 더욱 새롭게 발전시켰다는 자신감의 표현인 것이다.

"흥미롭군."

어차피 할 일도 없었다. 언제 나갈지도 모르고 어쩌면 여기서 늙어 죽을지도 몰랐다. 이런 판에 장장 삼백 권이나 되는 엄청난 분량의 책을 발견한 것이다.

"심심한데 잘됐군."

이유강은 모처럼 유쾌하게 웃으며 서가의 맨 오른쪽 아래에 있는 두 권의 책을 끄집어냈다. 제목을 읽어보니 광마도법(狂魔刀法)이라는 책과 암흑마공(暗黑魔功)이라는 책이었다. 모두 한어(漢語)가 아닌 범어(梵語)였다. 그러고 보니 서가에 있는 모든 책들이 다 범어로 적혀 있었다.

"지금은 거의 쓰이지 않는 고대의 범어라니……. 최근에 집필된 책들도 범어로 적었다. 아무나 알아보지 못하게 하려고 했던 것일까?"

어지간한 학자들도 해독하기 힘든 문자였다. 솔직히 자신도 그리 빠르게 해독할 수는 없을 것 같았다. 비록 범어를 알고 있긴 하지만 이러한 문자로 된 책은 몇 권밖에 본 적이 없었다.

"시간도 많으니 천천히 아껴서 읽으면 되겠군."

별로 서두르고 싶은 생각도 없었다. 이 고이한 곳을 빠져나가는 것은 거의 불가능했다. 기왕 이렇게 되었으니 차라리 고독을 즐기며 무공이나 학문을 연구하며 평생 지내다 죽는 것도 나쁘진 않을 것이다. 이런 판에 고독을 풀어줄 만만치 않은 삼백두 권의 책들이 있으니 내심 기쁘기 한량없었다.

"이 두 권의 제목을 보니 무공 서적인 듯한데……."

광마도법이라는 책과 암흑마공이라는 책을 서가에서 빼어 탁자 위에 올려놓았다. 분량상 이 두 권의 책을 먼저 읽는 것이 좋을 것 같았다. 두 권 모두 제법 두꺼웠다.

두 권의 무공비급을 읽고 이해하는 데는 꼬박 일주일이 걸렸다.

"무공도 학문처럼 끝이 없구나. 칼을 움직이는 데 이토록 심오한 이치가 있다니⋯⋯."

광마도법은 두꺼운 책 가득 그림 하나도 없이 조그만 글자로 빽빽하게 채워져 있었는데 많은 분량과는 달리 단 하나의 초식으로 이루어져 있었다. 하지만 그 초식을 익히는 것은 무척 어려운 일이었다. 그 초식을 이해하려면 초식을 이루고 있는 천 개의 변화를 이해해야 했다.

"천 개의 변화가 궁극적으로 하나의 초식을 이루는구나."

천 개의 변화. 그 각각의 변화를 이해하는 것도 결코 쉬운 일이 아닌데 그 변화를 동작으로 자유롭게 펼칠 수 있어야 했다.

"무리하지 말고 하루에 한 개씩의 변화를 익혀보자."

책에 적혀 있는 바에 의하면 천 개의 변화 중 불과 수십 개의 변화만 이해해도 어지간한 공격은 방어할 수 있다고 했다. 백 개의 변화를 이해하면 내공이 달리지 않는 한 일류고수의 반열에 들 수가 있고 삼백 개 이상의 변화를 이해하게 되면 무림의 절정고수를 능히 상대할 수 있다는 것이었다.

"그러고 보니 그놈의 무공이 이것이었구나."

자신과 박 장군의 합공을 어렵지 않게 막아냈던 초적 두목의 도법이 바로 광마도법이었던 것이다. 그 당시의 결투를 잠시 떠올려 보니 그는 대략 수십여 개의 변화를 이해하고 있는 것 같았다.

"좋아, 천 개의 변화를 모두 익히기 전에는 절대 이곳을 떠나지 않을 것이다."

이유강은 주먹을 불끈 쥐었다.

암흑마공. 이 책 역시 작은 글씨가 빽빽이 적혀 있는 난해한 내용의 무공 서적이었다. 끝까지 읽어보니 예상 밖으로 하나의 내공심법이었다. 그런데 특이하게도 이 무공을 통해 쌓이는 내공은 보통의 내공과 전혀 달랐다. 즉, 기존의 내공과 별도로 체내에 축적되는 것이었다.

"단전이 두 개나 존재할 수 있는 건가?"

잘못 이해한 것이 아닌가 싶어 몇 번이고 앞부분을 다시 보며 내용을 분석했으나 틀림없었다. 다만 암흑마공의 내공은 일반의 무공을 펼칠 때 전혀 도움이 되지 못했다. 또한 대자연의 기를 체내에 흡수하는 일반 심법과 방식도 비슷했지만 개념 자체가 다른 무공이었다.

보통의 내공심법은 언제 어디서든 좌정한 자세로 펼칠 수 있지만 암흑마공은 오직 암흑지기가 있는 곳에서만 수련 가능한 심법이었다. 책에는 암흑지기가 있는 장소가 십여 곳 적혀 있었다. 이 섬도 그곳들 중 하나였다. 물론 그곳들 외에도 암흑지기가 있는 곳은 많이 있지만 좀처럼 발견하기가 쉽지 않다고 한다.

암흑마공을 이용하여 펼칠 수 있는 무공은 암흑마기(暗黑魔氣)라는 것으로 이를 펼치면 상대방은 온몸이 얼어붙은 듯 굳어버린다고 한다.

"내가 수없이 당했던 무공이구나."

검은 구름이 온몸을 휘감았던 기억이 뇌리를 스쳤다.

"그런데 이 암흑마기를 이용한 다른 무공은 없는 건가?"

책에는 그 외의 무공은 나와 있지 않았다. 다만 암흑마공을 펼치면 빛이 전혀 없는 캄캄한 곳에서도 사물을 뚜렷이 파악할 수 있는 효용이 있다는 말이 적혀 있을 뿐이었다.

한 달이 지났다. 이유강은 광마도법의 변화 삼십 개를 익혔다. 각각의 변화가 결코 수월하게 익힐 수 있는 것이 아니라서 많은 연습이 필요했다. 저절로 몸에 익어 자연스럽게 펼쳐질 때까지 반복 수련의 연속이었다.

새벽에 일어나 간단히 몸을 풀고 공복 중에 내공심법을 한차례 운기하는 것으로 하루 일과는 시작되었다. 심법을 마치고 나면 아침 식사를 하고 한나절 동안 조환물여의경을 연구했다. 점심 식사 후에는 저녁때까지 광마도법의 변화를 반복 수련했다. 하나의 변화를 쉬지 않고 반복적으로 수련하면 한 시진에 천 번 정도가 가능했다. 천 번의 연습을 한 후에는 일각여 동안 쉬었다가 다시 천 번을 반복했다. 그렇게 도합 이천 번의 연습이 끝나면 저녁 식사 때가 되었다.

저녁을 마친 후에는 잠시 뒤뜰을 거닐며 산책을 한 후 자유 시간을 가졌다. 이 시간에는 조환물여의경을 추가로 연구하거나 낮에 연습한 광마도법의 수련을 더 하기도 했고 내공심법을 운기하기도 했다. 해시(亥時:밤 9시부터 11시) 초가 되면 그때부터 암흑지기의 내공을 흡수하는 심법을 운기했다. 그러다 자정이 되면 잠자리에 들었다.

수면 시간은 대략 한 시진 반이었고 그렇게 자고 나면 몸이 거뜬했다. 일어나 몸을 푸는 방법은 간단한 체조를 한 후 그동안 익혔던 광마도법상의 변화를 쭉 펼쳐 보는 것이었다.

한 달여 동안 조환물여의경상의 책 두 권을 해석하여 볼 수 있었다. 범어로 적혀져 있어 해석하기 힘들었기에 시간이 걸린 것뿐이지 그 내용은 그다지 어렵지 않았다. 두 권의 책에는 실로 황당한 내용들이 적혀 있었다. 고대로부터 연구되어 왔던 강시 제조에 대한 내용이었던 것이다. '강시 제조'라는 말에 읽기가 꺼려졌지만 내심 삼백 권의 책을 모두 읽기로 작정한 터라 계속 읽어보았는데 이 책에서의 '강시 제조'는 죽은 자의 시체를 이용한 사악한 방법이 아니었다.

흙이나 나무, 돌과 같은 주변에 산재한 자연물을 이용하여 제한적인 생기(生氣)를 불어넣을 수 있다는 것이었다. 죽은 자의 혼을 불러와 조종하는 것이 아니라 자연 곳곳에 산재한 기(氣)를 이용하는 것이었다. 무척이나 황당한 내용이었기에 헛소리라는 생각이 들었지만 한편으로는 호기심이 일어났던지라 저녁 식사 후에도 대부분의 시간을 조환물여의경상의 책들을 연구하는 데 보냈다.

다시 두 달 남짓한 시간이 지났다. 광마도법은 지금까지 도합 백 개의 변화를 익혔고, 조환물여의경의 책들은 이십여 권을 독파한 상태였다. 처음 한 달째는 다소 생소한 단어들과 뜻을 해석하고 짐작하느라 시간이 걸렸지만 그 다음 달부터는 상당히 속도를 붙여 읽어나갈 수 있었다.

이유강은 오후 수련을 마치고 몸을 씻었다. 깨끗이 빨아 말려진 옷을 입고 뒤뜰로 나서니 몸이 개운했다. 식사는 과일 몇 개를 따서 먹으면 되었다. 과일만으로 식사를 하는 것은 결코 유쾌한 일이 아니었으나 몇 개월을 그렇게 생활하다 보니 익숙해져 있었다.

"그러고 보니 고기 구경을 한 지도 오래되었구나. 낚시라도 할 수 있으면 생선 요리라도 해서 먹을 텐데……."

그러나 울타리 밖으로 나갈 수가 없으니 낚시는 불가능했다.

"그 괴물들을 물리칠 방도가 없을까?"

조환물여의경상의 책들을 읽으면서 뭔가 알 듯도 했지만 아직은 희

미할 뿐이었다.

"좋다. 다시 한 번 나가보자. 지금 이 섬을 나가는 것은 힘들지만 광마도법의 변화 백 개를 익힌 이상 그놈들과 한번 붙어보는 것도 좋겠지."

이유강은 도를 들고 일어섰다. 이 도는 그저 평범한 환도(環刀)로 창고에 뒹굴고 있던 것을 이유강이 발견하여 수련용으로 쓰고 있었다.

울타리 문을 조심스레 열고 밖으로 나갔다.

"……."

잔뜩 긴장하고 나섰는데 문밖에는 아무것도 없었다. 몇 발자국 앞으로 걸어보았다. 그러자 멀리서 시커먼 것 하나가 다가왔다.

"그놈이다!"

이유강은 도를 부여잡고 그것을 노려봤다.

끄끄끄끄끄끄!

그것은 괴이한 웃음소리를 내며 순식간에 다가왔다. 이유강은 피하지 않았다.

"이놈, 오늘은 만만치 않을 것이다."

끄끄끄끄끄끄!

그것은 두 손을 휘두르며 잡아채려 했다. 이유강은 피했다. 그러자 그것은 매우 빠른 속도로 손을 움직였다.

까깡!

도를 비껴 치며 막았다. 쇳소리가 났다. 제법 충격이 컸지만 힘을 대부분 흘리며 비껴 쳤기에 견딜 만했다. 광마도법에 있는 변화들을 이용한 것이었다.

'역시 광마도법을 수련한 보람이 있구나. 움직임이 우습게 보이는군.'

괴물은 상당히 민첩하게 움직였지만 그 어떤 움직임도 예상을 벗어나진 못했다. 온갖 허초까지 동원하며 속이려 했으나 이유강의 눈에 괴물의 공격 경로는 수십여 가지의 단순한 반복된 몸짓으로만 보였던 것이다.

'왜 예전에는 저 간단한 공격 방식들이 보이지 않았던 것일까. 비록 빠르긴 해도 무척이나 단순하지 않은가.'

잠시 후 주변으로 온갖 괴물들이 몰려들었다. 이유강은 당황하지 않고 침착하게 도를 휘두르며 방어했다. 전후좌우에서 몰려드는 괴물들의 공격. 그러나 그 모든 것들도 불과 수십 가지의 반복된 몸짓들이었다. 백여 개의 변화를 깨우친 이상 그것들을 피하는 것은 매우 쉬운 일이었다.

'역시 수십여 개의 변화만 익혀도 어지간한 공격을 방어할 수 있다는 말이 거짓이 아니었구나. 대단한 무공이다.'

모든 공격은 정면으로 막지 않고 힘을 흘려보내기에 별다른 내공 소모도 없었다. 괴물들과 싸운 지 한 시진이 지난 상태였지만 그다지 힘들지 않았다. 그러나 괴물들 역시 전혀 힘든 기색 없이 계속 공격해 왔다. 이따금씩 멀리서 돌 덩어리를 던지는 괴물들도 있었지만 그것 역시 이유강은 쉽게 피해냈다.

"하하핫! 오늘은 여기까지 하자! 이만 잘 시간이다!"

이유강은 괴물들을 제치고 울타리 안으로 들어왔다. 울타리 문이 닫히지 않아도 괴물들은 집 안으로 들어오지 못했다.

"신기한 일이군. 집 안에 저것들이 두려워하는 뭔가가 있는 걸까?"

이유강은 중얼거리며 욕실로 들어갔다. 한 시진에 걸친 격투. 결코 장난으로 싸운 게 아니었다. 막아내지 못했으면 괴물들에게 잡혀 산산조각이 났을 것이다. 그러나 온몸이 땀에 절었을 뿐 작은 상처 하나도 입지 않았다. 삼 개월 전에 비하면 놀라울 정도의 성취였다.

"천 개의 변화를 모두 익힌다면 세상의 그 어떤 공격도 전혀 두려워할 필요가 없겠군."

욕조에 몸을 담그며 지금까지 익힌 백 개의 변화를 하나하나 상기했다. 이것들을 익힘으로 인해 수많은 괴물들에게 둘러싸여서도 그것들의 모든 공격 방식이 선명하게 보였던 것이다. 단순히 보이기만 한 것이 아니었다. 몸이 절로 반응했다. 각각의 공격에 대응하여 방어를 하는 것이었다. 그것도 예전 같으면 설령 방어를 한다 해도 힘에 밀려 나가떨어졌을 텐데 최소한의 힘을 이용하여 공격을 비껴 쳐낼 수 있었다. 그렇게 방어를 하면 공격했던 괴물들은 균형을 잃고 비틀거리거나 쓰러졌다.

"매일 수천 번씩 반복하여 연습한 수련의 결과인가?"

처음 흑의인에 의해 강제로 이곳에 끌려와 마당쇠 노릇을 해야 했을 때 이 무슨 운명의 가혹한 시련인가 했다. 그러나 지금은 이런 기회를 주신 하늘에 진심으로 감사하고 있었다. 매일매일 갈수록 눈부시게 강해지고 있는 자신의 모습을 보는 것은 무척 행복한 일이었다. 언젠가는 그 성취가 한계에 다다라 학문에서 경험했던 것과 같이 그 성취가 더뎌지겠지만 그것은 나중 일이었다. 마치 다섯 살 때 사서오경(四書五經)을 섭렵한 후 제자백가를 비롯하여 세상의 많은 현자들이 써놓은 지식의 책들을 새로 접할 때처럼 즐거웠다. 책 안의 글자들이 눈으로 빨리듯 들어오며 머릿속에 차곡차곡 쌓였던 것처럼 지금 익히는 광마도법의 변화들이 신체 모든 곳에 차곡차곡 쌓이고 있었다.

"광마도법은 단순히 하나의 무공비급이 아니다. 이것은 근본에서부터 출발하는 가장 완벽한 무학이다."

처음 십여 개의 변화를 익혔을 때 전후좌으를 비롯하여 위와 아래의 기본적인 방어 방식을 깨달았다. 오십여 개를 익혔을 때 자신이 생각하는 모든 방위에 대한 방어가 가능함을 깨달았고, 그 정도면 세상의 어떤 공격이든 막을 수 있다고 확신했다.

그러나 오십하나째의 변화를 접했을 때 그 확신이 깨졌다. 상상도 못할 곳에 위치한 빈틈이 있었고 만일 그 방식으로 적이 공격을 한다면 막을 방법이 없었다. 그 후로 매일 확신이 무너지는 경험을 했다. 백 개의 변화를 익힌 지금도 내심 백여 개의 방어 변화들을 뚫고 자신을 공격할 어떤 방법도 없을 거라는 확신이 들었지만 내일 백한 번째의 변화를 접하게 되면 또다시 그 확신이 깨질 것이 분명했다.

"기대가 되는군."

마음이 설레었다. 생각 같아서는 지금 백한 개째의 변화를 익히고 싶지만 참기로 했다. 이제 암흑마기의 내공심법을 잠시 운공하다가 잠을 자야 했다. 그래야 내일의 계획에 차질이 없을 것이다.

이유강은 광마도법의 변화 이백 개를 익혔을 때부터 괴물들과의 비무(?)를 그만두었다. 백오십 개의 변화를 익혔을 때부터는 괴물들 사이를 마치 그것들이 존재하지 않는 것처럼 누비고 다닐 수 있었던 것이다. 그 어떤 공격도 그의 옷깃 하나 스치지 못했고 굳이 도를 들어 막을 필요도 없었다. 이런 경지에 이르니 괴물들의 유치한 공격을 아무리 막아봤자 무공 진전에 도움이 안 되었다. 차라리 혼자 마음속으로 환영을 만들어놓고 그에 대응하여 반복 수련하는 것이 훨씬 나았던 것이다.

광마도법의 변화 삼백한 개째의 변화를 익힐 때부터는 하루에 부여된 시간 안에 그것을 완전히 체득하기 힘들 정도로 그 변화들이 난해해지기 시작했다. 그때부터는 하나의 변화가 앞의 삼백 가지 변화와는 차원이 달랐다. 머릿속에 수백 개의 환영을 만들고 그 각각의 환영들에게 생기를 부여하여 자신을 공격하게 해야 했고, 그 속에서 변화를 스스로 습득해 나가야 했던 것이다. 그리고 그 스스로 깨달은 변화와 책 속에 적힌 변화가 일치하는지 확인해야 했고, 그것이 맞지 않으면 일치할 때까지 무한 반복 수련을 해야 했다. 책에 있는 내용은 변화의 처음과 마지막 자세만 나와 있었기에 스스로 깨달지 않은 상태에서 책을 보면 도저히 그 변화를 이해할 수 없었다.

그러나 오히려 매우 빠르게 수련이 끝날 때도 있었다. 삼백 개까지의 변화를 익힌 후부터는 더 이상 신체적으로 반복 수련할 방어 방식은 없었다. 그때부터는 오직 머릿속의 환영들과의 싸움이었고, 어찌 보면 다분히 이론적이라고 할 만큼 복잡했다. 이유강이 학문에서 상당한 경지에 이르지 않았다면 삼백한 개째부터는 수련을 거의 포기해야 할 정도로 난해했던 것이다.

한 가지 특이한 것은 삼백오십 개째의 변화를 익힐 때부터는 양피지가 깨끗했다. 즉, 사람의 손때가 묻어 있지 않았다. 그전까지는 손때가 묻은 흔적이 많이 보였지만 삼백오십 개 이후로는 전혀 없었다. 이론적이고 추상적인 내용들이라 익히기를 포기했는지도 몰랐다. 그러나 이유강은 그만둘 생각이 없었다. 머리 쓰는 일이라면 어디 가서도 뒤지지 않는다고 내심 자부하는 터라 이런 천고의 두뇌 놀이(?)를 그만둘 수 없었던 것이다. 때로는 불과 반 시진도 안 되어 한 개의 변화를 익히기도 했지만 그렇다고 하루에 한 개의 변화를 초과해서 익히지는 않았다. 처음에 계획했던 대로 하루에 하나씩의 변화만을 익혀 나갔다.

이유강은 저녁을 먹고 울타리 밖으로 나왔다. 괴물들이 공격해 왔으나 마치 산보를 하듯 그 사이사이를 지나며 걸었다. 흉측한 모습의 괴물들도 이제는 귀엽게 느껴졌다.

"오늘로 도합 사백 개의 변화를 익혔구나."

한동안 밖으로 나오지 않았던지라 내심 괴물들의 재롱스런(?) 공격들을 피하는 것도 재밌었다.

"그러고 보니 내가 이 섬을 한 번도 안 돌아보았구나. 오늘은 내친 김에 한번 살펴볼까?"

사실 최근에는 이곳의 괴물들에 대한 의구심이 많이 가신 상태였다. 이미 이백 권의 조환물여의경상의 책들 중 백오십 권 이상을 읽은 터라 이 섬에 존재하는 괴물들이 특이한 방법에 의해 만들어진 환물(幻物)들이라는 것을 알았던 것이다. 그러나 아직까지 그것들을 어떻게 만들었는지, 그리고 어떻게 조종할 수 있는지에 대해서는 나와 있지 않았다.

"어떻게 저런 것들을 만들 수 있는 것일까?"

이유강은 괴물들의 추격을 피해 그것들이 없는 곳으로 피한 후 진흙을 찾았다.

"좋아, 나도 한번 만들어볼까?"

진흙을 주물러 대략 한 자 정도의 작은 인형을 빚은 후 내공을 주입했다. 백오십 권의 방대한 분량을 읽으면서 이유강은 제한적이나마 작은 물체에 생기를 부여하는 방법을 배울 수 있었다.

츠츠츠.

잠시 후 인형은 이유강의 의지대로 앞뒤로 걷거나 뛰기도 했다. 그러나 인형 스스로의 의지로 움직이지는 않았다. 그리고 대략 일각 후에 털썩 쓰러지더니 다시는 움직이지 않았다.

"제길."

이유강은 고개를 저었다.

"그냥 섬 주변이나 돌아보자."

조급할 것은 없었다. 앞으로 오십 권의 책이 더 남아 있고, 신조환물여의경이라는 백 권 분량의 책도 있으니 그것들을 다 연구한다면 알아낼 수도 있을 것 같았다.

생각보다 섬은 넓었다. 자욱한 안개로 인해 섬 밖의 바다는 시야에 들어오지 않았다. 괴물들은 섬 곳곳에 득실거렸다. 이유강을 발견한 즉시 그것들은 울부짖으며 공격해 왔지만 이유강은 마치 그림자와 같이 그것들 사이를 누비고 다녔다. 눈으로 보고 머리로 생각하기 이전에 몸이 이미 그것들의 공격을 피하며 움직였다. 어딜 가도 괴물들은 수십 마리씩 뭉쳐 있었다.

"대체 어떻게 저 많은 괴물들을 만들 수 있었단 말인가."

섬에는 괴물들이 적어도 수천 마리는 존재하는 것 같았다. 생긴 것도 가지각색이었다. 호랑이나 늑대, 날짐승이나 심지어 거대한 물고기 모양을 한 괴물들도 있었다. 살기에 차 울부짖으며 몰려오는 그것들의 모습은 실로 끔찍하여 마치 지옥에라도 온 느낌이었다.

"기왕에 만들려면 좀 멋진 것들을 만들 것이지 어디서 저런 괴물들만 만들었단 말인가."

해안선의 백사장을 따라 한동안 돌아다녔지만 섬에는 괴물들만 득실거릴 뿐 별다른 건 보이지 않았다.

"돌아가서 암흑마공을 수련하고 자야겠군."

그러다 문득 섬 중앙의 산을 쳐다봤다. 이름 모를 나무들이 빽빽한 그 산은 그리 높지 않았다.

"그러고 보니 저 산에는 안 가봤구나."

괴물들의 공격을 피하며 한동안 산을 두루 살폈지만 특별한 것은 보이지 않았다. 정상에 올라와 보니 작은 집이 있었다.

"이런 곳에 웬 집이 있지?"

창문도 없고 오직 커다란 암석을 깎아 만든 것 같은 작은 문 하나만 있었다. 특이하게도 그 문은 흑의인이 무공을 수련하던 지하 석실에 있던 문과 동일한 모양이었다.

쾅! 쾅!

호기심이 일어 문을 발로 몇 번 차보았으나 꿈쩍도 하지 않았다.

"여기도 뭔가 수작을 부려놨군."

지하 석실 문과 같은 방식이라면 현재로서는 열 방도가 없었다. 일단은 돌아가는 것이 좋을 것 같았다.

섬을 살펴본 이후로는 섬 중앙에 있는 산 정상의 작은 집을 제외하고는 특별한 게 없는 것 같아서 한동안 집 밖에 나가지 않았다. 광마도법은 매일 한 개씩의 변화를 계속 익혀 나갔고, 암흑마공과 내공심법도 꾸준히 수련했다.

"몸 안에 두 개의 기운이 공존하고 있다."

이유강의 몸 안에 존재하는 두 개의 기운. 그중의 하나는 십여 년 동안 수련하여 얻은 내공이었고 다른 하나는 암흑마공을 수련하여 얻은 암흑마기였다.

"몸 안에 쌓여가는 암흑마기. 이것은 내공과 다르지만 분명한 힘이 느껴진다. 불과 일 년 몇 개월을 수련했지만 십여 년을 수련한 내공보다도 더 강한 힘이 느껴지고 있다."

이유강은 중얼거렸다. 그런데 이 암흑마기를 이용하여 펼칠 수 있는 무공은 상대를 꼼짝 못하게 묶어두는 사술(邪術)과 같은 수법밖에 없었다. 사실 그동안 이유강은 암흑마기가 혹시 다른 무공에도 쓸모가 있지 않을까 실험해 본 적이 있었다. 자신이 알고 있던 여러 무공에 접목하여 써보려 하였으나 전혀 위력이 나타나지 않았다.

하지만 흑의인에게 당했던, 상대를 꼼짝 못하게 하는 그 수법 하나만으로도 상당한 효용이 있는 것 같아 이유강은 하루도 쉬지 않고 암흑마공을 꾸준히 수련했다.

"혹시 이 암흑마기란 것이 그 괴물들을 만드는 데 쓸모있는 것은 아닐까?"

저녁을 먹고 뒤뜰을 거닐던 이유강은 갑자기 흙에 물을 섞었다. 책에는 그러한 언급이 전혀 없었다. 그동안 조환물여의경을 연구하며 수없이 인형을 만들었건만 모두 실패했다. 모두 일각이 지나지 않아 움직임을 멈췄던 것이다.

꾸욱.

꽤 오랫동안 정성껏 주물러 반죽을 만들었다. 반죽으로 인형을 만드는 것도 이제는 제법 이력이 나 있었다. 잠시 후 일 척(一尺) 정도 되는 조그만 인형이 완성됐다.

　예전 같으면 내공을 주입했겠지만 오늘은 달랐다. 이유강의 눈동자가 검게 변했다. 눈에서 검은 기운이 빠져나와 인형의 온몸을 휘감았다.

　츠읏.

　인형이 움직였다. 이유강의 의지대로 앞으로 갔다 다시 돌아왔다. 이번에는 멀리 보이는 바위를 한 대 치고 오라고 지시했다. 어기적거리며 걷는 것이 좀 답답했지만 역시 십여 장 밖에 있는 바위를 한 대 치고 돌아왔다. 바위를 한 대 쳐서인지 조그맣게 만들었던 인형의 오른손이 조금 부서져 있었다.

　"하하하! 드디어 성공했구나!"

　섬에 끌려온 이후 이토록 통쾌하게 웃어본 적은 없었다.

한 달이 지났다. 어느덧 섬에 온 지 일 년 오 개월이 다 되어가고 있었다. 이유강은 눈을 뜨고 침대에서 일어났다. 예전 같으면 침대를 정리하고 이불을 털어야겠지만 이유강은 이불을 그냥 걷어 젖히고 욕실로 들어갔다. 그러자 이유강의 반 정도 되는 크기의 인형이 이유강의 침대를 정리하기 시작했다.

욕실로 가니 욕실 한쪽에 서 있던 인형이 세숫대야에 뜨거운 물과 찬물을 적절히 배합한 물을 담아 들고 왔다. 이유강은 간단히 세안을 했다. 인형이 수건을 들고 왔다. 수건으로 물기를 닦은 후 밖으로 나갔다.

몇 가지 간단한 권각법의 기수식을 취하며 몸을 풀고 내공심법을 수련했다. 한 시진 정도의 내공 수련이 끝난 후 잠시 광마도법의 변화 오백 개를 눈을 감고 상기하며 정리했다. 슬슬 배가 고파왔다.

"아침을 먹어야겠군."

이유강은 방 안의 식탁에 앉았다. 그러자 인형들이 물과 과일, 채소를 접시에 담아 가져왔다. 모두 오늘 아침에 새롭게 따거나 채취한 신선한 것들이었다. 잠시 후 인형들은 빈 접시를 들고 밖으로 나갔다.

"내 생활도 많이 편해졌구나."

이유강은 피식 미소를 지었다. 한 달 전 암흑마기를 이용하여 환물 인형 만들기에 성공한 후 이유강은 매일 한 개씩 수십 개의 인형을 만들었다. 모두 성공했지만 현재는 그의 시중을 드는 다섯 개의 환물 인형만 남아 있었다. 나머지 인형은 집 밖에 있는 괴물들과 싸움을 붙였다가 모두 부서지고 말았던 것이다.

작정하고 자신보다 덩치가 큰 인형도 만들어보았지만 괴물들의 주먹 한 방에 부서지고 말았다. 종으로 부려먹으면 모를까 전투력에 있어서는 전혀 쓸모가 없었다. 인정하긴 싫었지만 새삼 흑의인이 대단하다는 생각이 들었다.

"대체 무슨 방법으로 저토록 대단한 환물들을 만들 수 있었을까."

환물 인형을 만들어 괴물들과 싸움을 시키면서 얻은 소득 중 하나는 괴물들이 덤벼들 때 암흑마기를 일으키면 그것들이 더 이상 공격을 하지 않는 것이었다. 괴물들은 마치 이유강이 그 자리에서 사라진 것처럼 흡사 그림자를 보듯 대했다. 그 순간은 괴물들 앞에서 투명인간이 된 기분이었다.

물론 암흑마공에 적혀 있는 비법대로 암흑마기를 보내 괴물들을 움직이지 못하게 할 수도 있었다. 그러나 그것들을 마음대로 조종할 수는 없었다. 환물 인형들을 마음대로 조종할 수 있다면 괴물들도 그렇게 되어야 마땅했다.

"오직 처음 주인에게만 충성하는 것인가?"

이유강은 고개를 흔들었다. 이백 권의 조환물여의경. 어제까지 모두 볼 수 있었다. 그러나 아직까지 그것들을 조종할 수 있는 특별한 방법은 알 수 없었다.

신조환물여의경(新造幻物如意經).

백 권의 책이었다. 지난 일 년 오 개월이란 기간 동안 조환물여의경을 연구하며 많은 깨달음을 얻었던지라 그것을 보완하여 새롭게 집필한 신조환물여의경에 대해 이유강은 많은 기대가 되었다.

첫 장을 펼쳤다.

겉 표지도 깨끗했지만 속지도 매우 깨끗했다. 저자가 붓으로 적은 이후 아무도 손을 댄 흔적이 없었다. 종이에 묻은 먹의 명암이 선명한 것으로 보아 최근에 저술된 것 같았다.

"혹시 그 흑의인이 이 책의 저자일지도 모르겠군."

상관없었다. 흑의인에 대한 복수심도 사라진 지 오래였다. 그자가 살아 있다면 모를까 이미 죽은 자에 대해 원한을 가져서 무엇 하겠는가. 요즘 들어서는 매일매일 발전하는 무공과 새로운 학문에 심취하여 시간 가는 줄 모르고 있었고, 이를 제공해 준 흑의인에게 감사한 마음까지 들었던 것이다.

첫 장에는 흑마(黑魔)란 두 글자가 적혀 있었다. 아마도 그 흑의인의 이름인 듯했다. 한 획 한 획 힘이 들어간 글씨체에 이유강은 감탄했다. 다음 장을 펼쳤다.

"이것은……?"

두 번째 장에 적혀 있는 내용.

나는 어쩌면 돌아오지 못할지도 모른다. 아직 준비가 안 되었다. 그러나 언젠가 나는 반드시 간다. 혹 돌아오지 못할 수도 있지만 그것은 별로 두렵지 않다. 다만 내가 깨달은 이 심득(心得)들이 사장되는 것이 더욱 두렵다. 물론 나의 이 심득들을 천하의 그 누구에게도 전수하고 싶지 않다. 그러나 나는 적는다.

　이 책을 읽고 있는 자는 명심해라. 여기까지 읽었다면 네놈의 두뇌는 인정해 주겠다.

　"네놈이라고?"

　이유강은 버럭 책을 찢고 싶은 충동이 들었으나 참았다. 다음 내용이 궁금하지 않았다면 박박 찢어서 태워 버렸을 것이다.

　나는 곧 돌아올 것이다. 네놈이 이 책을 읽을 수 있다는 것은 내가 잠시 먼 곳에 갔을 것이기에 가능한 것, 내가 올 때를 대비해서 준비를 철저히 하도록 해라. 조환물여의경을 해독할 능력이 있다면 나의 제자로 자격이 충분하니 네놈을 제자로 삼도록 하겠다. 물론 내가 왔을 때 광마도법의 변화 삼백 개 이상을 익히지 못했다면 그 즉시 죽여 버리겠다.

　기가 막혔다. 그러나 그보다 흑의인이 살아 있을 수도 있다는 생각이 들었다. 그 먼 곳이 어떤 곳인지 모르겠지만 지금까지 자신이 그자의 계획대로 무공을 익히고 있었다는 것이 무언가 자존심이 상했다. 책장을 넘겼다.

　네놈이 내 제자가 된다면 내가 다시 돌아왔을 재 나의 밑에서 세상을 지배할 기회를 가진 것이다. 내가 돌아올 때까지 환물들을 계속 만들어놓도록 해라. 이를 지키지 않았을 경우 죽이겠다.

"제길, 또 죽이겠다고 협박이군."
이유강은 속이 부글부글 끓어올랐다. 흑의인을 생각하자 부아가 더욱 치밀었다. 결코 그따위 작자의 제자가 될 생각은 없었다. 세상을 지배한다는 황당한 생각을 가진 자의 수족이 되어 움직인다는 것은 끔찍한 일이었다. 그러나 섬 안 가득한 괴물들이 세상으로 나간다면 더욱 끔찍한 일이 벌어질 것이다. 책장을 넘겼다.

일단 너놈이 가장 궁금해할 것을 가르쳐 주겠다. 집 밖의 환물들은 너놈이 조환물여의경상에서 깨달은 평범한 방법으로는 절대 만들 수 없다. 아마도 너놈은 암흑마기를 이용하면 작은 인형이나마 만들 수 있다는 것을 깨달았을 것이다.
혹시라도 내가 만들어놓은 환물들을 조종하려는 헛짓거리를 하지 않도록 해라. 적어도 오 년 이상 암흑마공을 수련하지 않고는 불가능한 일이다. 지하 석실의 문도 오 년 이상 수련한 암흑마기를 주입해야 열 수 있다.

"제길!"
이유강은 신경질적으로 책장을 넘겼다.

결론적으로 강한 환물을 만들려면 좋은 재료가 필요하다. 가장 좋은 것이 죽은 동물의 뼈다. 물론 맹수의 뼈가 좋다. 사람의 뼈도 가능하나 맹수의 뼈보다 전투력이 떨어진다. 이제부터 동물 뼈를 이용해 환물을 만드는 방법을 가르쳐 주도록 하겠다.

그 뒤로는 장황하게 이론적인 설명이 적혀 있었다. 쉽지 않은 내용이라 한동안 연구해야 할 것 같았다.

그 후로 두 달이 지났다. 이유강은 그동안 신조환물여의경 백 권의 책을 모두 읽었다. 새로운 내용이 들어 있긴 했으나 대부분 조환물여의경의 이론에 바탕을 두고 있어 보다 빠르게 독파할 수 있었다.

흑의인이 만든 환물들은 동물 뼈를 이용하여 만든 것이었다. 그것이 진흙만을 재료로 만들었던 환물 인형보다 뛰어난 이유는 동물 뼈 자체에 남아 있는 동물의 기운을 끌어낼 수 있기 때문이었다. 즉, 호랑이 뼈를 재료로 환물 인형을 만들었을 경우 환물의 외모도 호랑이와 비슷해지고 능력도 비슷해지는 것이었다.

물론 암흑마기를 주입받은 환물들의 능력은 기존의 동물 능력에 비할 바가 아니었다. 흉포한 맹수의 성질과 순발력에 가히 쇠라도 찌그러뜨릴 만한 강한 육체를 가진 괴물로 변했다. 게다가 그것들의 몸은 매우 단단하여 어지간한 충격으로는 흠집 하나 낼 수 없다고 한다.

"대단하군."

그러나 그것들을 만드는 방법은 실로 복잡하고도 까다로웠다. 동물 뼈를 가루로 만들어 진흙과 배합을 해야 하는데 그 배율도 정확해야 했다. 또한 암흑마기를 주입하는 것도 한 번이 아닌 십여 번에 걸쳐서 해야 했다.

그렇게 십여 번 암흑마기를 주입하여 환물을 만들게 되면 암흑마기가 그 환물의 몸에서 순환하며 환물을 그 어떤 외부의 공격에도 보호해 주는 것이었다. 이 암흑마기의 방어벽은 실로 뛰어나 어지간한 내가고수의 공격에도 능히 견딜 수 있었다.

이유강은 책을 독파하고 나자 당장 환물을 만들어보고 싶었다.

"산 정상의 문을 열어보라고 했던가?"

이유강은 자리에서 일어났다. 책의 마지막에 흑의인이 써놓은 말이 생각났다.

섬 중앙에 있는 산 정상에 가면 작은 집이 있다. 그 안에 들어가면 밑으로 동굴이 뚫려 있는데 쭉 따라 내려가라.

그 외에는 다른 언급이 없었다. 흑의인이 환물을 만들라고 지시한 것으로 보아 아마도 그곳에 동물의 뼈가 많이 있을 거라는 생각이 들었다.

산에 올랐다. 작은 집이 보였다. 물리적인 힘으로는 열리지 않는 석문. 이유강은 암흑마기를 주입했다. 만일 이 문이 지하 석실의 문처럼 암흑마공을 오 년 이상 수련해야 열 수 있다면 아직은 열 수 없을 것이다.

츠으.

암흑마기를 약간 주입했으나 문은 미동도 없었다. 이유강은 잠시 숨을 고른 다음 최대한의 암흑마기를 문에 주입했다. 그러자 꿈쩍도 안 하던 문이 조금씩 진동하는 것이었다.

'과연.'

이유강은 멈추지 않고 계속 암흑마기를 쏟아냈다. 대략 반 각의 시간이 지나자 더욱 진동이 심해지더니 서서히 열리기 시작했다.

쿠구궁!

이유강은 서슴없이 안으로 들어갔다. 썰렁했다. 아무런 가재도구도 없이 텅 빈 공간이었다. 한쪽에 지하로 향하는 계단이 보였다.

계단은 동굴로 이어져 있었다. 지하를 향해 나선형으로 뚫린 동굴은 상당히 길었다. 한참을 내려가자 동굴이 점점 넓어졌다.

"오, 지하에 이런 곳이!"

커다란 공터였다.

ㄱㄱㄱㄱㄱㄱ!

카아악!

수십 마리의 괴물이 달려들었다. 이유강은 그것들의 공격을 피하며 암흑마기를 일으켰다. 그러자 괴물들의 공격이 멈췄다. 이유강은 천천히 공터를 살폈다.

수백 장은 됨 직한 지름의 거대한 공간. 결코 인공적으로 만들어진 것 같지는 않았다. 수백 마리의 괴물들. 그것들은 공터 곳곳에 뚫린 시커먼 동굴들을 쉴 새 없이 왔다 갔다 하며 움직이고 있었다.

그중의 한 동굴로 들어가 보았다. 암흑마기를 일으킨 상태라 괴물들은 그의 존재를 의식하지 못했다. 동굴은 상당히 깊었다. 한참을 내려가자 끝이 있었는데 괴물들이 거기서 손으로 땅을 파고 있었다.

'보석이라도 나오는 것인가?'

아직 특별한 보석은 보이지 않았다.

팍! 팍!

괴물들의 손은 쇠로 만든 곡괭이보다도 수월하게 암석들을 깨 부쉈다. 잠시 지나자 황갈색의 광석 덩어리가 떨어져 나왔다.

'저것은……?'

금이 분명했다. 한 괴물이 그것을 발견하자 잽싸게 들고는 돌아나갔다. 이유강은 그 괴물을 따라 나갔다. 괴물은 중앙의 공터로 나오더니 다른 동굴로 들어갔다. 이유강도 따라 들어갔다.

'오오!'

중앙의 공터보다는 못하지만 커다란 공간이었다. 그곳에는 황갈색 광석 덩어리가 산처럼 쌓여 있었다. 괴물은 그곳에 광석을 내려놓고 밖으로 나갔다.

알고 보니 이 섬 안에 거대한 금광이 존재하고 있었던 것이다. 비록 아직 가공되지 않은 광석 덩어리에 불과하지만 이 정도의 금이라면 실로 엄청난 양이었다. 수치로 헤아릴 수 없는 막대한 금액일 것이다.

잠시 망연자실해 있던 이유강은 다시 중앙 공터로 나갔다. 공터 곳곳에 뚫린 수십 개의 동굴들. 괴물들은 수없이 그곳들을 들락거렸다. 그러고 보니 이 지하 공간에만 괴물들이 천 마리는 존재하는 것 같았다.

잠시 괴물들의 움직임을 주시하던 이유강은 창고로 보이는 일곱 개의 동굴을 파악했다. 방금 금광석을 쌓아놓았던 그 창고를 포함하여 도합 일곱 개의 동굴이 창고인 듯했다. 과연 들어가 보니 각각의 동굴 안에 커다란 공터가 있었고 그곳에는 금광석이 쌓여 있었다.

금광석은 대부분이 매우 귀한 천연금(天然金)이었다. 광석 중 불순물을 제거하지 않아도 될 만큼 자연 그대로 순도가 높은 금 덩어리였던 것이다.

'이러한 금광이 존재하고 있었다니.'

그런데 수많은 동굴 중 유독 두 개의 동굴에는 괴물들이 들락거리지 않고 있었다. 이유강은 그중 한곳으로 들어갔다. 그 안에는 예상대로 동물의 뼈가 쌓여 있었다.

'이 정도의 양이면 환물을 몇천 마리는 만들 수 있겠군.'

대체 어디서 이렇게 많은 동물의 뼈를 구해왔는지 궁금했다. 동물 뼈의 골격과 모양을 살펴보니 늑대의 뼈가 가장 많았고 호랑이나 사자의 뼈도 간혹 보였다. 그 외에도 뼈만으로는 그것이 무엇이었는지 알 수 없는 것들도 많았다. 사람과 비슷한 골격도 있었으나 다행히 사람의 뼈는 아니었다.

'실로 끔찍하구나.'

어디선가 대량으로 동물들을 학살했음이 분명했다. 그러나 더욱 끔찍한 일은 이것들이 모두 환물로 만들어져 세상에 나가는 일이었다. 그것을 생각하니 가슴이 답답해져 왔다.

다른 하나의 동굴은 제법 길었다. 제법 걸었으나 끝이 나오지 않는 것으로 보아 이 동굴은 창고로 쓰는 곳이 아닌 듯했다.

'이 동굴은 무슨 용도일까?'

얼굴에 미미한 공기의 진동이 느껴졌다. 앞으로 갈수록 그것은 더욱 분명하게 느껴졌다.

'이것은?'

바람이었다. 갑자기 가슴이 뛰었다.

'바람이 불어오다니? 혹시 이곳이 이 섬의 출구란 말인가?'

내심 기대가 되어 속도를 냈다. 잠시 후 꾸불꾸불하던 동굴이 곧아지며 넓은 공간이 나왔다. 수백 마리의 괴물이 우글거리고 있었다. 기대했던 출구는 보이지 않았다.

암흑마기를 펼치며 괴물들 사이를 지나갔다. 그러자 좀 전에는 보이지 않던 아래쪽의 공간이 보였다.

'물이다!'

아래쪽으로 이십여 장. 그곳에도 괴물들이 많았다. 어스름하게 보이는 외부의 빛. 작은 부두 모양으로 보이는 곳에 검은 파도가 밀려와 부딪치는 소리가 들렸다. 하늘도 검었다. 별들이 빛나고 있었다.

'밤이구나.'

실로 감개무량했다. 이 섬에 와서 처음으로 보는 하늘이었다. 항상 뭔가에 가려져 낮인지 밤인지 분간하기 힘들었던 것이다. 아래로 내려 갔다. 위에서부터 아래로 긴 계단이 만들어져 있었는데 각 계단마다 괴물이 한 마리씩 서 있었다.

내려오니 약간 비린 바다 냄새와 시원한 바람이 느껴졌다. 비록 큰 부두는 아니었지만 어지간한 큰 배 한 척 정도는 정박할 수 있을 만한 규모였다.

'이런 곳에 부두가 있다니.'

주위를 살폈지만 배는 보이지 않았다. 자그마한 배 한 척도 없었다. 부두 위를 걸으며 잠시 바닷바람을 만끽했다. 아래를 보니 제법 큰 고기들이 헤엄치고 있었다.

'저것은!'

환물이었다. 물고기 모양을 한 커다란 괴물들이 바닷물 속을 돌아다니고 있었다.

'커다란 물고기의 뼈로 만들었나 보군.'

일 장(一丈)이 넘는 커다란 물고기 모양의 괴물은 특이하게 두 개의 팔도 있었다. 그로 인해 물속에서 싸움이 벌어질 때 가공할 전투력을 발휘할 수 있을 것 같았다.

그러다 문득 이유강은 다시 동굴로 뛰어들어 갔다. 꾸불꾸불한 동굴을 빠르게 지나 괴물들이 금광석을 캐는 중앙 공터까지 돌아왔다. 동물 뼈가 가득 쌓여 있는 동굴로 들어갔다.

'이것도 아니고… 이것도 아닌데……'

한참 동물 뼈를 뒤적거리다 하나를 발견했다. 제법 큰 물고기의 뼈였다. 작업은 한나절 정도 걸렸다. 단단한 돌로 뼈를 완전히 가루로 만들어야 했다. 내공을 실어 가루를 빻았지만 한 시진 이상 걸려야 겨우 끝낼 수 있었다. 땀이 비 오듯 흘렀지만 쉬지 않고 흙과 섞어 반죽을 만들었다. 그 후 한 시진에 걸쳐 열두 번 암흑마기를 주입했다.

츠으으!

'오오, 드디어!'

이유강은 기대가 되었다. 반죽은 잘되어 있지만 모양이 엉성했다. 대충 만들어진 물고기 모양에 두 팔도 붙였다.

츠으으!

반죽으로 만들어진 환물괴어(幻物怪魚)에 한동안 암흑마기가 요동쳤다. 어느 순간 이유강의 두 눈에서 검은색 빛이 번쩍였다.

카아악!

엉성하게 만들어졌던 진흙 모형이 번들거리는 물고기의 모습으로 변하더니 시뻘건 두 눈을 뜨고 괴성을 질렀다. 그것은 두 팔로 빠르게 땅 위를 돌아다녔다.

[가라. 가서 물고기를 잡아와라.]

이유강의 눈에서 또다시 검은 빛이 회오리쳤다.

카아악!

괴어는 괴성을 지르더니 빠른 속도로 한 동굴을 향해 뛰어갔다. 대략 일각이 지났을까? 괴어는 입에 커다란 물고기 한 마리를 물고 돌아왔다.

"하하하!"

이렇게 기쁠 수가 없었다. 대체 얼마 만에 먹어보는 남의 살인가. 그러다 이유강은 자신을 향해 쇄도하는 수십 개의 살기를 느꼈다. 수백 마리의 괴물이 달려들고 있었다.

'허억!'

너무 기뻐서 웃는 동안 자신도 모르게 암흑마기의 기를 풀었던 것이다. 잽싸게 다시 암흑마기를 끌어올리자 괴물들은 공격을 멈췄다. 그리고는 원래 하던 일을 계속하기 시작했다.

'……!'

이유강은 문득 오늘 만든 환물 괴어의 전투력이 궁금해졌다.

[저놈을 공격하라.]

이유강의 눈에서 검은 빛이 번뜩였다. 그러자 환물 괴어는 그대로 두 팔을 땅에 크게 찍어 도약하더니 커다란 입을 벌리며 한 괴물에게 쇄도했다.

콰앙!

괴어가 큰 입으로 괴물의 얼굴을 삼키듯 공격했으나 괴물은 별 타격을 받지 않았다.

ㄲㄲㄲㄲ!

그것은 괴이한 웃음을 지으며 환물 괴어를 갈기갈기 찢어버렸다. 찢어진 환물 괴어는 잠시 요동을 치더니 움직이지 않았다.

'제길!'

상대가 되지 않았다. 동물 뼈를 이용해 처음 만든 환물이라 나름대로 애착을 가졌는데 어이없이 부서져 버린 것이다.

'오늘은 가서 좀 쉬어야겠군.'

한동안 신경을 썼던지라 피곤했다. 바닥에 떨어져 있는 물고기를 집어 들었다.

'오랜만에 회나 먹어볼까?'

환물 괴어가 부서져 씁쓸했지만 회를 먹는다는 생각을 하니 기분이 좋아졌다.

"어제로 도합 칠백 개의 변화를 익혔구나."

광마도법을 익힌 지 근 이 년이 되어가고 있었다. 하루도 빠짐없이 한 개씩의 변화를 익힌 것이 칠백 일이 된 것이다.

"그런데 과연 이후에 삼백 개의 변화가 더 존재한단 말인가."

머릿속에 환영들을 만들고 그 환영들 각각이 매일 배운 모든 변화를 이해하는 가상의 적이었다. 오백 개의 변화를 익혔을 때 환영들은 오백 개의 변화를 구사하는 가공할 적들이었고, 이유강은 그 환영들 사이를 누비며 그것들을 물리쳐야 했다.

몸의 움직임은 필요없었다. 정좌한 상태로 눈을 감고 행하는 가상비무였다. 그러다 보면 절대 없을 것 같던 또 하나의 빈틈이 보였고, 그로써 또 하나의 변화를 도출해 낼 수 있었다.

매일 하나의 새로운 변화를 접하면 이것을 뛰어넘는 새로운 변화는 존재하지 않을 것 같은 확신을 가졌지만 번번이 그 확신이 깨지는 경험을 했다. 그러나 칠백 개의 변화를 깨우친 현재 그 이상의 변화는 알아내기 힘들었다.

육백오십이[六五二] 개째의 변화까지는 책에 변화의 첫 자세와 마지막 자세가 적혀 있었다. 그러나 그 이후부터는 백지였다. 아무리 책을 살펴도 그 이후로는 어떠한 내용도 없었다. 결국 그 이후 사십팔 개의 변화는 이유강 스스로 처음부터 끝까지 찾아내야 했다. 그것은 마치 무공을 창안하는 것과 다름이 없었다.

"항상 확신이 깨지며 새로운 변화를 깨달았다. 그러나 오늘은 몇 시진째 연구를 해도 도무지 알 수가 없으니……."

예전에는 하루의 일과를 오전에 조환둔여의경을 연구하고 오후에 광마도법을 수련했으나 신조환물여의경을 독파한 이후로는 오전 시간부터 광마도법을 연구했다. 최근 들어서는 오전부터 시작해서 점심을 거르며 오후까지 연구해야 가까스로 하나의 변화를 깨우칠 수 있었다.

스읏.

이유강은 오른손으로 도를 집어 들었다. 앞쪽으로 도를 겨눴다.

"타앗!"

그의 도가 기이하게 움직이며 공간을 갈랐다. 그 후로 한동안 도식(刀式)이 이어졌다. 마치 춤을 추듯 도는 위로 올라갔다 밑으로 내려오며 회전하기도 했고 잠시 멈춰 있기도 했다. 그러던 한순간,

번쩍! 번쩍!

두 줄기의 섬광이 나타났다 사라졌다. 그리고 다시 두 줄기의 섬광이 나타났다 사라졌다. 도합 네 번의 섬광.

"음……."

환영 하나에 한 개씩. 총 네 개의 환영을 격파한 것이다. 육백구십구 개의 변화를 이해하고 있는 네 개의 환영이었다. 칼은 그저 공간을 갈랐을 뿐이지만 그 공간에는 이유강이 만든 환영이 있었다. 그것들은 육백구십구 개의 변화를 이해하고 있었다. 만일 칠백 개의 변화를 이해하는 환영들이라면······.

이유강의 도가 다시 춤을 추었다. 그의 몸도 정신없이 움직였다.

팟! 팟!

파공성을 내며 도는 멈출 줄 몰랐다. 가끔 번쩍 하는 섬광이 일기도 했으나 이유강은 도를 멈추지 않았다. 반 시진이 지났을 무렵 이유강은 도를 손에서 떨어뜨리며 쓰러졌다. 정신을 잃은 것은 아니었다. 온몸이 기진맥진하고 손에 땀이 가득했다. 이유강은 한동안 누워 있었다. 배가 고팠다.

"뭘 좀 먹어야겠군."

이유강은 자리에서 일어났다. 점심을 거르고 저녁 먹을 때가 되었지만 아무런 소득이 없었다.

"더 이상은 아무리 연구를 해도 진척이 없을 듯하구나."

책에 육백오십이 개의 변화까지 적혀 있는 것으로 보아 이 무공을 창안한 자도 어쩌면 육백오십이 개의 변화만 깨달았는지도 몰랐다. 그러고 보면 그 후로 사십팔 개의 변화를 추가로 깨달았으니 굳이 더 이상의 변화에 집착할 필요가 없을 것 같았다.

몸을 씻고 저녁을 먹었다. 싱싱한 회를 먹으니 기운이 나는 것 같았다. 육 개월 전 바다에서 물고기를 잡을 수 있게 된 후부터 매일 저녁 물고기를 먹었다. 직접 잡으러 갈 필요는 없었다. 그때부터 매일 한두 마리씩 환물을 만들었기 때문에 육 개월이 지난 지금 근 삼백여 마리의 환물을 움직일 수 있었다. 그 환물들 중 하나가 매일 저녁 큼직한 물고기를 한 마리씩 잡아왔던 것이다.

저녁을 먹고 잠시 휴식을 취한 후 이유강은 산으로 올라갔다. 산 정상의 집을 통해 지하 동굴로 내려간 후 동물 뼈가 가득한 동굴로 들어갔다. 동굴 안에는 수십 개의 커다란 항아리가 있었는데 그 항아리들 각각에는 회색 뼛가루가 가득 담겨져 있었다. 그리고 한쪽에는 바깥 산기슭에서 퍼 나른 흙더미도 수십 개나 있었다. 이유강이 직접 제조한 환물들과 함께 작업한 것이다. 환물들의 손은 마치 강철과도 같아서 별다른 연장도 없이 뼈를 내리찍어 가루로 만들었는데 그 속도는 이유강이 내공을 실어 암석으로 내려치는 것보다 빨랐다.

"오늘은 어떤 것으로 할까? 그래, 이것이 좋겠군."

이유강은 한 항아리 안에서 뼛가루를 퍼냈다. 항아리에는 '호(虎)'라고 적혀 있었다. 환물들이 뼈를 가루로 만들기 전 이유강이 모든 뼈를 각 종(種)대로 분류해 놓았고, 그 분류된 대로 각각의 항아리에 담도록 지시했기 때문에 이 항아리 안의 뼛가루는 호랑이뼛가루였다.

항아리가 상당히 컸지만 아직 가루로 만들지 못한 뼈가 훨씬 많았다. 각각의 항아리 앞에 수북이 쌓여 있는 동물들의 뼈 더미 앞에는 키가 일 장(一丈)에 달하는 커다란 원숭이 모양의 환물이 한 마리씩 서 있었다. 그것들은 항아리에 뼛가루가 가득 차 있을 때는 그대로 서 있다가 이유강이 항아리에서 뼛가루를 퍼내면 그 퍼간 만큼의 뼈를 가루로 만들어 항아리에 담았다. 이유강이 뼛가루를 퍼내자 환물 한 마리가 뼈를 주먹으로 내리찍기 시작했다.

뿌직! 꽝! 꽝!

듣기 거북한 끔찍한 소리였다. 이유강은 그 소리에 이미 이력이 났는지라 신경 쓰지 않고 뼛가루를 흙과 배합했다. 뼈와 배합하는 흙은 굳이 진흙이 아니어도 되었고 흙이 아닌 돌 가루도 상관없다고 적혀 있었다. 그러나 이유강은 그동안 경험상 돌 가루보다는 오히려 흙을 이용한 것이 더욱 환물을 강하게 만든다는 것을 깨달았다. 따라서 환물들을 시켜 동굴 밖으로부터 많은 흙을 퍼왔던 것이다.

환물을 만드는 작업은 두 시진 정도 소모되었다. 보통 한 시진 정도면 끝나는데 오늘은 특별히 뭔가 영감을 받은 것이 있어서 공을 들였다. 만들어진 환물은 일 장 길이의 괴호(怪虎)였다. 온몸의 털까지도 검은 흑색의 호랑이였지만 두 눈만은 시뻘겋게 빛나고 있었다.

크르르르!

이유강은 흑호를 쳐다봤다.

[저놈을 공격해라.]

그러자 흑호는 동굴 안으로 막 들어오는 괴물을 향해 쇄도했다.

꽈꽝! 크지직! 크직!

놀랍게도 흑호는 순식간에 괴물을 부숴 버렸다. 들어오던 괴물은 영문도 모르고 당한 것이다. 이유강은 만족하게 웃었다.

육 개월 전에는 그가 만든 환물이 흑의인이 만든 환물에게 무력하게 부서졌으나 지금은 반대가 된 것이다. 암흑마공의 수위에 의해 환물이 강해지는 것이 사실이었으나 그것과 별도로 환물의 전투력을 강하게 만드는 방법을 알아낸 것이다.

'저것은?'

갑자기 이유강은 동굴 입구 쪽으로 뛰어갔다. 방금 부서진 환굴의 주변에 동물의 뼈가 흩어져 있었다. 그리고 보니 동굴 안으로 들어오던 환물은 품에 가득 뼈를 안고 들어섰던 것 같았다. 이 뼈들은 어디서 가져온 것이란 말인가.

'또 오는군.'

동굴 안으로 뼈를 품에 가득 안고 들어오는 괴물들.

'그렇다면… 설마?'

이유강은 괴물들을 제치며 작은 부두가 있는 곳으로 달렸다. 그의 뒤를 흑호가 따랐다.

밖은 낮이었다. 맑은 하늘에 녹색의 바다 물결이 잔잔하게 출렁였다. 부둣가에는 허연 동물의 뼈가 산더미같이 쌓여 있었고, 수십여 마리의 환물이 뼈를 품에 안고 동굴로 들어섰다. 놀랍게도 커다란 배가 보였다.

'흑의인이 돌아온 것인가?'

흑의인이 어디선가 동물 뼈를 잔뜩 싣고 돌아온 게 분명했다. 부둣가로 가까이 다가가니 수십 명의 사람이 보였다. 제법 근육들이 우람해 힘깨나 쓸 것 같았는데 얼굴이 초췌한 것으로 보아 노예들인 것 같았다. 그들은 그곳에서 뭔가를 실어 배로 가져가고 있었다. 상당히 바삐 움직이며 이쪽은 쳐다보지도 않았다.

'금광석이군.'

환물들이 동굴에서 금광석을 들고 나온 모양이었다.

'금광석을 어디로 가져가는 것일까?'

그러고 보니 흑의인의 모습이 보이지 않았다. 사람들의 모습이라곤 금광석을 들고 가는 노예들뿐이었다. 이유강은 그들에게 다가갔다.

"이보시오!"

그러자 그들은 움찔하며 이유강을 쳐다봤다. 마치 귀신이라도 본 듯 얼굴이 하얗게 변하며 뒷걸음질치는 것이었다. 그들의 눈은 파란색이었는데 두 눈에 두려움이 가득했다.

'이들이 왜 이러지?'

괴물들과 더불어 살다가 실로 오랜만에 사람의 모습을 보고 내심 반가웠는데 조금 섭섭한 마음이 들었다. 이유강은 최대한 미소를 지으며 그들에게 다가갔다.

"이보시오!"

그러자 그들은 손에 들고 있던 금광석을 떨어뜨리고는 배를 향해 도망치기 시작했다. 서로 뭐라고 말을 하는 것 같았는데 무슨 소린지 전혀 알아들을 수 없었다. 사람들은 순식간에 배에 올랐고 아무도 내려오는 사람이 없었다.

이유강은 그들을 쫓아 배에 오를까 하다가 그만두었다. 저 배의 주인이 누군지 몰라도 아직 가져가지 않은 금광석이 상당히 남아 있었기에 조만간 다시 내려올 것이 분명했다.

'분명히 흑의인이 저 배의 주인은 아니다.'

이유강은 잠시 생각을 정리했다. 흑의인이 선장이라면 환물들을 시켜 금광석을 배에 옮겨 실었을 것이다. 그는 저런 노예들을 부릴 사람이 아니었다. 그렇다면 이 괴물이 득실거리는 곳까지 와서 금광석과 동물 뼈를 교환하는 인간은 누구란 말인가? 물론 흑의인과는 당연히 관계가 있을 것이 분명했다. 이유강은 생각을 멈추고 배를 쳐다봤다.

갑판 위. 그곳에는 족히 이백 명 정도의 사람들이 서 있었고, 그들은 자신을 쳐다보고 있었다. 모두 무기를 들고 있는 것을 보니 무사들인 것 같았다. 좀 전까지 갑판에는 아무도 보이지 않았는데 아무래도 노예들이 도망간 것 때문에 배 안에 있던 무사들이 모습을 드러낸 것 같았다.

"안녕하시오?"

이유강은 그들을 향해 손을 들며 크게 외쳤다. 그러나 그들은 아무 대꾸가 없었다. 대략 일각이 지났을까. 배에서 사람들이 내려오고 있었다. 백여 명의 무사들이었는데 모두 칼을 빼어 들고 있는 모습이 심상치 않았다. 그러나 이유강이 서 있는 이식 장 밖에서 멈추더니 더 이상 다가오지 않았다.

이유강은 그들의 모습을 살폈다. 대부분 파란색 눈을 가진 무사들. 다들 체격이 좋았고 근육이 울퉁불퉁한 것이 싸움도 잘할 것 같았다. 특히 맨 선두에 서 있는 상당히 사나워 보이는 사내의 몸에는 여기저기 칼에 베인 자국이 많았다. 온갖 산전수전 다 겪은 흔적 같았다. 그러나 그 역시 뭔가가 두려운 듯 다가오기를 주저했다.

'이놈 때문에 저러는 것인가?'

이유강은 옆에서 으르렁거리는 흑호의 모습을 봤다. 일 장이 넘는 길이의 커다란 검은색 호랑이가 시뻘건 눈을 번뜩이고 있으니 어찌 두렵지 않겠는가. 이유강은 흑호를 뒤로 물러서게 했다. 그리고는 최대한 부드러운 표정으로 무사들을 쳐다봤다.

그러자 맨 선두의 사내가 자신의 옆에 있는 한 사람에게 뭐라고 중얼거렸다. 사십대 중반쯤 되어 보이는 그 무사는 순간 얼굴이 사색이 되며 뭐라고 말을 했으나 사내가 인상을 한 번 쓰자 흠칫하며 이유강을 쳐다봤다. 그는 칼을 부여잡고는 서서히 다가왔다. 이유강은 태연히 그를 응시했다. 무사의 얼굴은 벌겋게 상기되어 있었는데 그는 이유강의 삼 장 앞까지 걸어오더니 뭐라고 말했다.

'……?'

이유강은 무슨 말인지 알아들을 수가 없었다. 처음 듣는 언어 쳤다. 중국어나 서장의 언어도 아니었다. 이유강이 고개를 기우뚱거리자 무사는 당황하는 것 같았다. 그는 조금 더 큰 소리로 계속 떠벌렸다. 나중에는 금광석 더미를 향해 손짓을 하며 뭐라고 계속 소리를 질러댔다. 금광석을 가져가겠다는 말이 분명했다.

이유강은 고개를 저었다. 절대로 안 된다는 의미로 험상궂은 표정을 지은 후 주먹을 불끈 쥐어 보였다. 무사는 대경하더니 뒤로 꽁지가 빠져라 도망갔다. 두목으로 보이는 사내의 표정이 굳어졌다. 그는 배를 향해 뭐라고 소리쳤다. 그러자 배에서 무사들이 내려왔다. 모두 내려오니 삼백 명이 넘어 보였다. 그들은 무기를 부여잡고 서서히 다가왔다.

'이것들은 해적이 분명하다, 사정이 어찌 된 건지는 모르겠다만.'

일단 기 싸움에서 밀릴 수는 없었다. 이유강의 눈에서 검은색 빛이 번쩍였다.

"허억!"

맨 선두에서 다가오던 사내의 걸음이 멈춰졌다. 다른 무사들도 마찬가지였다. 수백여 마리의 괴물이 엄청난 속도로 동굴 속에서 빠져나오고 있었다. 이유강은 흑호를 비롯하여 그동안 만들었던 환물들을 총동원했다. 바다에서는 환물 괴어들이 무사들의 퇴로를 막았다.

캬아악!

크르르릉!

끄끄끄끄꿋!

환물들은 순식간에 삼백 명의 무사들을 포위했다. 무사들은 괴물들의 끔찍한 모습에 질색하며 저항을 포기했다. 선두의 사내를 비롯하여 몇몇 무사들이 뭐라 소리치며 환물들에게 칼을 휘둘렀다. 그러나 칼이 퉁겨 날아갔고 환물들의 우악스런 손에 잡혀 멀리 집어 던져졌다. 흑호가 맨 선두의 사내를 물고 왔다.

"으……."

이유강은 살벌한 눈빛으로 사내를 쳐다봤다. 사내는 눈물까지 흘리며 애원하는 모습이었다. 그는 호랑이에게 끌려올 때 이미 제정신이 아니었다.

이유강은 흑호를 물러나게 했다. 사내는 이유강 뒤쪽에 서 있는 흑호를 계속 의식했다. 사내를 비롯하여 모든 무사들이 눈치를 보고 있었다. 창백한 안색들이었지만 살고 싶다는 의지가 간절했다. 이유강은 뭐라고 말을 하고 싶었으나 언어가 통하지 않아 답답했다. 이들을 어찌 처리해야 할지 고민이었다.

"당신들 중에 내 말을 알아들을 수 있는 자가 있소?"

중국어로 크게 말했다. 몇 번 소리치자 앞에 무릎 꿇고 있는 사내도 간절한 눈빛으로 무사들을 쳐다보며 뭐라 소리쳤다.

"죽이려는 것이 아니니 내 말을 알아들을 수 있는 사람이 있다면 앞으로 나오시오!"

이유강은 다시 말했다. 그러자 무사들 중에 한 명이 조심스레 앞으로 걸어나왔다. 그는 환물들의 눈치를 보며 슬금슬금 걸어와 사내에게 뭐라고 말을 하였다. 무슨 소린지 알아들을 수 없었다. 사내가 고개를 끄덕였다. 무사가 이유강을 쳐다봤다. 뭔지 몰랐으나 이유강도 고개를 끄덕였다. 그러자 무사는 배를 향해 뛰어갔다.

잠시 후 무사는 배에서 사람들 몇 명을 데리고 나왔다. 이유강은 그 중의 한 명을 주시했다.

'저자는 눈의 색이 흑갈색이로군.'

얼굴의 생김새를 보니 중국인 같았다. 이유강은 그를 향해 부드럽게 물었다.

"당신은 명나라 사람이오?"

그러자 그자는 놀란 듯 고개를 끄덕였다. 그는 생전 처음 보는 끔찍한 괴물들의 모습을 보고 혼비백산한 상태였다. 이유강은 빙긋 웃으며 말했다.

"해치지 않을 테니 두려워 마시오. 당신은 이 배에 노예로 있소? 원한다면 내가 도와주겠소."

"저는 이 배의 요리사입니다."

"노예가 아니란 말이오? 이들은 해적 같은데……."

그는 이유강이 부드럽게 말하자 조금 안심하는 것 같았다.

"저는 돈을 받고 일하는 요리사입니다. 노예가 아닙니다."

"그렇다면 다행이오. 이자가 선장이 맞소?"

"예."

"선장에게 내 말을 해석해 줄 수 있겠소?"

그는 고개를 끄덕였다. 이유강은 선장을 보며 말했다.

"당신은 이 섬의 괴물들과 교역을 하러 온 것이오?"

요리사는 이유강의 말을 선장에게 통역했다. 그러자 선장이 고개를 끄덕였다.

"저는 레알이라는 사람으로 이 배의 선장입니다."

"이곳은 어떻게 알게 된 것이오?"

이유강이 다시 물었다.

"이곳을 알게 된 것은 십이 년 전이지요."

레알의 말에 의하면 그는 십이 년 전에 풍랑으로 헤매다 우연히 이 섬에 정박하게 되었다. 그때 이 섬에 있던 한 인물에 의해 구함을 받았는데 그가 매우 괴이한 제의를 했다는 것이다. 죽은 맹수의 뼈를 가져오면 그만큼의 무게에 해당하는 금광석을 주겠다는 제의였다.

귀가 솔깃한 제안에 그 말을 듣자 레알은 이 섬에 금광이 있는 것을 깨닫고 부하들과 함께 금광을 빼앗으려 했다가 등장한 수십 마리의 괴물에게 큰 봉변을 당했다. 레알은 죽음을 각오했는데 뜻밖의 그 인물이 살려주며 똑같은 제의를 했다고 한다. 그 후로 레알은 이 년마다 한 번씩 이곳을 방문했고, 각지에서 구한 동물의 뼈와 금광석을 교환해 갔던 것이다.

이유강은 생각했다.

'그 인물은 흑의인이 분명하군.'

괴물들에게 동물 뼈를 가져오는 사람들은 공격하지 않도록 지시해놓은 것 같았다. 그 당시에는 이 섬에 괴물들이 득실대지 않았고, 지금 있는 수천 마리의 괴물은 그 이후에 만들어진 것 같았다.

'저 배를 타고 도망칠까?'

어쩌면 기회인지도 몰랐다. 섬 안에 만들어놓은 수백 마리의 환물들이 좀 아깝다는 생각도 들었지만 그것들이야 어디서든 다시 만들 수 있을 것이다. 이유강은 선장을 향해 말했다.

"나를 명나라에 데려다 줄 수 있겠소? 원한다면 대가를 지불하겠소."

선장은 잠시 갈등하더니 고개를 끄덕였다.

"일단 금광석을 배에 옮기시오. 내 금방 돌아오겠소."

이유강은 흑호의 등에 탔다. 경공술을 시전하는 것보다 흑호를 타는 것이 훨씬 빨랐다.

순식간에 집에 도착하여 방에 들어가 봇짐을 챙겼다. 이곳에 산 지이 년의 세월이 흘렀지만 특별히 가져갈 것은 없었다.

"일단 명나라에 들른 후 배편을 알아보아 조선으로 가야겠구나."

부모님을 생각하니 가슴이 아렸다. 이 년 동안이나 소식이 끊겨 무척 걱정하고 계실 것이 분명했다. 그것을 생각하니 마음이 급해져 대충 봇짐을 들어 멨다. 마지막으로 방을 둘러보았는데 한쪽 벽에 가득한 삼백여 권의 책이 눈에 들어왔다. 이미 머릿속에 글자 한 자도 남기지 않고 완벽히 기억된 상태라 가져갈 만한 것은 없었다. 그러나 저 책들을 보자 문득 이 년 동안 외딴 섬에 갇혀 괴물들과 노닥거리게 만든 흑의인이 생각났다. 이제 떠난다고 생각하니 그에 대해 굳이 큰 감정을 두기는 싫었으나 두 분 부모님을 생각하자 내심 부아가 치밀어 올랐다.

"제길! 저놈의 책들을 다 태워 버려야겠군."

이유강은 책들을 모조리 들어내 밖에 태우기 좋게 쌓았다. 책을 태우는 것이 그리 달갑지는 않았지만 이렇게라도 하지 않으면 분이 풀리지 않을 것 같았다. 잠시 후 광마도법, 암흑마공, 조환물여의경, 신조환물여의경 등 도합 삼백두 권의 책은 모두 불에 타 재로 화했다. 반쯤 타다 꺼진 종이 몇 장만 남아 있었다. 가슴이 후련해졌다. 봇짐을 들어 나가려고 하는데 문득 배가 아파왔다.

"그렇다면 마지막으로……."

이유강은 봇짐을 내려놓고 밑에 타다 남은 종이들을 주웠다. 그리고 지하 석실로 내려갔다. 마지막으로 밀실 문을 밀어보았으나 돌로 만들어진 문은 꿈쩍도 안 했다. 암흑마기를 최대로 주입해도 소용없었다. 이유강은 미련없이 돌아서서 바지를 내렸다.

그러고 보니 며칠 동안 일을 안 본 것 같았다. 아랫배가 묵직한 것이 예사롭지 않았다.

"끄응!"

며칠 만에 보는 것이라 그런지 굵기가 상당해 조금 고통스러웠다. 잠시 후 아랫배가 시원해졌다. 손에 들고 있는 종이로 마무리를 했다. 돌아보니 마치 구렁이가 똬리를 틀고 앉아 있는 것 같았다.

"음, 상당히 양이 많구나."

이유강은 만족해하며 바지를 추켜올리려 했다.

쿠구궁!

갑자기 돌들이 부딪치는 마찰음이 들렸다.

'……!'

이유강은 바지를 추켜올리다 말고 뒤를 쳐다봤다. 그토록 열려 해도 열리지 않던 밀실 문이 열려 있었다. 온몸이 얼어붙을 듯한 한기가 밀실 안에서 밀려왔다. 그리고 자신을 죽일 듯이 노려보고 있는 한 명의 인물이 눈에 들어왔다. 흑의인이었다.

"네놈이 죽고 싶어 환장을 했구나."

이유강은 아무 말도 할 수 없었다. 바지를 추켜올리며 피식 웃었다.

"오랜만이오."

이유강이 피식 웃으며 말하자 흑의인은 기가 막힌 듯한 표정을 지었다. 그의 눈에서 검은 빛이 회오리쳤다. 이유강은 암흑마기를 끌어올려 대항했다. 그러자 흑의인의 눈에 이채가 스쳤다.

"암흑마기를 익혔군."

"별것 아니오."

"어디까지 보았느냐?"

책을 어디까지 보았는지 묻는 것 같았다.

"모두 보았소."

"그렇다면 네놈은 어찌 사부를 보고도 절을 하지 않는 것이냐?"

혹의인의 눈에서 다시 검은 빛이 회오리쳤다. 이유강은 다시 대항했으나 혹의인의 능력은 상상을 초월했다. 결국 이 년 전처럼 온몸이 굳어지고 말았다. 다행히 말은 할 수 있었다.

"사부……."

　혹의인은 암흑마기를 거뒀다. 이유강은 몸이 자유로워지자 서서히 무릎을 꿇고 예를 올렸다.

"제자 이유강이 사부님을 뵙습니다."

　절을 하는데 자신이 좀 전에 질러놓은 누런 것이 보였다. 구린내가 코를 찔렀다.

'젠장!'

　혹의인이 찢어 죽일 듯한 표정으로 소리를 질렀다.

"처먹겠느냐, 치우겠느냐?"

"치우겠습니다."

"조금이라도 냄새가 남는다면 네놈의 혀로 그곳을 핥게 할 것이다."

　혹의인은 밖으로 올라갔다. 이유강은 환몰 인형들을 불러 뒤처리를 했다.

　다시 창고가 이유강의 거처가 되었다. 혹의인은 이유강이 삼백두 권의 책 모두를 불태웠음에도 별다른 말을 하지 않았다. 그는 삼 일 정도 자신의 방에서 거하며 휴식을 취하는 것 같았다. 이유강 역시 내공심법과 암흑마공만을 수련하며 지냈다.

'그들은 이미 떠났겠구나.'

　혹의인이 나타난 후로 포기했지만 속이 좌간 쓰린 게 아니었다. 조금만 늦게 혹의인이 나왔다면, 아니, 책을 태우고 지하 석실 밑에 뻘(?)

짓거리만 하지 않았더라면 섬을 떠났을지도 모를 일이었다. 그것만 생각하면 잠도 오지 않았다.

'질긴 악연이군. 아직은 내가 저자의 적수가 되지 못하니 어쩔 수 없지만.'

지난 이 년 동안 익힌 암흑마공. 그러나 흑의인 앞에서는 아무것도 아니었다. 그렇다고 광마도법으로 승부를 하자니 흑의인 또한 그것에 대해 충분히 알고 있을 것이고, 그렇다면 내공이 부족한 자신이 절대적으로 불리했다. 초식만으로는 칠백 개의 변화를 익혔지만 실제로 비무 시에는 내공이 부족하여 상대의 빈틈을 발견한다 해도 그곳에 도를 박아 넣을 수가 없었다.

"부르셨습니까?"

다음날 이유강은 흑의인이 전음으로 부르는 소리에 그의 방으로 들어갔다. 흑의인은 식사를 마치고 탁자 앞에 앉아 있었다.

"광마도법의 변화를 어디까지 익혔느냐?"

"삼백 개까지 익혔습니다."

그러자 흑의인의 손이 움직였다. 수십 개의 수영(手影)이 이유강의 전신을 뒤덮어왔다. 이유강은 그것이 이백구십구 개째의 변화임을 알아채고는 뒤로 이 보 물러난 후 한 손으로 비스듬히 크게 원을 그리며 흑의인의 손을 쳐냈다. 그와 동시에 다른 한 손으로 수영들 사이의 한 곳을 가리켰다. 그러자 흑의인은 손을 거두었다.

"제법이군. 그러나 내공이 부족해서 위력이 없어. 비슷한 내공의 사람과 싸운다면 모를까 너보다 내공이 높은 사람 앞에서는 위력을 발휘하기 힘들 것이다."

"알고 있습니다."

"삼백 가지의 변화를 완벽히 구사하려면 적어도 백 년의 내공이 필요하다. 네놈의 현재 수위를 보니 고작 십여 년 남짓. 그 정도로는 고작 백여 가지 변화밖에 구사하지 못한다."

"……."

흑의인은 탁자 위에 놓인 상자를 열어 엄지손가락만한 단환을 꺼냈다.

"이것은 복용한다고 내공을 단숨에 올려주는 영약은 아니다. 내공 자체의 근본을 바꿔놓는 약이다."

"근본을 바꾸다니 무슨 말입니까?"

"이것을 복용하면 그동안 쌓인 네놈의 내공이 모두 사라지게 된다는 말이다."

이유강은 대경실색했다.

"저는 그것을 복용할 수 없습니다."

"닥쳐라! 네놈의 일천한 내공은 없느니만 못하다! 이전의 내공심법은 기억에서 지워 버리고 지금부터 내가 알려주는 내공심법만 기억해라!"

흑의인의 강요에 의해 할 수 없이 이유강은 단환을 삼켰다. 그리고 그가 말하는 대로 운기조식을 시작하자 단전이 터지는 듯한 고통과 함께 내공이 흩어져 버렸다.

"크으!"

이유강은 흑의인을 찢어 죽일 듯이 노려봤다. 십여 년 동안 축적해 온 본신 내공이 흩어져 버린 것이다. 단전이 파괴된 것이 틀림없었다. 흑의인은 냉소했다.

"건방진 놈, 그따위로 눈을 부라리면 눈알을 뽑아버리겠다!"

"……."

"지금부터 내가 말하는 대로 매일 수련해라."

이유강은 단전이 파괴된 고통에 정신이 혼미했지만 흑의인이 말하는 구결을 모두 암기했다. 흑의인은 구결을 두서너 번 더 반복하여 들려준 후 각각의 구절에 대해 설명을 해주었다. 상당히 심오한 부분이 많아 근 반나절이 지나서야 끝이 났다. 전수가 끝나자 흑의인은 지하 밀실로 들어가 버렸고, 이유강은 그가 알려준 대로 내공 수련을 시작했다.

한 달이 지났다. 흑의인이 가르쳐 준 내공심법은 일반 내공심법과 전혀 달랐다. 외부의 기를 호흡을 통하여 흡수하는 진기토납의 방식이 아닌 온몸으로 기를 흡수하는 방식이었다. 즉, 그저 자연스레 호흡을 통해 대자연의 기를 흡수하는 것이 아니라 스스로 공간 곳곳에 산재하는 기의 덩어리를 감지하여 일거에 흡수하는 방식이었던 것이다. 둘론 그 기운들이 체내에 흡수되면 진기의 흐름은 기존과 동일했다.

그러나 이 방식은 일반적인 내공심법에 비해 고통이 엄청났다. 기를 흡수할 때마다 온몸의 혈관이 터질 듯 팽창되었고, 전신의 혈맥이 토막토막 끊어지는 것과 같은 끔찍한 고통이 수반되었다. 또한 이 심법의 입문은 무척 어려워서 한 달 동안 하루에 약 일각 정도의 시간을 저 외한 모든 시간을 심법 수련에 쏟아야 했다. 이유강은 그 일각의 시간 동안 약간의 음식과 물만 먹었다.

몇 번이고 포기하고 싶었지만 무언지 모를 오기가 치밀어 꿋꿋이 참아냈는데 한 달이 지나자 고통도 제법 익숙해져 그리 힘들지 않았다. 놀랍게도 몸 안에 상당한 내공이 들어차 있었다. 물론 이전의 내공에 비할 바는 아니었지만 이 정도 속도면 일이 개월이면 이전의 내공을 회복할 수 있을 것 같았다.

심법의 입문에 성공하여 잠시 휴식을 취하고는 들뜬 기분에 뒤뜰을 산책했다. 돌아와 보니 흑의인이 서 있었다. 이유강이 멍하니 서 있자 흑의인이 소리쳤다.

"건방진 놈! 한 달 만에 보는데 예도 취하지 않느냐?"

"사부님을 뵙습니다."

"오늘부터 내공심법은 하루 한 시진이면 충분하니 광마도법을 익히도록 해라."

흑의인은 말과 함께 책자를 하나 던졌다. 이유강이 받아 살펴보니 광마도법의 변화 삼백일 번째부터 사백 번째까지가 자세히 설명되어 있었다. 모두 알고 있는 내용이었지만 이유강은 고개를 끄덕였다.

"그리고 매일 환물 백 마리를 만들도록."

"하루에 한 마리 만들기도 쉽지 않습니다."

이유강이 말하자 흑의인은 싸늘히 웃었다. 순간 흑의인의 눈에서 검은색 빛이 흘러나와 이유강의 눈으로 스며들었다.

'으윽!'

온몸이 무저갱 속으로 빠져드는 것 같았다. 이유강은 비틀거리며 쓰러졌다. 흑의인의 목소리가 들렸다.

"네놈에게 백 년의 암흑마기를 불어넣었다. 그 정도면 하루 백 마리는 그리 어렵지 않을 것이다."

과연 상단전에 가공할 암흑마기가 소용들이치고 있었다. 이유강이 놀라자 흑의인은 다시 냉소했다.

"좋아할 것 없다, 일이 끝나면 다시 회수할 것이니."

다음날부터 이유강은 매일 환물 백 마리씩 만들기 시작했다. 백 년의 암흑마기로 슬쩍슬쩍 기운을 주입하기만 해도 되었기에 환물 한 마리 만드는 데 시간은 얼마 걸리지 않았다. 그러나 백 마리를 모두 만들기 위해서는 오전과 오후의 시간 동안 쉬지 않고 일을 해야 했다. 저녁을 먹고 난 후에야 비로소 숨을 돌리고 개인적인 일을 할 수 있었다.

그렇다고 해도 그 시간에 쉴 수 있는 것은 아니었다. 암흑마기와 광마도법을 꾸준히 수련해야 했기 때문이다. 새벽 시간에는 새로 배운 내공심법을 수련했다. 사실 광마도법은 이미 칠백 개의 변화를 깨달은 터라 특별히 수련할 필요가 없었다. 흑의인에게 삼백 개까지만 익혔다고 말한 것은 밑천을 다 드러내고 싶지 않은 까닭이었기에 특별히 흑의인이 수련하는 것을 쳐다보지 않는 한 광마도법을 수련하는 척할 필요도 없었다.

저녁을 먹고 뒤쪽 숲으로 잠시 산책을 했다. 백 년의 암흑마기를 주입받아 환물들을 만든 지 십 일이 되는 날이었다. 불과 십 일 동안 천 마리의 환물들을 만든 것이다. 모두 흑의인이 주입해 준 백 년의 암흑마기 덕분이었다.

상단전에 백 년의 암흑마기가 생긴 이후로는 특이한 능력도 생겨났다. 섬에 존재하는 모든 환물들을 감지할 수 있게 된 것이다. 예전에는 자신이 직접 만든 환물들을 조종할 수 있는 정도였으나 지금은 마치 그것들과 보이지 않는 뭔가로 연결되어 있는 듯 수천 마리의 환물의 작은 움직임 하나까지도 감지가 되었다. 놀라운 것은 그로 인해 조금도 머릿속이 혼란스럽지 않았다. 마치 단전에 새로운 또 하나의 뇌가 존재하여 환물들을 통제하고 있는 기분이었다.

'백 년의 암흑마기는 실로 가공하구나. 그런데 대체 그의 나이는 몇 살이란 말인가.'

암흑마기의 수위로 판단한다면 최소 백 살이 넘는 것이 분명했다. 그것이 아니라면 현재의 내공심법처럼 암흑마기를 속성으로 흡수하는 방법을 썼을 수도 있었다.

'그렇다면······.'

흑의인의 겉모습을 보면 대략 사십대 중반 정도로 보였다. 물론 그가 반로환동의 경지에 이르렀다면 백 살이 훨씬 넘은 노인일 수도 있을 것이다. 그러나 아무래도 흑의인의 막대한 암흑마기는 조금씩 꾸준히 쌓인 것이 아니라 속성으로 흡수한 것이 분명한 것 같았다. 자신에게 백 년의 암흑마기를 서슴없이 주입한 것을 보면 그에게는 여전히 그에 못잖은 암흑마기가 남아 있을 가능성이 높았다.

한 달이 지났다. 산더미처럼 쌓여 있던 동물의 뼈도 반 이상이 사라졌고 섬에는 매일 백 마리씩 새로운 환물들이 만들어졌다. 이유강은 흑의인이 가르쳐 준 내공심법과 유사하게 암흑마공을 변형시키려 노력했으나 성과가 없었다. 또다시 한 달이 지나자 모든 동물의 뼈가 사라졌다. 이유강은 흑의인에게 가서 말했다.

"더 이상 환물들을 만들 동물의 뼈가 없습니다. 이제 무엇을 해야 합니까?"

그러자 흑의인이 이유강을 쳐다봤다. 그의 표정에는 놀라움이 배어 있었다.

"제대로 만든 것이 분명하느냐?"

"물론입니다."

하루에 백 마리의 환물을 만들라 지시했고, 백 년의 암흑마기를 주입해 주기는 했지만 이유강이 이토록 빨리 작업을 끝낼 줄은 몰랐던 모양이다.

"수고했다."

이유강은 암흑마기가 빠져나가는 것을 느꼈다. 흑의인의 눈이 검게 빛나고 있었다. 온몸이 굳어진 상태라 대항할 방법이 없었다.

'제기랄! 다시 회수하는 모양이군.'

잠시 후 그의 몸이 자유로워졌다. 흑의인이 말했다.

"네놈에게 오십 년의 암흑마기는 그대로 남겨두겠다. 그것은 영원히 회수하지 않을 것이니 너의 것이나 다름없다. 다시 내가 부를 때까지 광마도법과 내공 수련에 열중해라."

"알겠습니다."

이유강은 포권을 하고 밖으로 나왔다. 요즘에는 흑의인이 지하 밀실에 들어가지 않고 그의 방에 있었다. 이유강은 내심 가슴이 벅찼다. 흑의인이 매우 괴팍한 면은 있었지만 거짓말을 할 사람은 아니었다. 그가 남겨둔 오십 년의 암흑마기는 자신의 것이 된 것이다. 물론 분명히 속셈은 있을 것이다. 일만(一萬)에 육박하는 환물들. 그것들을 자유자재로 통제하려면 적어도 오십 년의 암흑마기는 있어야 했다.

'그렇다면 조만간 저것들을 움직여 어딘가를 공격해야 하는 건가.'

그러한 생각을 하자 마음이 답답해져 왔다.

"앞으로 삼 일 후 이 섬을 나갈 것이다."

며칠 후 흑의인이 이유강을 불러 말했다.

"이것은 환물들을 움직여 적을 공격할 때 유용한 진법이다. 고대의 병법을 바탕으로 만들어진 것이니 섬을 나가기 전까지 숙지하도록 해라."

"예."

"네놈에게 내공을 속성으로 얻을 수 있는 심법을 전수했으나 수련 기간이 짧아 아직 내공은 여전히 일천하다. 이것을 사용해라."

흑의인은 한 자루의 도를 내밀었다. 날은 뭉툭했으나 붉은 도신(刀身)이 섬뜩했다. 흑의인은 그 후 별다른 말을 하지 않았다. 이유강은 포권을 하고 방을 나왔다.

"신기하군. 미지근한 감촉이라니."

도에서 따뜻한 기운이 느껴졌던 것이다. 핏빛 붉은 도신을 보면 마기(魔氣)라도 느껴질 법하건만 오히려 마음을 편안하게 하는 따스한 기운이었다. 문득 호기심이 일었다.

사각!

집 밖으로 나가 제일 먼저 보이는 환물을 향해 칼을 휘둘렀다. 내공을 주입하지도 않고 그냥 휘둘렀을 뿐인데 환물은 두 동강이 났다. 내심 신이 나 이번에는 칼에 내공을 주입했다. 그러자 도신에서 빛이 나더니 활활 타오르는 것이었다. 열기가 느껴졌지만 고통스럽지는 않았다.

화르륵! 푸스슷!

환물을 향해 휘두르자 환물은 순식간에 불길에 휩싸여 가루로 변해 흩어져 버렸다.

"하하핫! 굉장한 무기로구나!"

이유강은 더욱 신이 나 도를 마구 휘둘렀다. 근처 수십 마리의 환물이 불에 활활 타올랐다.

"한 번 더 지랄하면 네놈에게 그것을 시험할 것이다."

흑의인의 전음이었다. 매우 화가 났는지 한기가 배인 음성이었다. 이유강은 재빨리 도를 거두고 숙소로 들어갔다. 흑의인은 더 이상 말이 없었다.

이유강은 흑의인이 숙지하라고 한 진법을 읽어보았다. 얇은 책자에는 수십여 가지의 진법이 적혀 있었는데 손자병법을 비롯하여 수백여 권의 병법서를 읽은 그에게는 매우 상식적인 내용이었다.

"아주 상식적이고 정석적인 진법이지만 위력은 일반의 병사들과는 엄청난 차이가 난다."

환물들 각각의 무식한 위력, 매우 빠르고 강한 위력을 가진 그것들의 능력은 어지간한 무림의 일류고수라 하더라도 쉽게 상대하기 힘들 것이 분명했다. 더욱이 그것들은 고통도 느끼지 않고 지치지도 않는다. 완전히 부서지기 전에는 며칠 밤낮이고 쉬지 않고 전투가 가능한 것이다. 그러한 환물들이 물경 일만. 어지간한 무림의 대문파라 할지라도 하룻밤 만에 쓸어버릴 수 있을 것이다.

그러나 정작 가공할 힘은 다른 것에 있었다. 아무런 전략이나 진법의 운용이 없이도 엄청난 위력을 나타낼 환물들에게 완벽한 진법과 전술, 전략이 부가된다면…….

일만의 군대가 단 한 사람의 의지에 의해 완벽하게 움직이는 것이다. 이것들은 사람이 아니었다. 얼마든지 대를 위해 소를 희생시킬 수 있었다. 폭약을 가득 안고 수백 마리쯤 자폭시킬 수도 있다. 사람이 아니니 그렇게 없어져도 그 어떤 죄책감이나 주저할 필요가 없다.

공포나 두려움 같은 감정이 없는 환물들. 이론적으로나 가능한 고대의 전설적인 모든 진법을 서슴없이 펼쳐 볼 수 있는 것이다. 이유강은 흑의인이 준 책자를 덮었다. 더 이상 읽어볼 필요도 없는, 어찌 보면 그에게 있어서 조잡하기만 할 정도의 진법들이었다. 그의 뇌리에 몇 가지의 진법이 떠올랐다.

만상환혼진(萬象幻混陣), 십기백파진(十騎百破陣), 삼기파행진(三騎破行陣), 이기혼란진(二騎混亂陣).

그 자신이 예전에 이론적으로 만들었던 수많은 진법들 중 몇 가지 가공할 위력을 가진 것들이었다. 두 명의 기병을 보내 적을 혼란시킬 수 있고 세 명의 기병으로는 적의 진형을 무너뜨릴 수 있으며 열 명의 기병으로는 능히 적의 주력을 격파해 버릴 수 있는 전술이었다. 이것은 오직 죽음을 각오한 최강의 전사들만 수행할 수 있는 것으로 사실 이론적으로나 가능하다 생각했었던 것이다.

'열다섯 마리의 환물을 소모시키면 그 어떤 군대든 일거에 기를 꺾어버릴 수 있다. 백오십 마리의 환물을 소모시키면 수천의 군대라도 섬멸시켜 버릴 수 있고, 천오백의 환물이 있다면 능히 십만의 병사들도 패퇴시킬 수 있다. 물론 상대가 군대가 아닌 무림인들이라면 상황이 달라질 수도 있겠지만 야전에서 대규모의 숫자로 싸우게 된다면 결과는 동일할 수밖에 없지. 그러나 이것들도 만상환혼진에 비하면 그야말로 새 발의 피라 할 수 있다. 만상환혼진은……'

이유강은 문득 생각을 멈췄다.

"내가 지금 무슨 생각을 하고 있는 것인가?"

그렇다. 이것은 바둑이나 장기가 아닌 것이다. 환물들이 공격할 대상은 같은 환물이 아니라 무림인, 곧 사람인 것이다. 지옥에서나 존재할 법한 무시무시한 괴물들이 세상에 나간다면 끔찍한 일이 벌어질 것이다.

"그러고 보니 내가 호기심에 집착해 잠시 그것을 잊고 있었구나."

일만에 달하는 환물들. 그중에 이유강이 만든 것이 칠천 남짓. 만일 그것들이 세상에 나가 사람들을 죽인다면 그에게 엄청난 책임이 있는 것이다. 흑의인의 위세에 눌려 묵묵히 환물들을 만들었지만 더 이상 이대로 끌려 다닐 수는 없었다. 이유강은 내심 각오를 하고는 흑의인의 방으로 들어갔다. 방에 들어가자 흑의인이 대뜸 물었다.

"무슨 일이냐?"

"…할 말이 있습니다."

흑의인은 목욕을 마치고 나왔는지 몸에 약간의 물기가 남아 있었다. 이유강이 그를 노려보았다. 흑의인은 같잖다는 듯 쳐다봤다. 그는 아무 말도 없이 탁자 앞에 앉았다. 이유강은 내심 철렁했으나 눈에 힘을 빼지 않았다.

"내 비록 당신의 제자가 되었으나 세상에 해가 되는 일에는 동참할 수 없습니다. 대체 왜 끔찍한 환물들을 만들었는지, 그것들로 어떤 일을 하려는지 알고 싶습니다. 또한 당신의 능력이면 능히 혼자서도 할 수 있는 일을 왜……."

"닥쳐라!"

흑의인이 말을 잘랐다. 그의 눈이 검게 변했다. 이유강은 암흑마기를 최대로 끌어올려 저항했다. 오십 년이 넘는 암흑마기. 이유강의 눈도 검게 변했다.

"감히!"

흑의인이 자리에서 일어났다. 이유강은 도를 빼어 들었다. 내공을 주입하자 도신에서 활활 불이 타올랐다. 흑의인이 차갑게 웃었다.

"지금 네놈이 칼을 빼 들었느냐?"

"제길."

이유강은 흑의인을 노려봤다.

"더 이상은 당신에게 끌려 다닐 수 없소."

"……."

흑의인은 아무 말이 없었다. 붉게 변한 흑의인의 두 눈. 그것을 보자 이유강은 가슴이 싸늘하게 식는 것 같았다

'기어코 일을 저지르고 말았구나.'

흑의인이 말했다.

"어리석은 놈, 제법 영리한 것 같아 데리고 있으려 했더니 죽음을 자초하는구나."

"쉽지는 않을 것이오."

이유강은 말과 동시에 도를 휘둘렀다.

화르륵!

탁자가 쪼개지며 불에 타 흩어졌다. 흑의인은 옆으로 피해 있었다. 그의 한 손에는 언제 빼 들었는지 한 자루의 도가 들려 있었다. 도신에 검은 빛이 감돌았는데 범상치 않은 기운이 느껴졌다. 이유강은 긴장했다.

'이번의 방심을 노려야 한다.'

처음부터 전력을 다하지는 않을 터, 그는 분명히 자신의 광마도법 수위를 얕잡아보고 있을 것이다. 그 틈을 노려야 하는 것이다. 흑의인의 도가 움직였다.

'저것은…….'

좁은 공간 빽빽이 자신의 전신을 향해 쇄도하는 수백 개의 도. 그러나 이유강은 회심의 미소를 지었다.

'육백오십이, 거기까지가 당신의 한계였군.'

흑의인의 안색이 굳어졌다.

"네, 네놈!"

그는 믿을 수 없다는 표정이었다. 이유강은 그의 가슴에 박힌 도를 뽑았다. 불에 검게 타버린 가슴 주위는 피까지 타버렸는지 피 한 방울 새어 나오지 않았다.

"크흐, 네놈이 감히!"

놀랍게도 흑의인은 다시 도를 휘둘렀다.

'심장이 부서졌음이 분명한데도 죽지 않다니…….'

이유강은 잽싸게 도를 피하며 흑의인의 목을 베어버렸다.

"……!"

믿을 수 없다는 듯 부릅뜬 두 눈. 기이한 포물선을 그리며 바닥으로 떨어지는 와중에도 두 눈은 이유강을 쳐다봤다. 바닥에 떨어지자마자 머리는 활활 타오르며 순식간에 재로 변했다. 머리를 잃은 몸통도 불이 붙었다.

"어이없군."

비록 허점을 노렸으나 이렇게 간단히 죽다니……. 아무리 생각해 봐도 이렇게 쉽게 죽을 자가 아니었다. 그의 꼭두각시가 되어 악행을 저지를 수 없다는 생각에 내심 죽기를 각오하고 반항했던 것인데 이렇게 허무하게 죽다니…….

"제길……."

비록 본의는 아니었으나 잠시나마 사부로 모시던 자이다. 머리가 혼란스러웠다. 이유강은 도를 바닥에 집어 던지고는 방을 나갔다. 방에 다시 들어왔을 때 흑의인의 잔재는 검게 타 곳곳에 흩어진 재뿐이었다. 이유강은 묵묵히 그것을 바라보았다.

"차라리 잘된 것인지도 모르겠소. 대체 세상에 무슨 원한이 있기에 그토록 끔찍한 계획을 세웠는지 모르겠지만 나는 도저히 그것을 좌시할 수 없었소. 부디 편히 눈을 감으시오."

항아리를 가지고 와 재를 담았다. 꼼꼼하게 모든 재를 담고는 일어섰다. 바닥에 널브러진 두 개의 도가 보였다. 붉은빛의 도를 들어 허리에 찼다. 검은빛의 도를 물끄러미 쳐다보다 주워 들었다. 흑의인의 무덤 앞에 꽂아주는 것이 좋을 것 같아서였다.

'우웃!'

갑자기 도에서 뭉클뭉클 흑색 안개가 새어 나오더니 상단전으로 스며들었다.

'이, 이것은!'

암흑마기였다. 순식간의 일이었고 피할 수도 없었다. 급작스런 가공할 기운이 상단전에 들어가자 거대한 폭발이 일어났다.

'……!'

이유강은 머리가 텅 비는 느낌과 함께 정신을 잃었다.

온몸이 부서지는 것 같았다. 특히 심장 우측 부근의 가슴과 좌측 옆구리, 왼쪽 어깨와 오른쪽 허벅지에서 아주 심한 통증이 느껴졌다. 두리번거렸으나 아무것도 보이지 않았다. 두 눈이 몹시 아팠다. 목이 타고 갈증이 났다.

"여기가 어디인가……."

아무런 빛도 보이지 않는 암흑 속의 공간.

"왜 이런 곳에 있는 것인가?"

이유강은 욱신거리는 몸을 비틀어 일어나 앉았다. 고통이 가장 심한 곳은 가슴이었는데 그쪽으로 손을 가져간 이유강은 깜짝 놀랐다.

"이 자국은? 내가 이토록 심한 상처를 입었단 말인가?"

심장 오른쪽에 있는 상처. 칼에 찔린 흔적이었다. 한 치만 왼쪽으로 상처를 입었어도 즉사했을 만큼 위험한 부위였다. 상처 부위의 뼈가 심하게 아팠다. 옆구리에는 길게 베어진 자상이, 허벅지와 어깨 등에도 강한 타박상을 입은 것 같았다.

'으음…….'

가부좌를 틀었다. 내공이 모아지지 않았다. 단전에는 한 줌의 내공도 존재하지 않았다. 심한 통증이 느껴졌다.

"어찌 된 것인가?"

온몸이 무겁고 힘이 없었다. 암흑마공의 심법을 운용했다. 다행히 암흑마기는 존재했다. 놀랍게도 엄청난 수위의 암흑마기가 상단전에 존재하고 있었다.

'예전보다 상상할 수 없이 많은 기가 느껴진다. 이 정도면 가히 이백 년은 되겠군.'

이해할 수 없는 일이었다. 온몸에 입은 중상의 흔적들. 내공은 모두 사라지고 가공할 암흑마기만 체내에 존재하고 있었다. 주위는 아무것도 보이지 않는 암흑 세계.

"이것이 대체 어찌 된 일이란 말인가."

크게 소리라도 지르고 싶었으나 온몸에 기력이 없었다. 한동안 망연히 앉아 있던 이유강은 조심스레 일어섰다. 환물들의 흔적을 찾아보았으나 일만 마리의 환물 중 그 어떤 것의 기운도 느껴지지 않았다. 어딘가 존재한다면 반드시 그것들을 감지할 수 있었을 것이다. 그러나 아무런 것도 감지할 수 없었다.

"환물들이 모두 부서졌다."

이유강은 터벅터벅 걸었다. 캄캄한 어둠. 간혹 물컹하게 밟히는 진흙에 발이 빠져 휘청거렸지만 고집스럽게 계속 앞으로 걸었다.

'그자는 분명 죽었다.'

검은색 도를 집어 들다 정신을 잃었다. 그런데 깨어나 보니 온몸에 상처를 입고 극심한 내상까지 입은 것이다.

'어찌 된 것인가.'

아무것도 보이지 않는 어둠. 눈이 몹시 아팠다. 주변 사물을 확인하려 암흑마기를 일으켰으나 눈이 아파 암흑마기를 눈에 집중할 수가 없었다.

'일단은 이곳에서 빠져나가야 한다.'

이유강은 이를 악물고 계속 걸었다. 빛이 보이지 않는 것으로 보아 이곳은 지하가 분명했다. 바람도 없었고 땅은 질퍽했다. 한참을 걸으니 앞이 가로막혀 더 이상 나아갈 수가 없었다. 차갑고 딱딱한 암석들 사이로 축축한 흙의 감촉이 느껴졌다. 갈증이 더욱 심해졌다. 흙에 약간의 물기가 있는 것으로 보아 가까운 곳에 물이 있을 수도 있었다. 왼손으로 벽을 짚으며 계속 걸었다.

한참을 걸으니 시원한 바람이 불어왔다. 바람이 불어오는 곳을 향해 계속 걸었다. 지저귀는 새소리들. 바람에 나뭇잎 흔들리는 소리가 조금씩 들렸다.

"헉!"

손을 지탱해 주던 벽이 사라지자 이유강은 순간 균형을 잃었다. 넘어지지 않게 그쪽으로 발을 디뎠는데 밑이 허전했다. 그대로 엎어지며 밑으로 굴렀다. 머리를 다치지 않게 손으로 충격을 완화시키며 넘어졌기에 다행히 크게 다치지는 않았지만 팔꿈치와 무릎이 조금 까진 것 같았다. 그러나 그것보다도 기존의 상처들이 더욱 욱신거리며 아팠다.

"으윽!"

이유강은 조심스레 일어났다. 경사진 곳인 것 같았다. 천천히 팔을 들어 움직였더니 손에 잡히는 것이 있었다. 팔뚝 굵기의 나무인 듯했다. 두 손으로 나무를 붙잡고 잠시 한숨을 수었다. 따스한 햇살이 느껴졌다.

"……."

손을 들어 두 눈을 만졌다. 이유강은 주저앉았다.

"아무것도… 보이지 않는다."

차가운 바람과 벌레 우는 소리에 잠을 깼다. 머리가 무거워 이마에 손을 대보았더니 열이 심했다. 스산한 바람에 나뭇잎 움직이는 소리, 어디선가 들려오는 산짐승 소리. 이유강은 일어나 앉았다. 두 눈이 보이지 않는 것을 깨닫자 그 충격에 잠시 정신을 잃은 것 같았다.

"도무지 믿을 수 없구나."

온몸에 느껴지는 고통들. 꿈이 아니었다. 이해할 수 없는 상황이 자신에게 벌어진 것이다.

"으음."

이유강은 나무를 붙잡고 조심스레 일어났다. 품속을 뒤졌으나 아무것도 없었다. 차고 있던 붉은색 칼도 없었다. 여기저기 찢어져 바람이 들락거리는 옷 한 벌이 전 재산이었다.

"칼이라도 있어야 지팡이를 만들 텐데……."

손을 더듬어 나뭇가지 하나를 꺾었다. 약한 나뭇가지라 지팡이로 의지할 만한 힘은 없었으나 그것을 휘저으며 앞에 무엇이 있는지 정도는 파악할 수 있을 것 같았다. 내공이 조금이라도 있다면 제법 굵은 나뭇가지를 분질러 지팡이를 만들 수 있었겠지만 지금은 약한 나뭇가지 하나 꺾는 것도 쉽지 않았다.

걸을 때마다 낙엽이 발에 밟히는 소리가 났다. 향긋한 풀 냄새, 맑은 공기······.

자신이 그토록 그리던 육지 냄새였다.

"이곳은 분명 그 섬이 아니다."

눈에 보이지 않았으나 느낌으로 알 수 있었다.

"일단은 뭔가 먹어야 한다."

목이 탄 것은 이슬이 맺힌 풀과 나뭇잎을 빨아 먹어 그런대로 해결했으나 갈증이 해갈되자 심하게 배가 고파왔다. 마음 같아서는 풀이나 바닥에 축축하게 젖은 낙엽이라도 입에 쑤셔 넣고 싶었다.

바스락!

전방에 뭔가가 움직이는 소리가 났다. 눈이 보이지 않자 청각이 예민해져 조그만 소리도 잘 들렸는데 방금 소리는 제법 커다란 뭔가가 앞에서 움직이는 소리였다. 이유강은 즉각 걸음을 멈췄다. 가슴이 심하게 두근거리며 나뭇가지를 잡고 있는 오른손에 힘이 들어갔다.

바스락!

이번에는 조금 크게 들렸다. 뭔가가 다가오고 있는 것이 분명했다. 이유강은 암흑마기를 끌어올렸다. 상단전에 충만한 가공할 기운. 그러나 이 순간 그것이 아무런 도움이 되지 못하는 것을 깨달았다. 암흑마기를 펼쳐 상대를 마비시키려면 두 눈이 건재해야 했다. 일반의 내공과 달리 암흑마기는 오직 눈을 통해서만 배출이 가능한 것이다. 고통을 무릅쓰며 몇 번이고 시도했으나 보이지 않는 두 눈으로 기의 흐름이 이어지지가 않았다. 이백 년이 넘는 수위의 암흑마기도 무용지물이나 다름없었다.

"······."

코에 맡아지는 기이한 냄새. 규칙적인 호흡 소리가 들렸다. 이유강은 움직이지 않았다.

'산짐승임이 분명한데 무엇인지 모르겠군.'

지금 상태로 호랑이나 늑대 같은 맹수를 만난다면 살아날 방도가 없을 것이다. 그러나 이대로 죽을 수는 없었다.

바스락!

움직이는 소리가 들렸다. 이유강은 청각어 모든 느낌을 동원했다. 산짐승은 자신에게 다가오지 않고 주위를 맴도는 것 같았다. 소리로 판단해 보건대 그다지 큰 짐승은 아니었다. 게다가 몹시 조심스러워하는 것으로 보아 맹수는 아닌 것 같았다.

이유강은 한숨 돌렸다. 이윽고 그것이 서서히 자신에게 다가왔다. 긴장을 하다 보니 몸의 아픈 것도 느껴지지 않았다. 그것은 현재 우측 일 장 정도의 거리에 있었다. 커다란 맹수가 아니라면 비록 내공이 없다 하나 나뭇가지로 눈을 공격한 후 권각으로 급소를 타격하면 잡을 자신이 있었다. 물론 눈이 보이지 않기에 약간의 상처 정도는 각오해야 했다.

바스락!

그것이 가까이 다가왔다. 거의 지척에 이른 상태. 이유강은 일단 그것을 왼손으로 잽싸게 만져 본 후 눈의 위치를 찾아내어 나뭇가지로 찌를 작정이었다.

'살기가 느껴지지 않는군.'

비록 내공을 잃었으나 십수 년을 수련한 감각으로 자신에게 향하는 살기는 감지가 가능했다. 일단 섣불리 공격하지 말아야 할 것 같았다.

'으음?'

오른쪽 무릎에 느껴지는 촉촉하고 부드러운 감촉. 짐승의 혀였다. 찢어져 나풀거리는 옷자락 사이로 드러난 무릎을 조심스레 핥는 혀의 느낌이 따뜻했다. 이유강은 조심스레 왼손을 움직여 그것의 머리를 쓰다듬었다. 그러자 그것은 가만히 있었다. 그리고 기분이 좋은지 쓰다듬는 왼손을 혀로 핥았다. 이유강은 웃었다.

"요 녀석, 나를 겁나게 하다니."

사람 손에 익숙한 개가 분명했다.

"네 주인은 어디 있느냐?"

이유강은 나뭇가지를 내려놓고 오른손으로 개의 등줄기를 쓰다듬었다. 그러자 개가 발랑 뒤집어져서 네 발을 버둥거렸다. 보통 집에서 기르는 개라 할지라도 낯선 사람을 보면 짖거나 으르렁대며 경계를 하기 마련인데 이 개는 특이했다. 자신을 향해 주인에게 보이는 복종과 친밀감을 나타내고 있었다. 아무에게나 꼬리를 살랑대는 강아지라면 이해가 되겠으나 머리가 자신의 아래쪽 허벅지 정도 높이에 있는 것으로 보아 강아지는 아니었다.

"요놈!"

이유강은 개의 배와 목덜미를 쓰다듬으며 간지럼을 태웠다. 개는 요리조리 몸을 비틀며 좋아했다. 긴장이 풀어지자 피로감이 엄습했다. 잠시 잊고 있던 몸의 고통이 한꺼번에 몰려왔다.

잠에서 깼다. 몸이 불덩이 같았다. 어딘가 누워 있는 것 같았는데 깊게 생각할 여력이 없었다. 누군가의 말소리도 들렸고 입에 뭔가를 흘려 넣는 것 같은 느낌도 들었다. 다시 정신을 잃었다.

"정신이 드세요?"

"……."

그 후로 며칠이 지났는지 모른다. 몸이 많이 회복되어 있었다. 가슴의 뼈만 약간 시큰거릴 뿐 머리에 열도 없었고 몸도 가벼웠다. 일어나려 하자 부드러운 손이 가슴을 살짝 눌렀다.

"아직 일어나면 안 되니 좀 더 누워 계세요."

여인의 목소리는 차분하고 맑았다.

"내가 어찌 이곳에……?"

"당신은 운이 매우 좋았어요. 토토가 아니었으면 산속에서 짐승의 밥이 되었겠죠."

다른 여인의 목소리였다. 처음 차분한 목소리의 여인에 비해 매우 밝고 쾌활한 것 같았다. 이유강은 토토라는 자가 자신을 구한 것을 깨닫고 벌떡 일어나 앉아 포권했다.

"토토… 님께 감사드리오."

'토토라……. 이름이 좀 특이하군.'

그러자 부드러운 두 손이 자신을 다시 눕혔다.

"공자, 답답하시겠지만 아직 움직이지 마세요."

"후훗, 토토는 사람이 아니에요."

다른 여인이 옆에서 웃는 소리가 들렸다. 이유강이 의아해하는 표정을 짓자 여인이 이유강의 손을 잡아 뭔가에 갖다 댔다. 촉촉한 혀가 손을 간질였다.

"아하, 너였구나. 요 녀석!"

이유강은 반색하며 손으로 개의 머리를 쓰다듬었다. 그러다 다시 정색을 하고 일어나 포권했다.

"어찌 되었든 두 분 소저의 도움이 없었더라면 소생은 죽고 말았을 것이오. 이 은혜는 절대 잊지 않겠소."

"별말씀을."

다시 며칠이 지났다. 이유강은 내상을 제외하고는 몸이 거의 회복되었음을 느꼈다. 자신을 치료해 준 두 여인은 그동안 그가 잠잘 때를 제외하고는 서로 교대로 와서 자신을 간호해 주며 이야기를 해주었다. 이유강은 그녀들에게 자신이 오늘까지 총 보름 동안 누워 있었음을 들었다. 이제 몸이 거의 회복되었다며 그녀들은 매우 기뻐하는 것 같았다. 그녀들의 이름은 제갈수연과 주소영이었는데 며칠 이야기를 나누어본 바 그녀들의 학식이 적지 않음에 놀랐다.

이곳은 오십여 명의 사람이 살고 있는 조그만 산속 마을이라 했다. 모두 밭을 일구며 사는 평범한 사람들로 그녀들도 그렇게 살고 있다고 한다. 이유강은 그녀들을 눈으로 볼 수는 없었지만 은연중 느껴지는 기품과 학식이 범상치 않았다. 그러한 것은 명문세가에서 자라지 않았다면 쉽게 얻을 수 없는 것이다. 그렇다고 그녀들에게 물어볼 수는 없는 것이었지만 이러한 산속의 작은 마을에 그녀들 둘이 살고 있는 것이 잘 이해가 되지 않았다.

특히 제갈수연이라 불리는 여인의 의술은 매우 뛰어났다. 비록 외상만 치료했다 하나 적어도 수개월은 지나야 회복될 상처를 불과 보름도 안 되는 시간에 거의 완치시킨 것이다. 그렇다고 자세한 것을 물어볼 수는 없었다.

주소영은 제갈수연에 비해 매우 성격이 활발했다. 토토는 그녀의 애견이었는데 적의를 느끼지 않으면 짖지도 않고 사람의 말도 조금은 알아듣는 매우 영특한 개였다. 주소영의 성격이 워낙 밝은지라 그녀와 함께 있으면 이유강도 기분이 좋아졌다. 재치가 뛰어나 이유강을 웃기기도 했지만 가끔은 단순하게 토라지기도 했다. 어쩔 때는 환자인 이유강이 오히려 그녀를 위로해야 할 때도 있었다.

이유강은 자리에서 일어났다. 평소보다 일찍 잠에서 깨어 잠시 상념에 빠졌었는데 계속 누워 있자니 답답했다. 제갈수연이 오늘부터는 일어나서 활동해도 될 것이라고 말했기에 조금 움직여 볼 생각이었다. 손으로 주위를 만지며 조심스레 문밖으로 나갔다. 걷는 것이 약간 어지러웠지만 금방 괜찮아졌다. 더욱이 새벽의 맑은 공기를 마시니 머리까지 시원해져 기분이 좋았다. 아침이 되면 그녀들이 오는데 오늘은 상당히 일찍 일어난 편이라 아직 잠에서 까지 않았을 것이다.

이유강은 혹시라도 그녀들이 잠에서 깰까 봐 문도 소리나지 않게 조용히 닫았다. 그러나 집의 구조가 어찌 되는지 전혀 몰랐기에 이리저리 부딪치며 조금 소리가 날 수 밖에 없었다. 그러다 마당과 같은 공간이 느껴지자 심호흡을 크게 했다. 정신이 또렷해졌다. 몸을 이리저리 이완시켰다.

'흐읍!'

기본적인 권각법의 기수식을 취하며 몸을 풀려 했지만 눈이 보이지 않아 몸의 균형이 쉽게 잡히지 않았다. 기수식이 아니라 이상한 춤을 추는 것같이 몸이 흔들리더니 급기야 쿵 소리를 내며 넘어지고 말았다.

"어멋!"

뒤쪽에서 놀라는 소리가 들렸다. 주소경의 목소리였는데 웃음기가 섞여 있었다.

"공자, 아직 그렇게 무리하지 마세요."

제갈수연의 목소리였다. 그녀 역시 호흡이 고르지 않은 것으로 보아 웃음을 참고 있는 것 같았다. 눈이 보이지 않아 상대적으로 귀가 매우 밝아져서 그녀들의 그러한 미세한 호흡 소리도 느껴졌다.

'이런 창피한 꼴을 보이다니.'

이유강은 쥐구멍에라도 숨고 싶었지만 묵묵히 먼지를 털고 포권했다.

"저 때문에 소란스러워 잠이 깼나 보군요."

"아니에요. 저희도 이미 일어나 있었어요. 그런데 굳이 그렇게 아무 일도 없던 것처럼 그런 표정 지으실 필요는 없어요."

"예?"

그러자 주소영이 더 이상은 못 참겠다는 듯 킥킥대며 웃었다. 제갈수연 역시 소리 내서 웃었다.

"……."

제길. 괴상하게 팔을 휘젓고 허리가 전후좌우로 원을 그리며 두 발 또한 종횡무진 엇갈렸으니……. 그러다 쿵 하고 넘어진 것이다. 누군가 그런 모습을 보였다면 자신도 웃음을 참지 못했을 것 같았다. 그러나 두 여인이 자지러지도록 웃자 내심 울컥했다.

"그렇게 우습소? 원한다면 다시 한 번 보여 드릴 수도 있소."

"정말요?"

"어서 보여주세요."

"……."

며칠이 지났다. 이유강은 꾸준히 몸의 균형 감각을 찾으려 노력했고, 이제는 눈이 보이지 않아도 기본적인 권각의 기수식을 펼칠 수 있었다. 제갈수연과 주소영은 처음에는 웃었으나 이유강이 진지하게 노력하는 모습을 보이자 옆에서 그를 도와주었다. 그녀들의 도움으로 집의 구조를 대략 파악할 수 있었고, 이유강이 기거하는 방에서 무공 수련이 가능한 공터까지 어렵지 않게 왕복할 수 있었다.

아침 식사가 끝나고 차를 마시며 제갈수연이 말했다.

"공자, 그동안 공자의 몸 상태를 보며 이상한 부분을 느꼈는데 이제야 비로소 정리를 할 수 있었어요. 그런데…….."

제갈수연은 잠시 생각하는 듯하더니 다시 말했다.

"어떻게 그런 중한 상처를 입게 되었는지 도무지 이해할 수가 없어요. 공자가 어떤 분인지 모르겠지만 공자 몸의 주요 상처들은 가공할 무림의 마공에 의해 입은 상처가 분명해요."

"마공이라면?"

"크게 알려진 무공이 아니라 저도 확실하게 장담할 수는 없지만…….."

제갈수연의 음성이 조금 떨렸다.

"저의 추측으로는 아마도 마교의 십대마공에 당한 것이 분명한 것 같아요."

"십대마공이라고?"

주소영도 깜짝 놀라는 것 같았다. 이유강은 황당했다. 심한 상처인 줄은 알았지만 마교의 십대마공이라니?

'대체 어찌 된 일인가?'

"이 공자님, 당신은 어떤 분이시죠?"

제갈수연이 묻고 있었다. 이유강은 무슨 말을 해야 할지 난감했다. 솔직히 이유강도 자신이 왜 이런 상처를 입게 되었는지 알 수가 없었기 때문이다.

"천하 유람을 위해 집을 나섰는데 정체 모를 괴인에게 섬으로 끌려간 후 깨어나 보니 이렇게 되어 있었소."

"……."

섬에서 있었던 일을 자세하게 말할 수는 없었다. 제갈수연 등은 한동안 말이 없었다.

"지금부터 제가 하는 말 잘 들으세요."

제갈수연의 목소리는 조금 가라앉아 있었다. 이유강은 고개를 끄덕였다.

"이제 이 공자님의 상세가 거의 회복되었으니 죄송하지만 이곳을 떠나셔야 해요."

"물론이오. 그동안 정말 감사했소."

"사실 이 공자님의 눈이 보이지 않은 것이 어쩌면 다행인지도 몰라요. 그렇지 않았다면 이곳에 들어올 수 없기 때문이죠."

이유강은 묵묵히 그녀의 말을 들었다. 제갈수연이 다시 말했다.

"제 말, 너무 섭섭하게 생각하지 마세요."

"조금도 그렇게 생각하지 않소. 오늘 당장 떠나겠소. 두 분의 은혜는 평생 잊지 않을 것이오."

"이 공자님……."

주소영의 목소리가 들렸다. 손에 매끈하고 부드러운 감촉이 느껴졌다. 그녀의 손인 것 같았다.

"절대로 섭섭하게 생각하지 마세요. 눈이 회복되면 꼭 집으로 돌아가세요."

그녀는 그 말과 함께 손에 뭔가를 쥐어주었다. 작은 호로병인 것 같았다. 그러나 이유강은 그것보다 그녀가 한 말에 놀라 말했다.

"내 눈이 회복될 수 있는 것이오?"

"이 공자님의 눈은 마공에 당한 충격으로 그렇게 된 것이에요. 빠르면 삼 개월, 길어도 육 개월 정도면 시력을 되찾으실 수 있을 거예요. 그 약병에는 환약 구십 알이 들어 있으니 매일 한 알씩 잊지 말고 복용하세요."

제갈수연의 말이었다. 시력을 찾을 수 있다니. 이유강은 가슴이 뛰었다.

"시력을 완전히 되찾기 전까지는 절대로 내공 수련을 하시면 안 돼요. 그렇게 되면 영원히 시력을 잃게 될 거예요."

이유강은 가슴이 벅차 잠시 말을 잃었다.

"두 분의 이름은 내가 알고 있으나 이름 이외의 것은 아무것도 모르고 있소. 짐작컨대 내게 그러한 것을 말할 사정이 못 되는 것 같아 묻지는 않겠소."

"……."

"지필묵을 좀 가져다주시겠소?"

그녀들은 잠시 의아해하는 것 같았다. 그러나 곧 준비해 주었다. 이유강은 왼손으로 종이를 붙잡고 오른손으로 붓을 들었다. 주소영이 오른손을 먹물이 있는 곳으로 이끌어주었다. 이유강은 붓에 먹물을 듬뿍 묻혀 단숨에 한 글자를 썼다.

"아!

"……!"

순간 그녀들의 감탄사가 들렸다. 이유강은 종이가 마르기를 기다렸다가 제갈수연에게 주었다. 그리고 다른 종이에 또 한 글자를 썼다. 역시 그녀들의 감탄사가 들렸다. 그것은 주소영에게 주었다. 유(柔)와 강(剛)이라는 글자로 그의 이름을 한 글자씩 쓴 것이었다.

"이런 필체는… 한 번도 보지 못했어요."

제갈수연의 말이었다. 그녀의 음성은 떨리고 있었다. 이유강은 미소지었다. 예전에 부친도 자신의 필체를 보고 경악한 적이 있었던 것이다.

"그랬을 것이오. 그것은 나만의 필체이기 때문이오."

"……."

그녀들은 말이 없었다. 이유강은 그녀들이 놀랄 것이라 짐작했기에 잠시 그대로 있었다. 잠시 후 제갈수연이 물었다.

"이것을 저희에게 주시는 까닭이 무엇인가요?"

"부족한 실력으로 두 분의 심기를 편찮게 했다면 용서하시오."

제갈수연은 한숨을 쉬었다.

"겸손이 지나치시면 교만이에요. 이 공자님은 제가 가고자 하는 길의 몇 단계 앞에 서 계시는군요."

"도움이 되었다면 정말 다행이오."

이유강은 담담히 말했다.

"이것은 내가 도움을 받았다는 일종의 증표요. 부담 갖지 말고 내 마음이라 생각하시고 받아주시오. 지금 달리 드릴 만한 것이 없으니."

"제게는 천금보다 귀한 보물인걸요."

제갈수연이 말했다. 이유강은 미소 지었다. 그러자 옆에서 주소영이 물었다.

"이것을 증표로 주신다 함은 무슨 의미이신가요?"

"누구라도 그것을 내게 내밀어 부탁을 한다면 도의에 어긋나지 않는 한 어떤 부탁이라도 들어준다는 뜻이오."

"……."

그때 갑자기 제갈수연이 벌떡 일어나 밖으로 나가는 것 같았다. 주소영도 뒤를 따라 나갔다. 이유강은 어리둥절했지만 그대로 앉아 기다렸다. 잠시 후 그녀들이 들어왔다.

"이 공자님, 죄송해요."

"오늘 주신 증표… 부디 잊지 마세요."

제갈수연과 주소영의 목소리가 함께 들렸고, 이유강은 이마가 뜨끔하며 정신을 잃었다.

第八章 부하 체조, 비혼

낯선 곳인 것 같았다. 혈혈을 짚여 의식을 잃은 것까지는 기억났다. 아마도 그녀들은 자신을 다른 곳에 두고 간 듯했다. 이불이 폭신하며 부드러웠다. 누군가가 문을 두드렸다.

"저… 들어가도 괜찮겠습니까?"

사십대쯤의 남자 목소리였다. 이유강은 일어나 앉았다.

"들어오시오."

그러자 방문이 열리는 소리가 들렸다.

"어디 불편한 곳은 없으신지요."

"편히 잤습니다."

"두 분 소저께서 육 개월분 숙식비를 주고 가셨지요. 이곳은 객잔의 별실로 조용합니다. 불편한 점이 있으시면 언제든지 침대 머리맡에 있는 줄을 당겨주십시오."

"……."

이유강은 고개를 끄덕였다. 남자가 나가고, 잠시 후 누군가가 식사를 가져와 탁자 위에 놓았다. 여자 같았는데 이유강이 눈이 보이지 않는 것을 이미 알고 있는지 식사하는 것을 도와주었다.

별실은 객잔 주인의 말대로 조용했다. 따로 별채로 만들어져 있어서 이따금 그의 식사 시중을 들기 위해 찾아오는 점소이들을 제외하면 사람이 없었다.

"시력이 회복될 때까지 이곳에서 머무는 수밖에 없겠군."

생면부지의 자신을 치료해 주고 거액을 들여 이곳에 데려다 준 두 여인을 생각하자 가슴이 뭉클했다. 다시 만날 수 있을지 모르겠지만 무슨 방법으로든 꼭 은혜를 갚을 작정이었다.

"육 개월이라……."

시력 회복까지 늦으면 육 개월이 걸린다 했다. 그때까지 내공 수련도 하면 안 된다고 했기에 대체 무엇을 하며 지낼까를 생각하니 마음이 무거워졌다. 눈이 보이지 않으니 책도 볼 수 없다.

'그런데 대관절 나는 왜 이렇게 된 것인가?'

탁자 위에 놓인 차를 조심스레 따라 마셨다. 미지근했지만 향긋했다.

'나를 이렇게 만들 자는 흑의인 이외에는 없다. 그가 살아 있다면 설령 이보다 더한 짓을 했다 해도 이해가 되긴 하지만 그는 분명히 내 손에 죽었다.'

이유강은 인상을 찌푸렸다.

'더욱이 제갈 소저의 말에 의하면 지금이 만력 육 년이 아닌가. 그

렇다면 내가 정신을 잃은 사이 대략 일 년 반 정도의 시간이 흘렀다는
것인데…….'

기절초풍할 노릇이었다. 생각하면 할수록 기가 막혔다. 잃어버린 일
년 반의 세월. 더욱이 온몸이 만신창이처럼 부서지고 시력까지 잃어버
린 것이다.

"제길!"

이유강은 탁자를 쾅 하고 내려쳤다. 찻잔이 밑으로 떨어져 깨지는
소리가 들렸다.

"반드시 알아낼 것이다! 어떤 놈인지 몰라도 절대 용서하지 않겠
다!"

주먹을 쥔 팔이 부들부들 떨렸다.

"마교의 십대마공이라고 했던가, 나를 이렇게 만든 무공이?"

며칠이 지났다. 주소영이 준 환약을 매일 한 알씩 먹고 있었지만 아
직은 특별히 시력이 좋아지는 효과는 보이지 않았다. 별채 안의 공터
가 제법 넓어 무공 수련을 하기 적당했으나 꾸준히 몸을 푸는 것 이외
에는 할 수 있는 것이 없었다. 그렇게 열흘이 지났다.

"……."

이제는 보이지 않아도 움직이는 것이 상당히 익숙해졌다. 특히 청각
의 능력이 상당히 향상된 것 같았다. 눈이 보이지 않아 대부분의 것을
손끝의 촉각과 청각에 의존하다 보니 자연스레 그리된 듯했다. 이유강
은 권각법의 기수식을 취한 후 숨을 고르며 조용히 앉아 있었다.

'그렇게 노력해도 진전이 없던 광마도법의 칠백일 번째 변화가 떠오
르다니…….'

특별히 의도한 것은 아니었으나 자연스레 명상을 할 기회가 많아졌다. 내공 수련도 할 수 없는 상황이라 무공에 대해, 특히 광마도법에 대해 많은 생각을 했다. 그러다 만일 눈이 브이지 않는 상태에서 광마도법을 펼쳐야 한다면 어떻게 될 것인가에 대해 고민을 해보았던 것이다.

첫 번째 변화에서부터 찬찬히 되짚어보았는데 칠백 번째의 변화까지 가기가 결코 쉽지 않았다. 사실 무공의 변화라는 것은 눈을 현혹시키는 데 있는 것이 아닌가. 그런데 눈으로 코지 않는다면 어떻게 해야 한단 말인가.

시각의 흐름을 쫓지 않고 청각의 흐름을 쫓는다면 달라지는 것이 뭔가 있을 것 같았다. 물론 칼이 바람을 가르는 단순한 소리를 쫓는 것이 아니다. 그러한 것이라면 이미 칠백 개의 변화에 충분히 포함되어 있는 기본적인 것이다.

정말로 장님이 아니라면 느낄 수 없는 것. 시력 자체를 완전히 잃어야 열리는 귀의 또 다른 감각. 그것은 내공이 깊은 자가 미세한 소리를 들을 수 있는 그러한 능력과는 다른 개념의 감각이었다.

이유강은 이러한 감각을 느꼈을 때, 또한 그것이 무공의 또 다른 깨달음을 주었을 때 마치 하늘을 훨훨 나는 것 같은 쾌감을 느꼈다. 오랫동안 막혀 있던 벽, 더 이상은 '없을 것'이라 단정했던 길의 끝이라 생각했던 벽이 허물어진 것이다. 다음에 어떤 단계가 있을지는 모르겠으나 어찌 되었든 자신이 어떤 단계를 뛰어넘어 보다 높은 경지에 접어들었음을 느낀 것이다.

그렇다 해도 새로운 변화를 도출해 내는 것은 쉬운 일이 아니었다.

하루 종일 그것에 몰두해야 가까스로 한 개의 변화를 깨달을 수 있었다. 비록 초식상으로나마 익숙해지기 위해 몸이 피곤해지도록 무한 반복 수련을 했다. 그렇게 이 개월의 시간이 지났는데 언제부터인가 더 이상의 진전이 없었다. 새롭게 얻은 변화는 도합 오십이 개였다. 결국 총 칠백오십이 개의 변화를 깨달은 것이다.

'과연 천 개의 변화가 존재하기는 하는 것인가? 천 개의 변화까지는 앞으로 이백사십팔 개가 남았다.'

아마도 있을 것이다. 벽이라고 생각했던 것이 허물어지는 것을 느꼈던지라 이제 또 다른 벽을 넘지 않으면 그것들을 깨달을 수 없을 것이다. 그러기 위해서는 그 벽이 무엇인지 알아야 했다.

'만일 청각까지 잃게 된다면……'

그렇게 된다면 혹시 후각 능력이 뛰어나 그것을 통해 뭔가 새로운 변화를 깨달을 수 있지 않을까 하는 생각이 들었다. 그래서 그 후로 며칠 동안 귀가 들리지 않게 종이 등을 통해 틀어막고 수련을 해보았으나 아무 진전이 없었다.

'안 되는군.'

조금 실망이 되었으나 어쩔 수 없었다. 너무 조급하게 생각하지 않는 것이 좋을 것 같았다. 최근 들어 시력이 조금씩 회복되는 조짐이 보였다. 다시 세상을 눈으로 볼 수 있다고 생각하니 마음이 설레고 두근거렸다. 눈을 잃어 무공의 새로운 경지를 깨달았으나 그것이 눈으로 세상을 보는 것과 뒤바꿀 만큼 가치있는 것이란 생각은 들지 않았다.

"이곳에 온 지 벌써 사 개월이 흘렀군."

이유강은 별채의 공터 위에 서 있었다. 이미 시력은 완전히 회복되어 있었다. 그동안 광마도법의 변화들과 신조환물여의경상의 내용들을 머릿속에서 정리했다. 눈이 보이지 않으니 쓸데없는 데 신경이 쓰이지 않았고 잡념없이 몰두할 수 있었다. 암흑마기를 이용한 환물 제조에 대한 새로운 방법을 연구하고 있었다.

내일부터는 내공 수련을 시작할 작정이었다. 육 개월의 숙식비를 냈다 했으니 앞으로 두 달은 더 이곳에서 지낼 수 있는 것이다. 그러고 보니 수중에 돈도 없고 가진 것도 없어 사실 이곳을 떠나면 당장 끼니 걱정부터 해야 할 판이었다. 그러나 그것은 나중 일이고 최소한 앞으로 두 달 동안은 모든 것을 잊고 내공 회복에 몰두할 수 있을 것이다.

내공이 일시적으로 흩어진 것이라면 운기조식을 오랫동안 취하여 본신 내력을 회복할 수 있겠지만 완전히 흩어진 상태라 처음부터 다시 시작해야 했다. 다행히 사부가 가르쳐 준 괴이한 심법은 기존의 심법들과 달리 비록 고통스럽긴 했지만 속성이 가능했다. 특별히 이름을 알려준 것이 아니라서 편의상 그 심법을 광마심법이라 부르기로 했다.

일단 대략 삼 일간은 잠도 자지 않고 오직 심법 수련에만 열중했다. 다행히 광마심법을 처음 수련할 때처럼 한 달간 잠도 못 자며 극한의 수련은 하지 않아도 되었으나 여전히 온몸이 터질 듯한 고통을 참아내야 했다. 이러한 고통을 생각한다면 광마심법이 그다지 내키지 않았으나 고통 뒤에 오는 놀라운 내공의 증가는 뿌리칠 수 없는 유혹이었다.

객잔 주인에게 삼 일 동안 누구도 찾지 말라고 부탁한 후 문을 걸어 잠갔다. 그리고 나뭇가지를 잘라 별채 사방에 별도로 미환진(迷幻陣)을 펼쳐 놓았다. 아주 간단하게 펼칠 수 있는 것이나 어지간한 진법의 고수가 아니고서는 절대로 통과할 수 없었다.

삼 일 동안의 연공이 끝나자 온몸이 기진맥진하면서도 활력이 솟았다. 마치 말라비틀어졌던 식물들이 비를 맞고 쑥쑥 일어서는 것처럼 죽었던 내공이 살아나자 구름 위를 걷는 듯 상쾌한 기분이 들었다. 미환진을 풀고 점소이가 가져온 식사를 했다.

광마심법은 과연 뛰어난 심법이었다. 초입 삼 일 연공 후 불과 한 달 남짓 수련했을 뿐인데 이전 내공의 상당 부분을 되찾을 수 있었다. 물론 그래 봤자 십 년을 상회하는 수준이었다. 그러나 이 속도면 매일 한 시진 정도만 꾸준히 수련할 경우 몇 년이 지난다면 상상할 수 없는 가공할 내력을 가질 수 있을 것이다.

이백 년이 넘는 수위의 암흑마공은 더 이상 수련할 필요가 없었다. 아니, 수련할 수가 없었다. 암흑마공은 오직 암흑마기가 있는 곳에서만 수련이 가능하기 때문이었다.

"앞으로 보름 후에는 이곳을 떠나야겠구나."

그동안 시험해 볼 것이 하나 있었다. 사실 지금 상태로 무림에서 고수들과 싸우게 된다면 이백 년의 암흑마기로 상대를 묶어두는 것 외에는 방법이 없었다. 물론 초식상으로 승부하자면 광마도법을 펼치면 두려울 게 없을 것이나 내공이 부족해 제 위력의 천분의 일도 발휘할 수 없다.

광마도법은 변화를 깨달아 완벽한 방어를 해내는 것이 첫째이고, 또한 이를 통해 상대의 허점을 단번에 공격하는 것이 둘째였다. 천 개의 변화를 알게 되면 도출되는 하나의 완벽한 초식. 그것은 그 누구도 피할 수 없고 죽을 수밖에 없는 절대 최강의 초식이라 했다. 그러나 이유강은 천 개의 변화를 깨닫지 못했기에 그 초식을 펼칠 수가 없었다.

"기실 광마도법은 하나의 변화를 깨달을 때마다 하나의 초식이 존재한다. 고로 천 개의 변화를 깨닫게 된다면 천 개의 초식이 존재하지만 앞의 구백구십구 개의 초식은 마지막 하나의 완벽한 초식에 비해 불완전한 초식이기에 필요가 없게 되는 것이다."

즉, 이유강이 매일 수천 번씩 수련했던 초식들. 그것은 머릿속으로 각 변화들의 환상을 만들고 그것을 깨는 초식들을 수련한 것이었다. 따라서 칠백오십이 개의 변화를 깨달은 지금 도합 칠백오십이 개의 초식을 알고 있었다. 그렇다면 앞의 칠백오십일 개의 초식은 맨 마지막 칠백오십이 번째의 초식에 비해 불완전하므로 버려야 했다. 그러나 그것은 내공이 충분할 때나 생각할 일이었다.

"변화를 알지 못한다면 단순히 초식을 펼친다 해도 별 위력이 없는 것이 사실이다. 그러나 대략 삼백 번째 변화까지는 굳이 그때까지의 변화를 이해하지 못해도 삼백 번째의 초식을 무한 반복 수련한다면… 비록 제 위력보다는 못하지만 대략 비슷한 위력을 발휘할 수 있을 것 같은 생각이 든다. 물론 그것도 내공이 백 년은 있어야 그 위력이 나오겠지만."

사실 이유강의 현재 십 년 내력으로 무리없이 펼칠 수 있는 초식은 백 번째의 초식이었다. 이백 번째의 초식은 내공이 사십 년이 필요했고 삼백 번째 초식을 펼치려면 대략 백 년의 내공이 필요했다. 제아무리 속성으로 내공을 익힌다 해도 상당한 시일이 지나야 삼백 번째의 초식을 펼칠 수 있는 것이다. 참고로 칠백 번째의 초식을 펼치려면 대략 오백 년의 내공이 필요했다.

따라서 무기 자체에 가공할 기운이 내저되어 있는 절세의 신병이기를 소유한다면 모를까 그것이 아니라면 설혹 상대의 허점을 찾았다 해도 실전에서는 펼칠 수 없었다. 물론 펼칠 수는 있을 것이나 위력이 거의 없는 헛짓거리가 되어 그로 인해 자칫 치명적인 빈틈을 상대에게 허락하게 되는 것이다. 이유강이 흑의인, 즉 사부를 죽일 수 있었던 것도 가공할 화기가 내재되어 있는 신병이기였기에 가능했던 것이지 그렇지 않았다면 어림도 없는 일이었다.

"환물을 대량으로 빠르게 만들려면 동물의 뼈를 이용하는 것이 가장 좋다. 그러나 그것들은 한계가 있다. 동물의 뼈가 아닌 흙 자체의 기운에 암흑마기를 장시간 주입하면 동물의 뼈를 이용해 만든 것보다 수십 배, 아니, 수백 배는 더 강력한 환물을 만들 수 있다는 생각이 든다. 그러나 그러기 위해서는 환물 하나를 만드는 데 상당한 시일이 소요될 것이다."

따라서 어쩌면 하루에 백 마리, 작정하면 수백 마리도 만들 수 있는 동물 뼈를 이용하는 것이 훨씬 합리적일 것이다. 그러나 그렇게 많이 만들 필요가 없는 것이다. 게다가 그것들의 형상은 지옥에서나 볼 수 있음 직한 끔찍한 괴물들이 아닌가. 현재로서는 단 하나면 족했다.

객잔 주인에게 부탁해 진흙을 한 수레 얻었다. 그리 어려운 부탁이 아니어서인지 객잔 주인은 금방 가져다주었다. 이유강은 다시 별채 근처에 미환진을 펼치고는 아무도 접근하지 못하게 했다. 오 일 동안 간단하게 끼니를 때울 수 있도록 주먹밥과 건량을 객잔 주인에게 부탁해 가져다 놓았다.

주물주물.

물을 붓고 반죽을 했다. 반죽을 할 때부터 암흑마기를 주입해야 했다. 쉽지 않은 일이었다. 대략 반나절을 꼬박 반죽을 하며 암흑마기를 주입했다. 차를 마시며 잠시 휴식을 취한 후 그것을 사람의 형상으로 만들었다. 처음에는 여인의 모습으로 만들까 하다가 아직 여인의 나신을 한 번도 본 적이 없었기에 남자로 만들기로 했다.

"휴, 쉽지 않군."

쉬운 작업은 아니었다. 예술적인 감각이 필요한 어려운 작업이었다. 이유강은 붓을 들어 글씨를 쓸 때를 생각했다. 난을 치고 산수를 그릴 때처럼 정신을 집중했다. 칠 척 장신의 완벽한 몸매. 한나절이 꼬박 걸렸다. 이제 두상만 완성하면 되었다.

"나와 같은 얼굴로 만들까?"

내심 내키지 않았다. 그러다 문득 예전 산적과의 결투 후 죽은 장군이 생각났다. 굴하지 않는 의지가 보이는 강한 눈매. 설혹 죽는다 해도 주저없이 앞으로 돌진하는 용감한 장군의 기상.

"그의 모습으로 하면 좋겠군."

두상을 완성하고 보니 실제로 그때의 박 장군이 누워 있는 것 같았다. 힘든 작업이었지만 마음이 흡족했다. 저녁을 먹고 두 시진 동안 암흑마기를 세밀하게 주입했다. 이렇게 해야 환물의 몸에 암흑마기의 일정한 흐름이 생겨나는 것이다.

다음날도 작업은 계속되었다. 지루할 정도로 암흑마기를 주입했다. 저녁때쯤 되자 환물의 내부에서 암흑마기가 일정하게 흐르기 시작했다. 그 다음날은 그것의 흐름이 더욱 강해졌고 급기야 검은색 기운이 환물의 전신에 회오리쳤다. 이유강은 담담히 그것의 흐름을 통제했다. 다시 이틀이 지났다.

"들어오시오."

방문이 열리고 인상이 좋아 보이는 사십대 중반의 청색 옷을 입은 남자가 들어왔다. 객잔 주인이었다.

"공자께 전해 드릴 것이 있습니다. 이것은 두 분 소저께서 남기신 물건들입니다. 공자께서 이곳을 떠날 때쯤 전해 드리라 하셨지요. 이제 대략 십 일 후면 육 개월의 기한이 완료되는지라……."

객잔 주인이 전해준 것은 조그만 분홍색 보자기였다.

"그럼 저는 이만 나가보겠습니다."

객잔 주인이 방을 나가자 이유강은 보자기를 풀어보았다. 안에는 하나의 서찰과 작은 전낭이 들어 있었다. 서찰을 펴서 읽었다.

이 공자님, 이 서찰을 보실 때쯤에는 시력이 회복되어 있을 거라 믿어요. 급박한 사정으로 인해 결례를 범할 수밖에 없었어요. 요즘의 시국은 암흑과도 같아요. 세상이 흉흉하니 이 공자님께서도 속히 집으로 들어가시는 것이 좋을 듯해요. 더 궁금하신 것이 있으시면 객잔 주인인 황 대인에게 물어보세요. 그는 믿을 만한 사람이지요. 부디 몸조심하세요. 전낭에는 은전을 약간 넣었으니 집으로 돌아가시기에는 불편이 없을 것이에요. 다음에 혹시라도 뵐 수 있다면 공자님과 함께 학문에 대해 논해보고 싶군요.

제갈수연이 쓴 것 같았다. 반듯하고도 현묘한 필체가 마음에 들었다. 이유강은 전낭을 열어보았다. 약간의 은전이 들어 있다는 말과는 달리 꽤 많은 은전이 들어 있어 묵직했다. 문득 약간 처량한 생각이 들었다.

'이렇게 신세를 지고 다니다니.'

처음 보는 자신을 치료해 주고 은전까지 보태주는 그녀들의 마음씨는 매우 아름다웠지만 이렇게 돈까지 받고 나니 내심 마음이 불편했다. 그러나 염치없지만 지금은 받을 수밖에 없었다. 한 푼의 돈도 없이 돌아다닐 수는 없는 것이다.

'나중에 꼭 갚을 것이다.'

어머니께서 주신 전낭에는 보석을 비롯한 많은 돈이 들어 있었는데 그것은 어디로 갔는지 알 수 없었다. 지금 입고 있는 옷은 객잔에서 준비해 준 몇 벌의 옷 중 하나로 깔끔한 백의였다. 이전의 누더기 옷은 어디론가 버려진 것 같았다.

환물 인형에게 여벌의 옷 중 하나를 입히려 했더니 옷이 맞지 않아 은전을 주고 한 벌을 맞춰 입혔다. 은은한 그릿빛이 나는 환물 인형은 자세히 보지 않으면 인간인지 아닌지 구별하기 힘들었다. 죽립이라도 머리에 씌워놓으면 그 누구도 알아보지 못할 것이 분명했다.

"비혼, 이것이 너의 이름이다."

심혈을 기울여 만든 환물 인형을 비혼이라 이름 지었다. 비혼은 기존의 환물과 능력에 있어서 엄청난 차이가 있었다. 한 번에 십수 장을 도약할 수 있을 뿐만 아니라 그 속도도 기존의 환물보다 몇 배는 빨랐다. 파괴력과 강도에 있어서는 수십 배의 위력이 있었다.

그러나 비혼의 진정한 능력은 이유강이 비혼을 통하여 광마도법을 시전할 수 있는 것에 있었다. 아주 먼 곳에 떨어져 있어도 비혼이 보는 모든 것을 볼 수 있었고 비혼을 움직일 수 있는 것이다. 이유강의 현재 내공으로는 백 번째 초식 정도만 간신히 시전이 가능하지만 비혼을 통하면 적어도 삼백오십 번째 이상의 초식을 구사할 수 있었다. 백 년을 상회하는 내공이 있어야 삼백 번째의 초식을 무리없이 시전할 수 있는 것을 생각해 볼 때 그렇다면 비혼은 내공이 백 수십 년이 되는 신체의 능력을 발휘할 수 있는 절세의 병기인 것이다.

"그러나 항상 내가 조종을 해야 하는 치명적인 약점이 있지 않은가."

현재로서는 비혼 자체에 광마도법의 초식들을 기억시키는 것은 불가능했다. 즉, 비혼 스스로 적의 공격에 자신을 방어하고 그것의 허점을 파악하여 초식을 전개할 수는 없었다. 그래서 생각한 것이 한 가지의 공격 방식을 주입시키는 것이었다.

방어를 배제한 오직 하나의 초식. 만일 비혼이 홀로 싸운다면 방어를 배제한 채 오직 그 하나의 초식만 무한으로 펼치게 될 것이다. 그것은 일백팔십구 번째의 초식으로 이유강은 그 초식을 비혼일참(飛魂一斬)이라 이름 지었다. 그 이상의 초식은 이유강이 조종하지 않으면 펼치기 힘들었다. 좀 더 연구를 한다면 대략 삼백 번째의 초식도 기억시킬 수 있을 것 같았으나 현재로서는 무리였다.

"그러고 보니 이 녀석과 싸운다면 지겠구나."

이유강이 현재 펼칠 수 있는 초식은 백 번째까지의 초식이므로 일백팔십구 번째 초식인 비혼일참의 공격을 연속으로 받았을 경우 감당할 방법이 없었다.

"비혼, 앞으로 나를 잘 호위하도록 해라."

자신보다 키가 한 자나 더 큰 비혼을 보며 이유강은 매우 흐뭇했다.

"공자, 비록 육 개월이 지났지만 더 더무르셔도 괜찮으니 좀 더 쉬었다 떠나시는 것이 어떻겠습니까?"

"말씀은 감사하나 그동안 충분히 쉬었고 몸도 완전히 회복되었으니 약정대로 내일 떠날 생각입니다."

그러자 황 대인은 고개를 끄덕였다. 이유강은 차를 한 모금 마시고는 말했다.

"대인, 무림의 정세에 대해 묻고 싶은 것이 있습니다."

"부족하나마 아는 한도 내에서는 말씀드리지요."

"소림과 무당 같은 거대한 문파들이 무너졌다고 들었습니다."

"예? 공자께서는 이 년 전 벌어진 무림의 혈겁을 모르십니까?"

황 대인은 오히려 황당한 듯 되물었다. 이유강은 고개를 끄덕였다.

"제가 무림인이 아니고 몇 년간 멀리 여행을 다녀와서 잘 모릅니다.

대체 무슨 일이 있었는지 알려주시겠습니까?"

"이 년 전……."

황 대인은 고개를 끄덕이더니 이야기를 시작했다.

"무림에 한 명의 악마가 나타났습니다."

"악마라니요?"

황 대인은 마치 상상하기도 싫은 일을 다시 기억하는 듯한 표정이었다.

"악마가 틀림없습니다. 온갖 귀신들과 마물들을 이끌고 무림을 폐허로 만들었지요. 불과 삼 개월도 안 되어 무림은 쑥대밭이 되었고 얼마나 많은 사람이 죽었는지 셀 수가 없었습니다. 소림, 무당을 비롯한 구파일방이나 오대세가는 모두 잿더미로 변해 아예 그 명맥마저 끊어진 곳도 있습니다."

"……."

"너무도 신속하게 벌어진 일이라 각 문파끼리 힘을 합쳐 대항할 틈도 없었지요. 보다 못한 황궁에서 군사 오만을 보냈으나 마물들에 의해 반 수 이상이 전멸하고 패퇴했지요."

황 대인은 치를 떨었다. 이유강은 물었다.

"그 악마는 대체 어떤 자입니까?"

"그자의 진면목은 잘 모릅니다. 항상 검은색 기운이 그자를 감싸고 있어 그의 얼굴을 볼 수가 없었는데 일설에 의하면 젊은 청년이라는 말도 있습니다. 대부분 그 말을 믿지 않았지만 그렇게 주장하는 자들이 많아 일각에선 그를 악마공자라고 부르기도 했지요."

"악마공자……."

이유강은 순간 등골에 차가운 냉기가 느껴졌다. 눈을 감았다. 뭔가 기분이 찜찜했다. 그러나 확신할 수는 없었다. 황 대인이 말했다.

"공자, 충격을 받았나 봅니다. 이제 그런 얘기는 그만두지요. 저도 그때 생각만 하면 소름이 끼치곤 합니다."

"아닙니다. 그런데 그 후로 그는 어찌 되었습니까?"

이유강은 안색을 바로 하며 물었다. 황 대인은 한숨을 쉬고는 말을 시작했다.

"그 후로 그자와 마교의 일 년 전쟁이 벌어졌지요."

"……."

"마교 역시 초반에는 전력의 대부분을 잃고 패퇴했으나 폐관 중이던 마교주가 출관하면서부터 양상이 달라지기 시작했습니다. 특히 오직 그의 명만 듣는 마교의 십대마존과 그중 한 명인 고루마존의 혈강시들이 등장하면서 악마공자의 마물들이 무너지기 시작했고, 결국 악마공자의 죽음으로 전쟁이 종결되었지요."

황 대인은 차를 마시며 잠시 한숨을 돌렸다. 이유강은 물었다.

"마교주는 어떤 자입니까?"

"마교주 엽무극은 마교 사상 최강의 인물입니다. 십오 세에 마교의 교주가 된 후 십 년에 걸쳐 마교를 무림 최강의 세력으로 만들었지요. 무엇보다 마교의 자존심이라 불리던 전대의 거마 십대마존과 비무를 벌여 그들을 모두 격퇴한 경천동지의 무공을 가진 자입니다. 또한 삼국 시대 제갈량이나 사마의를 능가한다는 두뇌의 소유자인 서문소란 자도 그의 곁에 있습니다."

"악마공자는 그에게 패했습니까?"

"자세한 것은 모르지만 어느 산속에서 마교주 엽무극과 십대마존의 합공에 결국 목숨을 잃었다고 들었습니다. 마물들도 모두 죽었지요."

"무림으로선 다행한 일이군요."

이유강이 말하자 황 대인은 고개를 저었다.

"마교주 엽무극은 야망이 큰 자입니다. 그 후로 무림뿐 아니라 황궁마저 마교에게 장악되어 있지요. 정파의 무림인들, 악마공자에게 피해 달아났던 정파의 무림인들은 마교의 위세에 겁을 먹고 심산 곳곳으로 숨어들어 나오지 않은 지 오래입니다."

"황궁까지 장악했단 말입니까?"

"그렇습니다."

황 대인은 고개를 끄덕였다. 이유강은 한숨을 쉬었다.

"상당히 암울한 시국이군."

"그렇긴 하지만 그 후로 무림에 분쟁이 많이 줄었습니다. 마교가 천하를 장악하고 난 후 대부분의 문파들이 마교의 휘하로 들어갔지요. 따라서 군소문파의 자그마한 분쟁은 있어도 이제 피비린내 나는 큰 전쟁은 보기 드물지요."

"어쩌면 다행인지도 모르겠습니다. 그런데 혹시 이 근처에 괜찮은 무기점이 있습니까?"

이유강이 묻자 황 대인이 의아한 표정을 지었다.

"무기점이야 제법 있습니다."

"그냥 세상이 흉흉한 것 같아 칼이나 한 자루 구할까 해서입니다."

씩 웃으며 말하자 황 대인도 미소 지었다.

"그러시다면 굳이 무기점에 가실 필요 없고 저에게 칼이 몇 자루 있으니 사용하십시오."

"어찌 그럴 수 있겠습니까?"

이유강이 사양했으나 황 대인은 그를 이끌었다. 잠시 걸으니 녹슨

철문이 잠긴 창고가 보였다. 먼지가 수북이 쌓인 창고 안에는 대략 수백여 점의 무기가 널브러져 있었다. 황 대인이 말했다.

"돈이 없는 무사들이 숙식비가 부족하여 맡기고 간 무기들입니다. 오랫동안 기다려도 찾아가지 않기에 이곳에 방치해 두었지요. 조만간 고철로 처분할 생각이었으니 부담 갖지 마시고 원하시는 것이 있으면 말씀하십시오."

"감사합니다."

이유강은 포권하며 무기들을 둘러보았다. 구인이라면 자신의 생명과도 같은 무기가 아닌가. 그런 무기를 저당 잡힐 정도라면 삼류 측에도 못 드는 한심한 위인들일 것이다. 그런 자들이 쓰던 것들이니 좋은 무기가 있을 리 없었다. 뒤적거리다 녹이 슬지 않고 제법 단단해 보이는 두 자루의 도를 집어 들었다.

이유강은 회남(淮南)의 시가지를 둘러보며 걸었다. 뒤에는 죽립을 쓴 비혼이 묵묵히 따라오고 있었다. 도처에 늘어선 객잔과 상가, 점포들을 보니 육 개월 동안 묵었던 황가객잔이 이곳에서 그리 크지 않은 평범한 축에 드는 것을 알 수 있었다. 마교가 지배하는 세상이긴 하나 시장은 바쁘게 오가는 상인들과 그것을 흥정하는 사람들이 북적거렸고 활기도 있었다.

'이렇게 사람들이 북적이는 것을 보는 것이 실로 얼마 만이란 말인가.'

섬에 끌려간 후부터 항상 홀로 지냈고 바로 어제까지도 황가객잔에서 고독을 씹으며 살았던 것이다. 문득 뭔가 울컥하고 올라왔다.

"어디 가서 오랜만에 술이나 한잔해야겠군."

이리저리 울적했다. 잃어버린 일 년 반의 세월. 눈앞에 제법 괜찮아 보이는 주점이 보여 불쑥 들어갔다. 대낮이라 손님이 별로 없었으나 그래도 벌그레 취해서 주정대는 인간들도 보였다. 창가 쪽 자리에 앉아 죽엽청과 간단한 안주를 주문했다. 술은 바로 탁자 위에 놓여졌다. 아직 안주는 없었지만 술잔에 한잔 따라 부었다.

"……."

슬쩍 입에 털어 넣었는데 무척이나 독했다. 몇 잔 마시니 제법 얼큰해지는 것 같았다. 얇게 썰어진 삶은 돼지고기와 야채가 뒤섞인 요리가 나와 그것을 안주로 몇 잔 더 마셨다. 뱃속이 뜨거워지고 얼굴이 벌겋게 달아올랐으나 아직 정신은 또렷했다.

'나는 왜 마교의 십대마공에 당했단 말인가. 설마 악마공자 그가 바로 나란 말인가.'

황 대인이 말한 그 마물들은 분명 환물일 것이다. 또한 악마공자가 이름 모를 산속에서 마교주 엽무극과 십대마존의 합공에 죽었다 하지 않았던가. 이유강은 비록 죽지는 않았지만 전신에 마교의 십대마공에 당한 막중한 상처를 입었다가 깨어난 것이다.

'그러니까 내가 기억을 잃은 지난 일 년 반 동안 정녕 나는 악마공자였단 말인가.'

자신이 바로 정파의 씨를 말리고 황궁의 군사들을 격파하고 수많은 사람들을 죽인 장본인인 것이다.

'내가 정말 그랬단 말인가…….'

술을 한잔 들이켰다. 쓰디쓴 액체가 입 안을 후려치고 위장으로 스며들었다. 이유강은 고개를 저었다.

'이건 뭔가 이상하다. 나는 마교주 엽무극과 십대마존이 합공을 할

만큼 강한 무공을 가지고 있지 않다.'

합공은커녕 십대마존 중 한 명도 상대할 수 없다.

'그렇다면 온몸의 이 상처들은 대체 무엇이란 말인가.'

모든 상황들을 고려해 볼 때 자신이 결코 악마공자와 무관하지 않은 것이 분명했다. 잃어버린 일 년 반의 세월 또한 그것을 증명했다. 그때 이유강은 갑자기 이상한 기분이 들었다.

'마교……!'

불현듯 참을 수 없는 분노가 솟구쳤다. 이해할 수 없을 만큼 강한 분노였다.

'후우.'

이유강은 심호흡을 하며 마음을 가다듬었다. 그러자 불타듯 요동치던 감정이 조금씩 잔잔해졌다. 어떤 상황에서도 중심을 잃지 말라는 부친의 말이 떠올랐다.

'내가 기억을 잃은 일 년 반의 세월 동안 가장 이득을 본 세력은 마교이다. 악마공자로 인해 정파가 무너졌는데 마교는 그 악마공자를 쓰러뜨리고 무림뿐 아니라 황궁까지 장악했다. 분명 뭔가 있다.'

이유강은 계속 생각했다.

'그러나 내가 진정 악마공자였다면 설혹 기억을 잃었고 누군가에게 조종을 당했다 할지라도 나는 천하의 악적이요, 죄인… 이다.'

상상할 수 없는 가공할 죄책감에 전신이 떨렸으나 이유강은 애써 침착을 유지했다. 자신의 칼에 죽은 사부의 얼굴이 떠올랐다.

'분명 그와 연관이 있을 것이다. 그는 그리 쉽게 죽을 자가 아니다. 확신할 수는 없으나 그와 마교는 뭔가 연관이 있을 것이다. 어찌 되었든 나는 책임을 져야 한다.'

이대로 조용히 있는다면 세상의 그 누구도 자신이 악마공자라는 생각을 하지 않을 것이다. 그러나 설혹 그렇다 할지라도 마음속의 불안과 죄책감을 없앨 수는 없었다. 세상이 암흑과도 같다며 탄식하던 제갈수연의 서신이 생각났다.

'마교로 인해 세상이 암흑으로 변했다면 내가 마교를 무너뜨려 광명을 찾게 해야 한다.'

마교에 대한 이해할 수 없는 분노. 그것은 본능적인 외침이었다. 기억을 잃었다 해도 무의식까지 지워질 수는 없었다.

'잃어버린 일 년 반의 기억이 완전히 돌아올 때까지 이 모든 죄책감은 묻어두겠다. 내게 어떤 음모가 있었는지는 모르겠으나 내가 살아난 이상 이에 관계된 그 누구든 용서하지 않을 것이다. 나를 죽이려 했다면 차라리 완전히 죽여야 했다. 일단 마교… 네놈들을 결코 가만두지 않겠다.'

이유강은 차갑게 웃었다.

지금 당장 그들과 붙는 것은 무모한 일이었다. 적어도 오 년 정도의 기간이 필요할 것 같았다. 광마도법의 상위 초식을 펼칠 수 있을 만큼 수백 년의 내공이 갖춰진다면 마교의 교주를 비롯하여 십대마존을 깡그리 쓸어버릴 수 있을 것이다.

'마교와 휘하 방파의 고수들을 합하면 수십만이라고 했던가?'

독하게 마음먹으면 그것도 문제되지 않았다. 맹수들을 대량 학살하면 되는 것이다. 심산에 틀어박혀 몇 년간 하루에 수백 마리씩 환물들을 만들어대면 되는 것이다. 그러나 그만큼의 동물 뼈를 구하기가 쉽지는 않을 것이다. 또한 그러한 환물들을 만들어낸다면 무림에서는 자신을 악마공자의 후인으로 생각할 가능성이 높았다. 그렇게 된다면 마교뿐 아니라 전 무림을 상대로 싸우게 될 수도 있었다. 쉽게 생각할 문제가 아닌 것이다. 침착해야 했다.

'어쨌든 당분간 마교와 부딪치지 않는 것이 좋겠군.'

술을 몇 잔 더 마셨다. 제법 취기가 올랐으나 여전히 정신은 매우 또렷했다. 일단 강해져야 했다. 섬에서와 마찬가지로 매일 규칙적으로 광마심법과 광마도법을 수련하는 것은 당연한 일이었다. 무공 수련은 무슨 일이 있어도 소홀히 할 수 없었다. 그러나 제아무리 강해진다 해도 방대한 마교의 세력을 홀로 상대하는 것은 불가능했다.

'뭔가 세력을 만들어야 하는데 그러기 위해서는……'

각지에 흩어진 무인들을 모아 마교에 대항하는 것은 성공할 가능성이 없었다. 마교가 두려워 숨어 있는 자들을 설득하기도 힘들거니와 설령 그것이 가능하다 해도 미처 사람들을 모으기도 전에 마교에 발각되어 제거될 것이 분명했다. 차라리 돈을 버는 것이 나을 것 같았다.

'상인으로 세를 쌓는 것은 그다지 눈에 띄지 않을 것이다.'

수중에 돈이라고는 제갈수연이 집에 갈 때 노자로 쓰라고 준 전낭 안의 은전이 전부였다. 그것으로 당분간 길거리에서 노숙은 면할 수 있을 것이다.

'그 섬을 찾아낼 수 있다면……'

수많은 천연 금광석이 쌓여 있는 섬. 그곳을 찾을 수 있다면 방대한 상단을 구축하여 주요 대도시의 상권을 장악하는 것은 어렵지 않을 것이다. 그러나 결코 수월한 일이 아니었다.

예전에 암흑마기가 적혀 있던 비급에 암흑마기가 존재하는 몇몇 곳이 적혀 있는 것을 보았는데 그 섬에 대해서도 나와 있던 게 기억났다.

자세한 위치는 아니어서 확신할 수는 없었지만 해남도에서 남쪽 방향으로 배를 타고 간다면 찾을 수 있을 것도 같았다. 그러나 섬에서 미약하게 느껴지는 암흑마기의 흔적으로 망망대해에서 그곳을 찾아내기란 매우 어려운 일일 것이다.

'당분간은 세상을 좀 더 돌아다녀 보는 게 좋겠군.'

조급하게 생각할 필요가 없었다. 술을 한잔 더 마시니 병에 더 이상 술이 남아 있지 않았다. 돼지고기 한 점을 야채와 함께 집어 입에 넣었다. 적당하게 취한 술에 은근히 기분이 좋아졌다.

多음날 아침 얼큰한 국물로 해장을 했다. 회남을 떠나 남쪽으로 향했다. 꼭 가보고 싶은 두 곳이 있었는데 이참에 그곳이나 가볼 생각이었다. 예로부터 '상유천당(上有天堂), 하유소항(下有蘇杭)'이라 불리는 소주(蘇州)와 항주(杭州)였다. 그곳은 걸어서 가기에는 상당히 먼 곳이었다. 마차나 말이 있다면 좋을 것이나 은전을 다껴야 했다.

'일단 남쪽의 합비(合肥)에 들른 후 장강의 배편을 알아보고 강소(江蘇)의 성도인 남경(南京)을 경유하여 대운하를 통해 내려가면 소주에 빠르게 갈 수 있을 것 같군.'

관도를 따라 부지런히 내려간다면 내일쯤 잘하면 합비에 도착할 수 있을 것 같았다. 가끔은 경공도 써가며 반나절 정도 걸었다. 연속으로 경공을 펼치기에는 아직 내공이 부족해 걷는 시간이 더 많았다. 비혼은 경공을 쓰면 쓰는 대로 잘 따라왔다.

"힘들군. 그러고 보니 비혼의 등에 업혀가면 편하겠구나."

그렇게 하면 오늘 저녁이면 합비에 도착할 수 있을 것이다. 그러나 차마 그런 추한 짓을 하고 싶지 않았다. 문득 예전의 흑호가 생각났다. 그것이 있다면 등에 타고 가면 될 것이다. 관도 옆 뭉툭하게 뻗어 있는 바위에 앉았다.

"호랑이라도 한 마리 나왔으면 좋겠군."

가죽을 벗겨 팔면 상당히 비싸게 팔 수 있을 것이고 고기는 지금 구워 먹으면 될 것이다. 또한 뼈를 갈아 환물을 만들면 아주 훌륭한 말이 한 마리 생기는 것이다. 그러나 환물 특유의 흉포한 모습은 사람들에게 공포를 주어 이런 한적한 곳이 아니라면 적합하지 않았다. 차라리 비혼을 만들 듯이 며칠 틀어박혀 말을 한 마리 만든다면 엄청난 속도의 명마가 생길 것이다.

"슬슬 다시 출발해 볼까."

잠시 앉아 있으니 무료했다. 일어나 걷는데 어디선가 무기 부딪치는 소리가 들렸다. 관도 한쪽은 경사가 매우 심해 마치 벼랑과 같은 곳이 쭉 이어져 있었는데 그쪽에서 들려왔다. 위를 올려다보니 그 높이가 상당해 도저히 올라갈 방법이 없었다. 이유강은 비혼을 쳐다봤다.

'비혼이라면 가능하겠구나.'

비혼을 올려 보내고 사태를 알아보는 게 좋을 것 같았다. 중간에 방해를 받고 싶지 않아 사람들 눈에 잘 띄지 않을 만한 바위의 뒤쪽을 찾아 앉았다. 내친김에 작은 미환진을 펼쳐 누구도 접근하지 못하게 했다. 이제 편하게 비혼을 통해 상황을 보면 되었다.

비혼은 어렵지 않게 도약하며 벼랑을 타고 올랐다. 홀쩍홀쩍 마치

새가 하늘로 솟아오르는 것 같았다. 벼랑에 올라 살피니 멀리 수십 명의 사람이 보였다. 가까이 가보았다. 칙칙한 적갈색의 옷을 입은 수십 명의 무사가 다섯 사람을 공격하고 있었다. 광마도법의 초식에 비추어 대략 그들의 초식을 평가해 보았다.

'사십팔, 삼십구, 사십오, 이십구, 삼십이… 오십팔, 칠십이, 팔십삼, 육십오…….'

공격을 당하는 사람들은 삼남 이녀였는데 고두 젊은 무사들이었다. 특히 두 여인의 미모는 매우 눈부셨다. 그들의 수준이 적갈색 옷을 입은 무사들에 비해 높았지만 수적인 열세를 만회하기는 힘들어 보였다. 특히 뒤쪽에서 지켜보는 삼십대 중반의 한 사내는 아직 무공을 펼치지 않아 그 수준을 짐작할 수 없었지만 범상치 않아 보였다. 삼남 이녀 중 푸른색 옷을 입고 검을 든 청년이 외쳤다.

"이들이 작정을 한 것 같군! 도망치기도 쉽지 않겠어!"

"아무래도 모두 빠져나가기는 힘들 것 같습니다. 두 분 소저라도 피신하시는 것이 좋을 듯하군요."

백의를 입은 다른 청년이 말했다. 그러자 홍색 옷을 입은 여인이 고개를 저었다.

"저희들만 피할 수는 없어요! 차라리 싸우다 죽겠어요!"

그녀는 단호하게 말했다. 그러자 청색 도복을 입은 여인이 고개를 끄덕였다.

"비록 무당이 무너졌지만 무당의 제자는 죽음을 두려워하지 않아요. 저 역시 명예로운 죽음을 택하겠어요."

"유 소저……."

백의청년은 안타까운 표정을 지었다. 그러자 푸른 옷의 청년이 웃었다.

"유 사매 말이 맞다. 무당의 제자는 죽음을 두려워하지 않지."

"사형⋯⋯."

유 소저라 불린 여인 역시 미소를 지었다. 홍의여인도 미소 지었다.

"무당뿐 아니라 화산의 제자 역시 죽음을 두려워하지 않는답니다."

"곤륜의 제자도 마찬가지요."

흑색의 옷을 입은 청년도 가세했다. 그러자 백의청년 역시 비장한 표정을 지었다.

"문인세가 역시 죽음을 두려워하지 않소."

그들은 순간 서로의 눈을 강하게 바라보며 고개를 끄덕였다. 이유강은 비혼을 통해 그들을 보며 조금 한심한 생각이 들었다.

'한 명이라도 살아 돌아가야 한다는 생각은 왜 하지 않는 것일까.'

명예롭게 죽는 것보다 치욕을 이기고 사는 것이 더 중요한 것이다. 비록 자존심은 상하겠지만 후일을 도모할 수 있기 때문이다. 어쨌든 저들을 보니 예전 악마공자에게 멸망한 무림문파의 제자들인 듯했다. 그렇다면 그들을 공격하는 자들은 마교일 것이다.

'마교⋯⋯.'

아직 부딪칠 때가 아니었다. 그러나 점점 밀리며 지쳐 가는 저들을 그대로 둘 수는 없었다. 그때 뒤쪽에서 상황을 주시하던 자가 소리쳤다.

"이제라도 늦지 않았다! 투항하고 마교에 충성하면 살려주겠다! 특히 네놈들의 근거지가 어디인지 알려주기만 하면 출세 또한 보장될 것이다!"

"닥쳐라! 지금은 네놈들이 설치고 다닐지 몰라도 언젠가는 반드시 심판을 받을 것이다!"

청의청년이 소리치며 검을 빠르게 내려쳤다.

"크악!"

한 명의 무사가 가슴에서 피를 쏟으며 쓰러졌다. 그러자 뒤쪽 사내의 표정이 사나워졌다.

"네놈들이 죽음을 자초하는구나! 모두 저것들을 죽여라!"

그가 소리치자 무사들의 공격이 좀 전과는 달리 거칠어졌다. 백의청년 등도 상처 입는 것을 도외시한 채 강한 살초를 펼쳤다.

"크윽!"

이윽고 한 명의 청년이 왼쪽 어깨에 큰 부상을 입고 쓰러졌다. 속히 치료하지 않으면 왼쪽 팔을 잃을 만큼 심한 상처였다.

"등 소제, 조심하게!"

백의청년이 안타까운 듯 소리쳤으나 그 역시 위태한 처지였기에 도울 수 없었다. 홍의여인은 손에서 피가 흐르고 있었고, 청의여인은 내상을 입었는지 입에서 피가 새어 나왔다. 그나마 청의청년만이 자신을 공격하던 무사들을 물리치고 흑의청년을 부축해 세웠다.

"괜찮은가?"

"견딜 만합니다."

흑의청년은 창백한 안색이었지만 애써 미소를 지었다. 흑의청년은 삼남 이녀 중 가장 어려 보였다. 그는 왼쪽 어깨에서 흐르는 피를 무시한 채 오른손의 검을 굳게 잡고 싸울 태세를 했다. 이유강은 더 이상 지켜볼 수 없어 비혼을 움직였다. 멀찍이서 그들을 바라보던 비혼이 그들을 향해 뛰어가자 무사들이 순간 흠칫하더니 소리쳤다.

"네놈은 뭐냐?"

"크윽!"

"컥!"

비혼이 칼을 두 번 휘두르자 두 명의 무사가 쓰러졌다. 다시 또 두 명. 한 칼에 한 명씩. 일방적인 도륙이었다.

'기왕 간섭한 것, 한 명도 살려줄 수 없다.'

아직 그들과 정면 대결할 때가 아닌 것이다. 순식간에 십수 명의 무사가 쓰러졌다. 그러자 공포에 질린 무사들은 슬금슬금 뒤로 물러서기 시작했다. 삼남 이녀 역시 멍하니 비혼을 쳐다봤다.

"네놈은 누구기에 마교의 일에 간섭하느냐?"

뒤쪽 사내의 음성이 약간 떨렸다. 이유강은 그 사내에게 비혼을 접근시켰다. 그러자 사내는 흠칫하더니 소리쳤다.

"뭣들 하느냐! 놈을 공격해… 크윽!"

미처 반격도 하기 전에 비혼의 도가 그의 가슴을 갈랐다. 으두머리가 쓰러지자 멍하니 있던 삼남 이녀도 힘을 얻은 듯 남아 있는 무사들을 공격해 갔다. 무사들은 한 명도 도주하지 못했다. 비혼이 끝까지 쫓아가서 죽인 것이다. 청의청년이 비혼을 향해 포권했다.

"대협의 도움이 아니었으면 저희들은 모두 죽음을 면치 못했을 것입니다. 진심으로 감사드립니다."

나머지 청년들도 포권했다. 이유강은 비혼의 고개를 끄덕이게 했다. 그리고 그들을 향해 포권을 한 번 하게 하고는 밑으로 내려오게 했다. 뭔가 말을 하려던 청의청년 등의 황당한 표정이 얼핏 보였다. 비혼은 벼랑 아래로 훌쩍 뛰어내렸다. 올라갈 때보다 내려오기가 훨씬 쉬웠다. 쿵 소리가 나며 땅이 움푹 패었으나 비혼은 별다른 충격을 입지 않았다. 이유강이 위를 바라보니 삼남 이녀가 황당한 표정으로 밑을 내려다보고 있는 모습이 보였다.

반 시진 정도 걸었을까. 뒤에서 누가 쫓아오는 소리가 들렸다. 돌아보니 그 삼남 이녀였다. 흑의청년은 응급처치를 한 모양인지 어깨가 천으로 잘 동여매어져 있었다. 청의청년은 이유강이 돌아보자 반색하며 소리쳤다.

"대협, 잠시만 기다려 주십시오!"

이유강은 걷기를 멈추고 그들을 기다렸다. 그들은 다가오더니 비혼을 향해 포권했다.

"대협의 은덕에 목숨을 구할 수 있었습니다. 존성대명을 알 수 있겠는지요."

백의청년의 말에 이유강은 쓴웃음을 지었다.

"그는 나의 호위무사요. 벙어리라 말을 하지 못하오."

그러자 백의청년 등의 안색이 변했다. 절세의 무용을 보여주었던 자가 서생처럼 보이는 자의 호위무사였다니? 놀라움을 금치 못한 것 같았다. 청의청년이 물었다.

"대체 이분이 뉘시기에 그토록 놀라운 두공을 지니고 계시는 것이오?"

"비혼은 나의 충복이오. 아까의 일은 별것 아니니 신경 쓰지 마시오."

이유강은 그들을 향해 포권한 후 돌아서서 걸었다. 그러자 그들은 조금 머뭇거리더니 급히 다가와 말했다.

"대협, 무례를 용서하십시오."

"부상이 심한 분이 있는 듯한데 속히 돌아가서 치료하시오."

이유강이 담담히 말하자 홍의여인이 다가와 포권했다. 그녀의 양손은 천으로 동여매어져 있었다.

"대협의 은덕, 잊지 않겠어요."

"별말씀을……."

"결례가 되지 않는다면 대협의 존성대명을 알고 싶군요."

홍의여인의 말에 이유강은 고개를 끄덕였다.

"이유강이라 하오."

그러자 그녀를 비롯한 삼남 이녀는 각자 자기소개를 했다. 홍의여인의 이름은 우문설이었고 화산의 제자였다. 청의청년의 이름은 곽무연, 청의여인은 유운영으로 무당의 제자였고 백의청년은 문인비로 문인세가의 소가주라 했다. 마지막으로 흑의청년의 이름은 등지상이었는데 곤륜의 제자였다. 이유강이 그들에게 말했다.

"마교의 힘이 강하니 힘을 기르며 때를 기다리는 것이 좋을 것이오."

"……."

섣부르게 치고 빠지는 방법으로 그들을 자극하지 말라는 충고를 한 것이었다.

"그럼 나는 갈 길이 바쁘니 이만 가보겠소."

"대협, 저희와 뜻을 같이하시는 것이 어떻겠습니까?"

곽무연의 말이었다. 이유강은 그를 돌아봤다.

"무슨 말씀이시오?"

"대협께서 마교에 적대감을 갖고 계신 것 같아 저 역시 단도직입적으로 말씀드린 것입니다. 부디 저희를 도와주십시오."

"뭔가 잘못 생각하신 듯싶소. 나는 지금 소주와 항주에 장사를 하러 가는 중이오. 무림의 일에는 관심이 없으니 오해하지 말아주시오."

그러자 문인비가 말했다.

"마교가 무림에 이어 황궁까지 장악하고 있습니다. 그런데 정파의 잔여 고수들은 뿔뿔이 흩어진 채 서로 간에 연락도 잘 안 되고 있는 상황입니다. 마교는 겉으로는 통합을 말하지만 속으로는 치밀하고 잔인하게 정파의 인물들을 끝까지 찾아내 발본색원하려 하고 있습니다."

"……"

"저희들은 지금은 사라졌지만 한때는 명문정파라 불리는 구파일방과 오대세가의 후인들입니다. 비록 몇 명 되지는 않지만 저희와 뜻을 같이하는 동료들이 있습니다. 대협의 호위무사이신 비혼 대협께서 저희를 도와주시면 큰 힘이 될 것 같습니다."

문인비의 두 눈에서 정광이 흘러나왔다. 진심을 보이며 호소하는 말에 이유강은 내심 도와주고 싶은 생각이 들었으나 고개를 저었다.

"무슨 말인지 잘 알겠소. 그러나 내겐 그런 뜻이 없으니 더 이상 말하지 마시오."

"대협, 마교가 세상을 어지럽히는 것을 이대로 두고 보실 건가요? 마교가 그렇게 두려우신가 보죠?"

우문설이 매섭게 노려보며 말했다. 이유강은 그녀를 쳐다봤다. 차가운 느낌의 그녀의 시선을 받으며 이유강은 고개를 저었다.

"내겐 다른 뜻이 있으니 더 이상 나를 설득하려 하지 마시오. 기왕 말이 나왔으니 한 가지 충고하겠소. 마교를 상대하는 것은 마음만으로 가능한 일이 아니오. 황궁은 결코 쉽게 장악될 수 없는 곳인데 마교가 장악했다 하니 현재 마교의 세력이 얼마나 가공할지 상상이 가지 않소. 지금처럼 마교의 하급무사들에게 쫓기는 실력으로 그들과 싸우는 게 가능할 것이라 생각하시오?"

"……."

정곡을 찔러 말하자 우문설 등은 얼굴이 붉게 달아올랐다. 자존심이 상한 모양이었다. 이유강은 곽무연을 보며 말했다.

"곽 대협, 최소한 마교와 대항을 하려면 마교주 엽무극과 십대마존을 상대할 만한 절세고수가 반드시 있어야 할 것이오. 그렇지 않으면 수백만의 사람들이 모인다 해도 마교를 꺾을 수 없소. 지금은 때가 아니오. 실력을 기르며 조용히 때를 기다리는 것이 좋을 것이오."

"대협, 죄송합니다. 저희가 심기를 불편하게 해드린 것 같습니다."

곽무연이 고개를 숙이며 포권했다. 이유강도 담담히 포권했다.

"신경 쓰지 마시오."

"대협께서 하신 말씀 모두 맞아요. 저희도 잘 알고 있어요. 하지만 한 가지 모르시는 것이 있어요."

우문설이었다.

"저희가 이렇게라도 하지 않으면 곳곳에 숨어 있는 많은 정파 무인들이 희망을 잃을 거예요. 저희가 설혹 죽을지라도 마교에 대항하는 정파의 세력이 있다는 것을 끊임없이 알려주어야 해요. 명문정파 소속은 아니지만 마교의 위세에 눌려 조용히 농사를 짓고 생업에 종사하는 수십만의 의협들, 그들의 희망을 꺾을 수는 없어요."

"……."

"저희들의 사부나 선배 고수들이 생존해 계셨다면… 이토록 힘들지 않았겠지요. 천하의 악적 악마공자에 의해 모두 죽음을 당하고 살아남은 분이 거의 없어요. 항상 쫓기고 도망 다니며 설움을 당하다가 비혼 대협의 고강한 무예를 견식한 후 천군만마를 얻은 듯 반갑고 가슴이 설레었어요."

우문설의 눈망울에 물이 맺히더니 주루룩 흘러내렸다. 그녀는 손으로 눈물을 훔치며 고개를 돌렸다.

"우문 소저……."

이유강은 약간 미안한 마음이 들었다. 좀 전의 질책이 그녀의 마음을 상하게 한 모양이었다. 사실 비록 마교의 무사들이긴 하나 수십 명의 사람을 죽였다는 것에 내심 마음이 안 좋은 상태였고, 실력도 없으면서 무모하게 마교와 싸우려는 이들에게 약간은 짜증이 난 상태였다. 그러나 우문설의 말을 들어보니 이들의 고충을 이해할 수 있을 것 같았다. 어쩌면 이들은 비혼을 본 후 마치 부모를 잃은 어린아이들이 괴롭힘과 설움을 당하다가 삼촌을 만나 기뻐 의지하려 하는데 거절당한 것 같은 상처를 받았을 수도 있는 것이다. 그러나 그렇다고 해서 이들과 함께 행동할 수는 없었다.

"죽음을 두려워하지 않으며 마교에 맞서는 그 의기에 부러움을 느끼오. 그러나 내게는 따로 갈 길이 있어 같이 동참하지는 못하겠소. 다른 곳에서 마교를 견제할 것이니 부디 서운하게 생각하지 마시오."

"대협의 뜻, 잘 알겠어요."

우문설이 고개를 끄덕였다. 이유강은 곽무연 등을 바라보며 포권했다.

"다시 뵐 수 있었으면 좋겠소. 부디 목숨들 보중하시오."

"오늘 구해주신 은혜, 잊지 않겠습니다. 하고자 하시는 일 꼭 이루시길 바라겠습니다."

곽무연 등은 더 이상 따라오지 않았다. 이유강은 한참을 걸어 그들이 보이지 않았을 때쯤 되었을 때 잠시 멈춰 섰다.

'……'

가슴 한쪽에서 찡하게 뭔가가 아련한 느낌이 들었다. 사실 아까도 그들과 함께 있을 때 이런 마음이 들었었다. 그래서 더욱 그들의 제의를 거절하고 빨리 떠나려 했는지도 몰랐다. 알 수 없는 감정에 잠시 고민을 했지만 금방 그것의 확실한 정체를 알 수 있었다.

'내가 그들에게 못할 짓이라도 했단 말인가.'

그렇다. 확실히 그들에게 무언가 죄책감을 느끼고 있는 것인지도 몰랐다. 악마공자야말로 정파를 무너뜨린 장본인이었다.

'설령 내가 악마공자가 아니라 할지라도 환물들은 확실히 니 손으로 만든 것들이 아닌가. 그 환물들이 수많은 사람들을 죽였다 하니 마음이 편치 않구나.'

서럽게 울던 우문설의 얼굴이 떠올랐다. 의기에 찬 곽무연과 문인비의 눈빛도 떠올랐다. 사실 그들과 연배도 비슷했고 친구로 사귀고 싶은 마음도 있었다. 그러나 그들과 함께 있으면 마물들을 만든 죄책감이 떠올라 견딜 수 없을 것 같았다.

第十一章
상인이 되다

이유강은 합비, 남경을 거쳐 소주(蘇州)에 도착했다. 합비나 남경은 회남보다 훨씬 큰 도시였고 역사적인 유래도 깊었다. 그러나 소주는 더욱 번창한 도시였다. 시장의 규모도 비교할 수 없이 컸고 생전 처음 보는 특이한 물건들도 수두룩했다. 여인의 옷과 장신구는 매우 화려했고 멋들어지게 지어진 정원도 많이 보였다.

내친김에 운하를 타고 항주(杭州)로 내려갔다. 이곳 역시 상업이 매우 번창한 도시였고 부호들도 많았다. 서호의 야경을 구경하고 맛있다는 동파육도 먹어보았다. 그러다 보니 제갈수연이 준 전낭 안의 은전이 반 정도밖에 남지 않게 되었다.

일단은 자본금을 모아야 했다. 소주와 항주 시내 거리를 걸으며 생각해 둔 것이 있었다.

"자네가 이 일을 하겠단 말인가?"

"보수는 필요없습니다. 먹고 재워만 주십시오."

칠십대의 조금 깐깐해 보이는 노인은 눈썹을 치켜 올리며 조금 미심쩍은 표정을 지었다.

"보아하니 공부깨나 한 서생 같은데 굳이 이 일을 하려는 이유가 무엇인가?"

"먹고살 길이 막막하여 이 기술을 배워 생계를 이어갈까 합니다."

"허어, 네놈이 결국 내 밑천을 뽑아 먹겠다는 소리가 아니냐?"

노인은 눈을 부릅뜨고 호통을 쳤으나 그리 노한 표정은 아니었다. 노인의 이름은 양전립이라 했는데 소주 저잣거리에서 여인의 장신구나 인형을 만들어 파는 사람이었다. 평생을 그렇게 살았으나 사실 그의 실력은 그리 좋은 편이 아니었다. 따라서 그의 밑에 들어와서 일을 배우겠다고 하는 사람도 없었다. 이유강은 한 달 정도 그의 일을 도우며 장신구와 인형 만드는 방법을 깨우쳤다.

"허허, 네놈은 타고난 것 같구나."

"과찬입니다."

불과 일 개월 만에 제법 쓸 만하게 만들어내는 것을 보고 양전립은 흡족해했다. 그리고 말했다.

"나는 이제 늙어 힘도 없고 이 일을 그만두고 소주 외곽에 있는 집에서 낚시나 하며 여생을 보내려 한다. 사실 내 자질이 미천해서 평생을 이 길에 있었으나 유행품 한 번 만들어보지 못했으니… 쯧쯧. 하나 네놈은 다르구나. 내 소개장을 써줄 테니 육 대인에게 가보지 않겠냐?"

"저는 이 정도로 만족합니다."

육 대인은 제법 훌륭한 솜씨를 가진 장인으로 그에게는 문하생도 많다고 했다. 소주의 부호 중 한 명으로 그의 작품은 소주 고관대작의 귀부인들도 선호한다는 것이다. 양전립은 웃었다.

"네놈은 욕심이 없구나. 어쨌든 좋다. 과욕을 부리지 않고 저렴하게 내놓으면 제법 사가는 사람들이 있을 것이니 몇 년 고생하면 작으나마 기반을 잡을 수 있을 게다. 내 평생 나에게 찾아와 가르침을 청하는 이가 없어 내심 한이라면 한이었는데 이제 원이 없구나."

"가르침, 감사합니다."

양전립은 얼마 되지 않지만 평생 모은 재산을 시내에서 작은 객잔을 하고 있는 아들에게 물려준다 했다. 이유강이 부득불 사양했으나 양전립은 한 달 동안 열심히 일했다며 은전 닷 냥을 주었다. 닷 냥이면 서너 식구가 아끼면 두 달 정도 살 수 있는 돈이니 적은 돈은 아니었다.

항주 외곽에 있는 야산. 산세가 그리 험하지는 않았으나 제법 깊어 인적이 드문 곳이었다. 나무들이 잘려져 평지를 이룬 곳에 커다란 집이 있었다. 투박하게 통나무로 급조하여 만들어진 것이 집이라기보다는 창고라고 보는 것이 좋을 것 같았다. 집의 앞 공터에는 가지를 친 통나무들이 거의 집의 높이만큼 쌓여 있었다.

사각사각.

수십 개의 탁자가 놓여 있는 실내에는 각각의 탁자마다 몇 명의 인물이 앉아 칼로 나무를 다듬고 있었다. 이유강은 그들을 지켜보며 흡족한 미소를 지었다. 근 백여 명의 인물들. 그것들은 사람이 아니라 환물 인형이었다. 비혼처럼 상위의 무공을 펼칠 수 있게 만든 것이 아니고 마치 예전에 섬에서 하인처럼 부렸던 단순한 환물 인형들이라 백여 마리를 만드는 데 걸리는 시간은 오 일 정도면 충분했다.

　도끼나 톱을 든 환물 인형들이 나무를 자르면 곁에 서 있던 몇 마리의 인형이 낫과 칼을 들고 잔가지를 잘라냈다. 그 옆의 인형들이 잘 다듬어진 통나무를 들고 가 공터 앞에 쌓아놓았다. 이미 수백 그루가 넘는 두꺼운 통나무를 확보했기에 이유강은 그 환물들을 집 외곽으로 일정한 궤적에 따라 움직이게 했다. 삼십여 마리가 각각 특정한 방위를 밟고 움직이기 시작하자 주위에 짙은 안개가 피어났다.
　"생로환기진(生路幻奇陣)……. 이 정도면 누구도 이곳에 들어올 수 없을 것이다."
　미환진과 같이 나뭇가지나 돌 등을 일정한 위치에 놓아 펼치는 진법과는 달리 진법의 매개가 스스로 움직이는 진법이었다. 스스로 움직이는 환물들을 이용하지 않으면 만들 수 없는 절진으로 이유강이 환물들을 멈추게 하지 않으면 파훼 자체가 불가능했다.
　사각사각.
　통나무를 적당한 크기로 자르는 일, 그것을 다시 얼굴과 몸통, 다리의 관절 크기로 자르는 일, 잘라진 나뭇조각에 칼로 일정한 모양을 내는 일……. 각각의 탁자마다 환물 인형들이 하는 일이 달랐다. 빠르게 급조한 환물들이라 해도 한 가지의 주입된 작업은 잘 수행해 냈다.
　물론 몇 단계의 일도 가능했으나 정밀하지 못해 엉뚱한 일을 하는 경우가 많았다. 따라서 나무 인형을 만드는 절차대로 작업을 구분하여 각각의 단위 작업을 기준으로 인형들을 투입했다. 그렇게 수십 단계를 거쳐 맨 마지막으로 만들어진 인형이 벌써 수천 개가 넘었다. 이유강은 하나의 인형을 집어 들었다.

얼굴엔 나무로 만들어진 동그란 눈알과 뾰족한 코, 친근하게 벌어지고 닫히는 입술, 그리고 팔과 팔꿈치, 어깨, 무릎 등 각각의 관절이 움직여 어떠한 자세든 취할 수 있게 만들어져 있었다. 이것과 비슷한 인형이 소주의 시내에도 있었지만 관절이 움직이지 않는 인형에 비해 훨씬 비싼 가격이라 돈있는 집안의 아이들이 아니면 가질 수 없었다.

물론 명인들의 작품에 비해 투박했지만 처음부터 그들과 경쟁을 벌일 생각은 없었다. 그러나 평범한 아이들이 좋아할 만한 기능은 충분히 갖추고 있었다. 특히 사내아이들이 좋아하도록 인형의 손에 끼울 수 있는 조그만 검이나 창을 만들었고, 여자 아이들이 좋아할 만한 조그만 나무 손거울을 인형에 끼워놓기도 했다. 이유강은 이것을 매우 저렴한 가격으로 시장에 내놓을 생각이었다.

커다란 지게를 사서 인형을 가득 실었다. 비혼에게 그것을 짊어지고 뒤를 따르게 했다. 비슷한 종류의 인형보다 오분의 일도 안 되는 싼 가격에 내놓자 인형은 순식간에 팔려 나갔다. 그렇게 며칠 동안 천여 개의 인형을 팔고 나니 제법 돈이 쌓이기 시작했다. 인건비와 재료비가 거의 들지 않으니 제아무리 싼 가격으로 팔아도 판 가격만큼 이익이 생겼던 것이다.

그러자 텃새를 부리며 협박을 하는 상인들이 있었다. 처음에는 한두 명이 와서 소란을 떨더니 며칠 지나자 수십 명이 몰려와서 생난리를 쳤다. 사실 너무 싼 가격에 인형을 내놓는 것은 그들의 생업에 지장을 줄 만큼 커다란 사건임이 분명했다.

"어디서 굴러먹던 놈이냐?"

"네놈 혼자 살겠다고 우리를 다 죽일 셈이냐?"

멱살을 잡고 주먹을 휘두르는 자들도 있었다. 비혼을 움직여 근처의 커다란 바윗덩이 하나를 주먹으로 박살 냈더니 모두들 얼굴이 하얗게 질려 도망갔다. 그날 저녁 인상이 험악한 수십 명의 패거리가 길을 막았다.

"무슨 일이오?"

"뒈지기 싫으면 여기서 번 돈을 모두 내놔라!"

상인들의 사주를 받은 밤거리패들인 것 같았다. 비혼의 배에 칼을 박아 넣으려던 사내는 칼이 휘어지자 입을 딱 벌렸다. 수십 명이 쓰러지는 시간은 얼마 걸리지 않았다.

"한 번 더 얼씬거렸다가는 가만두지 않겠다."

그 후로 텃새를 부리거나 수작을 거는 사람은 없었다.

이유강은 몇몇 상인들을 찾아가 말했다.

"시중에 비싸게 팔지 않는 조건으로 인형을 대줄 테니 팔아보겠소?"

"……."

그들이 거절할 리가 없었다. 자신들이 직접 만드는 원가보다 반 이상 싼 가격인 것이다. 상인들은 흔쾌히 승낙했고, 이유강은 더 이상 노점에서 물건을 팔 필요가 없어졌다. 소문이 나자 항주 지역의 상인뿐 아니라 소주를 비롯한 타 지역의 상인들도 찾아와 주문을 했다. 하루에 만들 수 있는 인형의 수는 대략 천 개 정도였는데 이미 주문은 십만 개를 넘어서 있었다. 조금이라도 빨리 물건을 확보하려고 계약시에 물품 액수의 전액을 지불하는 자들도 있었다.

이유강은 그렇게 받은 돈으로 항주 외곽 지역의 커다란 장원을 하나 매입했다. 전각만 수십 채가 넘는 커다란 장원이었으나 오래된 건물이라 부서진 곳도 많았고 외관도 매우 허름해 사려는 사람도 없었다. 오래전 몰락한 부호의 집이란 말도 있었는데 밤마다 귀신이 나온다는 소문도 있어 사람들이 꺼려 하는 곳이었다. 그러다 보니 거의 거저나 다름없는 가격으로 살 수 있었다. 이유강은 장원을 돌아보았다.

"이곳에서 전쟁이라도 벌어졌단 말인가. 사십이 채의 전각 중 멀쩡한 곳은 십여 채뿐이군."

주위는 어두웠다. 하늘엔 초승달이 떠 있었는데 그것마저 구름이 태반을 가리고 있었다. 바람이 세차게 불 때마다 여기저기 부서진 창문들이 삐걱 소리를 내며 흔들거렸는데 '끼이익' 하는 소리가 마치 귀신이 우는 것처럼 들렸다.

'이 소리를 듣고 사람들이 귀신이 있다고 생각한 모양이군.'

어이없는 웃음이 나왔다. 섬에서 끔찍한 괴물들과 생사고락(?)을 함께했던지라 설사 실제로 귀신이 튀어나온다고 해도 눈 하나 깜빡하지 않을 자신이 있었다. 입에 칼을 베어 문 처녀 귀신이 한 서린 눈빛으로 노려본다 해도 씨익 웃어줄 자신이 있었다. 그래서 사람들이 귀신이 있다 하여 꺼려 하는 이 장원을 조금도 망설이지 않고 웬 떡이냐 하며 헐값으로 사들였다. 귀신이 있다면 내쫓으면 되는 것이다. 그러나 귀신은 없었다. 이유강은 돌아섰다.

"어디 잘 만한 곳이 있나?"

이제 이 장원은 이유강의 집이었다. 품속에 땅문서도 있었다. 굳이 다른 곳에 가서 잘 필요가 없었다. 돌아다니다 가장 멀쩡한 건물을 발견하여 문을 열었다. 여러 개의 방이 있었는데 침구가 그대로 있는 곳도 있었지만 오래되어 먼지가 푸석했고 쥐나 벌레들이 돌아다녔을 가능성이 많아 그대로 사용할 수는 없었다. 그나마 가장 깨끗한 방을 골라 대충 치우고 잠을 청했다.

다음날은 납품을 빨리 마치고 장원에 돌아와 환물 십여 마리를 만들어 장원을 청소하게 했다. 옷을 사 와서 입혔기 때문에 혹시라도 누가 보게 되더라도 사람이라 생각할 것이다. 물론 이 근처를 지나다니는 사람은 거의 없었다. 그 다음날에도 일찍 돌아와 환물 십여 마리를 만들었다. 장원은 매우 넓었기에 수십여 마리의 환물이 분주하게 정리를 했지만 깨끗하게 정돈되려면 한참이 지나야 할 것 같았다.

한 달이 지났다. 장원 안의 환물은 수백 마리가 넘었다. 부서진 전각들의 수리를 제외하고는 모든 청소와 정리가 말끔히 끝난 상태였다. 장원 내부의 서쪽 외딴 곳에 위치한 다섯 개의 전각은 거의 부서져 있었는데 내친김에 아예 완전히 부숴 버렸다. 그리고 그 자리에 산에 지었던 것처럼 통나무를 이용하여 커다란 건물 다섯 채를 지었다. 사람이 살 곳이 아니고 비바람만 피하면 되었기에 며칠 안 되어 모두 완성되었다. 다섯 개의 건물 주위에 미환진을 설치해 혹시라도 이곳에 들어온 사람들이 발견할 수 없게 만들었다. 그곳에서 환물들이 인형을 만들기 시작했다.

산에 있는 집을 철거하고 그곳의 환물들을 모두 장원의 새로 지어진 건물에 배치했다. 그동안 비혼이 매일 산에서 항주 시내로 지게를 지고 왔다 갔다 하며 인형을 실어 날랐는데 이제는 그럴 필요가 없었다. 장원의 입구 쪽 가까운 전각 한 채를 창고로 사용하기로 하고 그곳에 만들어진 인형을 쌓아놓았다. 하루에 오천 개의 인형이 만들어졌지만 주문을 받은 것들이라 쌓인 인형은 그날그날 창고를 떠났다.

"이 대인, 제가 부탁한 것은 천 개가 아니었소이까?"

"주문이 많이 밀려 있어 칠백 개만 해도 많이 생각해 드린 것이오."

"알겠소. 지금 남경으로 떠나야 하니 어서 실어주시오. 돈은 여기 있소이다."

한 상인이 떨떠름한 표정으로 고개를 끄덕이며 은전을 내밀었다. 이유강이 돈을 확인하는 동안 죽립을 쓴 비혼은 묵묵히 칠백 개의 인형을 마차의 짐칸으로 날랐다. 아침이 되면 수십 명의 상인이 장원으로 몰려들지만 불과 반 시진도 안 되어 창고는 문을 닫았다. 인형을 가져가는 사람들은 미리 주문을 했던 사람들이고 다른 사람들은 주문을 하기 위해 찾아온 사람들이었다. 이유강은 반 시진 정도만 주문을 받고는 장원의 문을 걸어 잠갔다.

"요새는 주문 양이 서서히 줄고 있으니 이제 다른 것을 만들어 팔아야겠군."

번화가의 시장을 둘러보았다. 아이들이 좋아할 만한 인형을 매우 싸게 내놓아 돈을 벌었지만 그것도 한때의 유행품일 뿐인 것이다. 아이들의 특성상 질리게 마련이었다. 사실 이게 항주에서는 그 인형들이 많이 팔리지 않고 있었다. 지금 가장 많이 팔리는 곳은 소주였고, 그곳도 얼마 안 있으면 시들해질 것이 분명했다. 어쨌든 강남의 항주나 소주에서 유행을 탔으니 하북이나 호북, 산동 등 강북 지역에서도 유행이 될 것이다. 아직 주문이 그치지 않고 있고 하루에 오천 개씩 만든다 해도 이 개월분의 주문이 밀려 있었다.

"그러나 앞으로 육 개월 후면 더 이상 주문이 들어오지 않을 것이다. 여인의 장신구나 옷을 만들어 팔 수 있다면 좋겠는데……."

이것이야말로 항주와 소주를 둘러보며 계획하던 바였다. 인형은 아이들의 것이다. 부모가 아이를 위해 최신 유행하는 인형을 사주는 것은 매우 자연스러운 일이다. 더구나 그것의 가격이 매우 싸다면 말할 필요가 없는 것이다. 그로 인해 돈을 벌었지만 여인의 장신구나 옷은 그것과 비교할 수 없이 큰 시장이었다. 여인들이 최신 유행하는 장신구나 옷을 사기 위해 들이는 비용과 아이들의 인형을 사는 데 들이는 비용을 어찌 비교할 수 있겠는가.

"일단 옷은 안 되겠군. 환물들을 이용하여 만들 수는 있겠으나 거의 무용지물이나 마찬가지일 것이다. 그러나 장신구라면 가능할 것이다. 이것들은 군이 싸게 내놓을 필요는 없겠지."

서민층의 아이들을 겨냥했던 인형과는 달리 이제 여인들의 허영심을 자극해야 성공할 수 있을 것이다. 그러기 위해서는 최신 유행을 알아야 했다. 돌아다니면서 최근에 잘 팔린다는 장신구 수십여 개를 샀다. 값싼 것도 있었지만 은 삼십 냥이 넘어가는 비싼 것들도 있었다. 그러한 것들은 돈 많은 부호의 딸이나 고관대작의 부인들이 사용하는 소위 '명품(名品)' 이라 불리는 것이었다.

"그러고 보니 내 옷이 많이 낡았구나."

내친김에 푸른색 비단옷을 맞춰 입었다. 가슴과 소매에 금실로 산수가 수놓아져 있는 멋들어지고 화려한 옷이었다. 이마에도 역시 청색의 비단으로 만들어진 영웅건을 묶고 손에는 자색의 부채를 들었다. 비혼의 옷도 낡은 것 같아 흑색의 도복을 사서 입혔다. 그렇게 번화가를 활보하니 지나가는 여인들이 힐끔힐끔 쳐다봤다. 그리 기분이 나쁘지는 않았다.

여인들은 대부분 눈이 마주치자 수줍어하며 고개를 돌렸다. 여인들의 옷은 가지각색이었고 들고 다니는 소품도 다양했다. 좀 전에 유행품이라 듣고 샀던 장신구들과 비슷한 것을 갖고 다니는 여인들도 보였다. 장신구를 살피다 보니 가끔 물끄러미 여인들을 쳐다보았는데 그녀들의 얼굴이 빨갛게 변하여 어쩔 줄 몰라 하는 것을 보고 내심 민망했다.

'어디 올라가서 구경하는 것이 좋을 것 같군.'

마침 배도 고팠던지라 괜찮은 반점을 발견하고는 들어갔다. 서호반점(西湖飯店)이라고 상당히 호화로운 반점이었다.

"공자님, 어서 오십시오."

친절하게 자리를 안내하는 점소이들의 복장이 깔끔했다. 이유강이 말했다.

"이층 창가에 자리가 있소?"

"이층은 음식 값이 두 배인데 상관없으신지요?"

"안내하시오."

이층으로 올라가 보니 창가 쪽의 자리는 거의 비어 있었다. 복장이 매우 화려한 이남 이녀가 대화를 나누고 있다가 고개를 돌려 쳐다봤다. 이유강은 그들을 슬쩍 한 번 쳐다보고는 점소이가 안내하는 창가의 자리에 앉았다. 주문 목록을 보니 가격이 상당히 비쌌다.

'그냥도 비싼데 두 배라니…….'

이렇게 비싼 곳에서 음식을 먹어본 적이 없었지만 기왕에 들어온 것이니 기분 좋게 먹는 것이 좋을 것이다.

"서호 일호가 맛이 있소?"

"예, 저희 반점에서 가장 자신하는 여러 가지 요리를 조금씩 맛보실 수 있습니다."

"여러 요리가 조금씩 나온단 말이오?"

"예."

은자 닷 냥이었다. 얼마 전 한 달 동안 양 노인의 일을 도와주고 받은 돈이 닷 냥이었는데 불과 한 끼 식사에 그만큼의 돈을 지불해야 한다니……. 물론 두 배이니 열 냥을 내야 할 것이었다. 그러나 이미 마음을 비운 상태라 아깝기보다는 배가 고프니 빨리 요리가 나왔으면 하는 생각이 들었다.

'역시 이곳에서 보니 편하구나.'

창 아래로 지나다니는 사람들을 관찰하니 부담이 없었다. 위에서 보니 아까 밑에서 보던 것들과 다른 것이 하나 있었다. 분홍색의 작은 빗을 머리에 꽂고 다니는 여인들이 많았던 것이다. 그리고 보니 오늘 산 장신구들 중에도 그 빗이 있었다. 비혼의 등에 있는 봇짐을 풀어 빗을 꺼냈다. 단순한 모양이었지만 작은 것이 귀엽고 앙증맞았다. 또한 빗의 한 면에 세 개의 장미가 조그맣게 음각되어 있었다.

'이 정도면 환물들이 어렵지 않게 만들 수 있을 것이다.'

항주에서 유행하는 것이니 이것과 비슷하게 대량으로 만들어 다른 지역에서 팔면 돈이 될 것도 같았다. 그러나 이미 수많은 상인들이 비슷하게 만들고 있을 것이 분명했다. 물론 가격을 그들보다 훨씬 싸게 해서 대량으로 내놓으면 될 것이다.

"호호호!"

그때 갑자기 여인의 웃음소리가 들렸다. 고개를 돌려보니 한 여인이 옆에 서서 웃고 있었다. 여인은 아름다운 꽃이 조밀하게 수놓아져 있는 붉은색 옷을 입고 있었다. 검은색 머리카락을 감싼 황금빛 장신구, 초록빛이 나는 보석이 박힌 귀고리, 심지어 당혜까지 화려했다.

"……."

흔하게 볼 수 있는 미모가 아니었다. 소주와 항주 번화가에서 돌아다니는 미인들을 많이 보았으나 옆에 서 있는 여인 같은 절세미녀는 없었다.

'흑요석 같은 눈이 아름답다고 했는데 이 여인의 눈이 그와 같이 아름답구나.'

그런데 왜 이 여인이 바로 옆에서 웃고 있단 말인가.

"왜 나를 보고 웃으시오?"

그러자 여인은 웃음을 그쳤다.

"죄송해요. 웃지 않으려 했는데……."

"죄송할 것까지야 없소만 무엇 때문에 웃었는지 알고 싶소."

"공자의 모습과 하는 행동이 조금 어울리지 않아서 웃었어요."

"그게 무슨 말이오?"

"대체 그 빗은 왜 만지작거리는 것인가요? 이 보자기 속의 물건들은……"

그녀는 말하다 말고 또 우스운지 웃음을 참는 기색이 역력했다. 그러고 보니 멋들어진 복장을 한 청년이 여인들의 장신구를 보자기 가득 들고서 만지작거렸으니 우스울 만도 했다.

"그럴 만한 이유가 있소."

이유강은 빙긋 웃었다. 그러자 여인의 얼굴이 약간 붉어졌다. 이유강은 조금 어색한 기분이 들어 탁자 위를 가리켰다.

"혹시 이 중에서 갖고 싶은 것이 있소? 소저의 모습이 아름다우니 무엇을 해도 어울릴 듯싶소만."

그러자 그녀는 살짝 코웃음 쳤다.

"흥! 누가 그딴 것을."

그녀는 이남 일녀가 앉아 있는 탁자로 돌아갔다. 그리고 그녀를 포함한 이남 이녀는 이유강을 간혹 쳐다보며 뭐가 우스운지 서로 웃어댔다. 그러다 이유강이 아무 반응이 없자 그들은 재미가 없는지 더 이상 신경 쓰지 않고 다른 얘기를 하는 것 같았다.

"……."

점소이가 음식을 가져왔다. 이유강은 묵묵히 빗을 보자기에 담고 보자기를 잘 묶어 비혼이 들고 있는 봇짐에 집어넣었다. 보자기를 치우자 점소이는 쟁반에 받쳐 있던 요리들을 탁자 위에 놓기 시작했다. 이유강은 우선 차를 한 모금 마셨다.

"후우!"

가슴을 진정시키기 위해 크게 심호흡도 했다. 아무리 생각해 봐도 좀 전의 일을 이해할 수가 없었다. 생전 처음 보는 아름다운 여인이라 내심 두근거리는 마음도 있었던 게 사실이다. 호의를 표현하고자 장신구도 선물하려 했건만.

'저것들은 분명 이곳 항주에서 잘나가는 집안의 자식들일 것이다. 철없는 애들과 부딪쳐 봐야 좋을 게 없겠지.'

요리는 매우 푸짐하고 화려했다. 점소이의 말대로 항주의 유명한 요리가 다 나온 것 같았다. 이유강은 잠시 언짢았던 마음을 잊어버리고 음식 먹는 데 열중했다.

'과연 훌륭하군.'

간이 잘 맞는 생선찜이 입에서 살살 녹았다. 수십여 종의 요리 중 맛이 없는 것이 없었다. 각종 육류가 온갖 양념과 더불어 입맛을 자극했다. 술을 따라 마셨더니 죽엽청과는 차원이 다른 향긋한 느낌이 기분을 좋게 했다. 문득 어디선가 비파 소리가 들렸다. 고개를 돌려보니 아까의 그 여인이 비파를 연주하고 있었다.

'상당한 솜씨로군.'

부드럽고 아름다운 음의 선율이었다. 연주를 들으며 술을 마시니 더욱 술맛이 났다. 저절로 눈이 감기며 가락에 맞춰 고개가 조금씩 움직여졌다.

'……'

비파 소리가 끊겼다. 잠시 도취되어 있던 이유강은 무슨 일인가 싶어 눈을 떴다. 백색 옷을 입을 청년이 눈앞에 서 있었다. 이목구비가 뚜렷한 이십대 초반의 청년이었다.

"이봐, 소저께서 자네가 그러고 있으니 신경이 쓰여 연주를 못하겠다 하시네."

"…무슨 뜻이오?"

"식사를 대충 마친 것 같은데 이만 나가주었으면 좋겠어. 뭐, 음식이 아깝다면 싸가도 되겠지만 내 자네를 위해 다음에 이곳에 와서 또 먹을 수 있도록 배려해 주겠네."

그 말과 함께 그는 은전 열 냥을 탁자 위에 내려놓았다. 그러자 저쪽 탁자에서 일남 이녀의 웃음소리가 들렸다. 백의청년은 돌아서며 말했다.

"돈을 돌려줬으니 기분 나쁘게 생각 말게. 그리고 웬만하면 그러한 복장은 좀 자제하지 그래. 언제 유행했었는지 기억도 잘 안 나는 그런 구닥다리 복장으로 떡하니 앉아 있으니 웃지 않을 수가 없단 말이야."

"……."

이남 이녀의 웃음소리가 더욱 크게 들렸다. 이유강은 은전을 들고 자리에서 일어섰다. 음식이 많이 남아 있었으나 이미 입맛이 뚝 떨어진 상태였다. 못 견디겠다는 듯 깔깔대며 웃던 이남 이녀는 이유강이 은전을 들고 다가가자 의아한 듯 쳐다봤다. 백의청년이 말했다.

"무슨 볼일이 남았는가?"

"이것을 돌려주지."

이유강은 은전을 탁자 위에 올려놨다.

"철없는 것들과 더 이상 상종하고 싶지 않아 그냥 이렇게 돌아간다. 생각 같아선 버릇을 고쳐 놓고 싶지만 그랬다가는 나도 똑같은 사람이 될 것 같아 그냥 참는 것이다."

"뭐라 했느냐?"

백의청년이 자리에서 벌떡 일어났다. 그는 얼굴이 벌겋게 상기되어 있었다. 앉아 있는 일남 이녀의 안색도 분노에 차 있었다. 백의청년이 착 가라앉은 목소리로 말했다.

"네놈은 우리가 누군 줄 정녕 모르는 것이냐?"

"그것을 내가 어찌 알겠느냐."

이유강은 짜증이 난다는 표정을 지었다. 그러자 백의청년의 눈에 살기가 어렸다.

"어리석은 놈, 분위기 망치지 않으려 최대한 배려해 주었더니 네놈이 정녕 분수를 모르는구나. 네놈을 죽이기 전에 우리가 누군지 알려주마. 지금 앞에 계신 소저는 이곳 항주 최고의 부호이신 서문 대인의 따님 서문소혜 소저이시다."

"……."

서문 대인이라면 들은 적이 있다. 강남 최대의 상권 중 하나인 항주 최고의 부호로 서문세가의 가주였다. 그는 재력을 바탕으로 마교와 관에도 영향력을 행사할 정도로 대단한 세력을 지녀 항주에서는 그 누구도 건드릴 수 없다 했다.

"그리고 이쪽에 계신 소저는 소주 최고 부호이신 환 대인의 따님이신 환가영 소저시다. 또한 이 앞에 계신 공자께서는 소주와 항주를 총괄하는 마교 항주 분타의 분타주이신 혈웅마검 고패님의 일점혈육 고연위 공자이시다."

백의청년은 자기에 대한 소개는 하지 않고 있었다. 어쨌든 듣고 보니 큰소리칠 만했다. 항주와 소주 지역 최고 부호의 금지옥엽들과 이 두 곳을 관할하는 마교 분타 최고 실력자의 아들이라니……. 이들이 안하무인, 오만방자한 것이 이해가 되었다. 조금 놀라는 표정을 짓자 서문소혜 등은 의기양양한 표정을 지었다. 이유강이 담담히 말했다.

"나는 이유강이다."

서문소혜 등은 고개를 갸웃거렸다. 백의청년이 물었다.

"처음 들어보는 이름인데 그것이 어쨌다는 것이냐?"

"너희들이 소개를 했으니 나도 내 이름을 말한 것이다."

"누가 네놈 이름이 궁금하다 했느냐?"

백의청년은 코웃음쳤다. 이유강은 돌아서며 말했다.

"그럼 나는 이만 돌아가 주지."

그렇게 말한 후 서너 걸음쯤 걷자 백의청년이 소리쳤다.

"멈춰라! 네놈이 감히 우리를 모욕하고 무사히 갈 수 있을 것 같으냐?"

그가 소리치자 이층으로 서너 명의 무사가 올라왔다. 이유강은 네 명의 무사를 부채로 간단히 제압해 쓰러뜨렸다.

"이따위 삼류무사들 따위로 큰소리를 치는 것인가?"

그러자 서문소혜 등의 안색이 변했다. 백의청년이 검을 빼어 들고 달려들었다.

"네놈이 기어코 죽음을 자초하는구나."

'오십사……'

이유강은 백의청년의 손목을 부채로 쳐 검을 떨어뜨렸다. 그러자 백의청년이 악을 쓰며 다시 달려들었다. 이유강은 부채로 그의 왼쪽 뺨을 세게 돌려 쳤다.

퍼억!

백의청년은 꼴사납게 한 바퀴 돌며 나가떨어졌다. 한쪽 뺨이 시뻘겋게 부어오른 백의청년은 수치스러운지 표정이 일그러졌다. 이유강은 냉소하며 돌아섰다.

"멈춰라."

착 가라앉아 있는 목소리. 그러나 결코 거부할 수 없는 무게가 있었다. 고연위가 일어났다.

'보통 놈이 아니다.'

그동안 별말없이 가볍게 웃기만 하던 그다. 그러나 일어나 천천히 걸어오는 그의 주위로 공기의 미미한 진동이 그치지 않았다. 이유강이 말했다.

"이곳은 싸울 장소로 마땅하지 않은 것 같군. 장소를 옮기는 것이 어떤가?"

"나쁘지 않군."

고연위는 고개를 끄덕였다.

잠시 후 고연위 등과 함께 도착한 곳은 인적이 드문 뒷골목의 공터였다. 고연위가 말했다.

"이곳이라면 적당하지 않겠나?"

"적당하군."

이유강은 비혼의 등에 있는 두 자루의 도 중 하나를 빼어 들었다. 그러자 고연위의 얼굴에 미소가 떠올랐다.

"도를 사용하는가? 재미있겠군."

그는 그렇게 말하며 왼쪽 허리에 차고 있던 검을 빼어 들었다. 이유강은 도를 고연위의 미간에 겨눴다. 고연위가 말했다.

"선공을 양보하겠다."

"고맙군."

이유강은 끄덕이며 신형을 움직였다. 고연위의 미간을 향해 있던 도가 순간 땅으로 꺼지듯 아래로 향했다가 그의 좌측 허리를 향해 쇄도했다. 그러자 고연위의 안색이 변하며 검을 내려쳐 막았다.

'놀랍군. 어찌 대번에 이곳이 허점이라는 것을 알았단 말인가.'

부친인 혈응신검 고패로부터 숱하게 지적받았던 자세의 허점. 고수를 만난다면 낭패를 당할 것이라는 그의 지적에도 불구하고 고연위는 이 자세를 좋아했다. 그 이유는 상대를 단번에 제압할 수 있는 '혈응구변(血鷹九變)'이라는 그가 가장 선호하는 초식을 펼치기 용이하기 때문이었다. 그런데 이유강이 설마 그곳을 공격하리라곤 상상도 하지 못했다. 게다가 계속 가장 막기 힘든 곳만 골라서 공격하고 있었다.

차앙!

고연위는 이유강의 도에 검을 강하게 부딪친 후 반동을 이용해 뒤로 신속히 물러났다. 등 뒤로 식은땀이 흘렀다. 가까스로 공세에서 탈출한 것이었다. 고연위는 자세를 바로 하며 물었다.

"대단해. 자넨 대체 누구인가?"

"모두 피해내다니, 자네야말로 대단하군."

광마도법의 백 번째가 넘어가는 초식을 펼쳤음에도 불구하고 고연위가 모두 막아내자 이유강은 내심 놀랐다. 현재의 내공은 이십 년 남짓. 대략 백삼십 번째 초식까지 펼칠 수는 있었다. 고연위는 얼마 전 만났던 무당파의 제자 곽무연 등과는 비할 수 없을 만큼 높은 수준이었다. 일개 마교 분타의 분타주도 아닌 그의 아들이 이토록 강하다니.

'마교가 왜 천하를 장악했는지 이유를 알 것 같군.'

그때 묵묵히 이유강을 쳐다보던 고연위가 검을 검집에 집어넣었다. 이유강이 의아해하자 고연위가 웃었다.

"이봐, 무승부로 하는 것이 어떤가? 내가 결코 두려워서 피하는 게 아니란 것쯤은 알 것이네. 더 이상 싸우다간 둘 중 한 명이, 혹은 둘 다 크게 다칠 것 같은 생각이 드는군."

"나도 굳이 승부를 내고 싶지는 않군."

이유강이 고개를 끄덕였다. 고연위가 말했다.

"이유강이라 했나? 아까의 일은 진심으로 사과하는 바이네."

"마음에 두지 말게. 자네는 저들과 다른 것 같군."

이유강은 옆에서 멍하니 쳐다보고 있는 서문소혜 등을 가리키며 말했다. 그러자 서문소혜와 환가영의 얼굴이 붉어졌다. 고연위가 웃었다.

"원래 장난을 좋아하는 것뿐이지 그리 나쁜 사람들은 아니라네."

"자네의 얼굴을 봐서 용서하도록 하지."

이유강도 웃었다. 고연위에게서 가식은 느껴지지 않았다. 성정 자체가 화통하고 시원시원한 것 같았다.

'비록 마교의 인물이지만 상당히 괜찮은 녀석이로군.'

서호반점. 다시 이곳 이층으로 돌아와 고연위 등과 함께 앉았다. 고연위가 화해의 의미로 술을 마시자고 제안하여 쾌히 승낙했던 것이다. 백의청년은 어디로 갔는지 보이지 않았다. 고연위가 술을 따르며 말했다.

"자, 이제 서로 서먹한 감정을 풀도록 하지. 먼저 한잔 받게."

이유강은 고개를 끄덕이며 술잔을 받아 비웠다. 서문소혜가 빈 잔을 채우며 말했다.

"이 공자님, 아까의 일은 용서해 주세요. 악의는 없었어요."

"괜찮소. 이제 그 일은 잊었으니 신경 쓰지 마시오."

이유강은 웃으며 술을 비웠다. 환가영이 미소를 지으며 술을 따랐다.

"대체 왜 여인들의 장신구를 그리 많이 갖고 다니는 것이죠? 창밖의 여인들을 유심히 쳐다보며 장신구를 만지작거리니 영락없이 한량인 줄 알았어요."

"아!"

이유강은 고개를 끄덕였다. 이제야 이들이 왜 그토록 자신에게 무례하게 행동했는지 이유를 짐작할 수 있었다.

"아직도 그렇게 생각하시오?"

"아니요. 다만 궁금한 건 어쩔 수 없네요."

환가영이 머리를 쓸어 넘기며 말했다. 술을 몇 잔 마셔 살짝 붉어진 그녀의 얼굴은 실로 아름다웠다. 서문소혜에 비해 떨어지지 않는 미모였다. 이유강이 잠시 멍하니 그녀를 쳐다보자 환가영이 시선을 피했다. 이유강은 조금 민망한 마음에 눈을 돌려 고연위를 쳐다봤다. 고연위가 웃었다.

"핫핫, 자네 역시 별수없군."

"무슨 소린가?"

"하긴 그 어떤 사내가 있어 이 두 분 소저의 미모 앞에 넋이 나가지 않겠는가."

고연위가 재밌다는 듯 크게 웃으며 말하자 이유강은 더욱 민망해졌다. 서문소혜가 조금은 따분한 듯 말했다.

"그런 얘기 재미없어요."

환가영도 비슷한 표정이었다. 이유강이 화제를 돌렸다.

"한 명이 보이지 않는군."

"그는 신경 쓸 거 없네."

백의청년이 보이지 않아 말한 것인데 고연위는 손을 저었다. 이유강이 의아해하자 고연위가 말했다.

"그는 항주의 암흑가를 장악하고 있는 철검파 두목의 아들로 항주 사교계에서 유명한 인물이야. 워낙 사근사근하고 말주변 또한 뛰어나지만 속이 매우 좁은 게 흠이지. 그러고 보니 아까 자네에게 한 대 얻어맞았으니 어디선가 벼르고 있을지도 모르겠군."

"왜 그런 인물과 어울리는 것인가?"

"가끔은 쓸 데가 있네."

이유강은 고개를 끄덕였다. 고연위가 술을 따르며 말했다.

"자네는 오늘 처음 만났는데도 오랜 친구같이 느껴지는군. 자네가 무슨 일을 하는지는 굳이 알고 싶지 않네. 가끔 나와 이곳에서 만나 술이나 한잔했으면 좋겠군."

"나 역시 술친구가 필요했는데 자네를 만└ 실로 기쁘군. 자, 한잔하지."

그러자 환가영이 노려보며 말했다.

"대체 무엇 때문에 여인의 장신구들을 들고 다니는지 궁금하다고 물었잖아요. 왜 그에 대한 답변을 안 하시는 건가요?"

갑작스런 추궁에 이유강은 술잔을 내려놓으며 대답했다.

"여인들이 좋아할 만한 장신구를 만들어 항주와 소주에서 팔아볼까 생각 중이오."

"상인이셨나요?"

환가영이 눈을 크게 떴다. 서문소혜가 뭔가 생각하는 듯하더니 물었다.

"그렇군요. 당신이 그 이 대인이로군요. 값싼 인형을 유행시켜 적지 않은 돈을 벌었다고 들었어요."

"푼돈 좀 만졌을 뿐이오."

"어머, 그리고 보니 요즘 소주에 항주에서 넘어온 싸구려 인형들이 유행하고 있어요."

환가영이 정색을 하며 말했다. 이유강은 고개를 끄덕였다.

"값은 싸지만 물건은 결코 싸구려가 아니오. 넉넉하지 못한 집안의 아이들도 그 인형을 가지고 놀 수 있을 것이란 생각이 들었소."

"대단하군. 그러고 보니 자네, 상당한 부자였군. 앞으로 술값은 모두 자네가 계산하게."

고연위가 놀란 표정을 지으며 말했다.

"여기 계신 두 분 소저 가문에 비하면 조족지혈에 불과할 뿐일세. 너무 치켜세우지 말게."

"그러니까 결국 술값을 안 내겠다는 소리가 아닌가?"

"자네야말로 빈대 붙겠다는 심산이군."

그러자 서문소혜와 환가영이 한심하다는 듯 둘을 쳐다봤다. 서문소혜가 말했다.

"이 공자님, 드릴 말씀이 있어요."

"말씀하시오."

서문소혜의 표정이 약간 기이하게 변했다.

"그런데… 부디 기분 나쁘게 듣지 않았으면 좋겠군요."

이유강은 비록 만난 지 얼마 되지 않았지만 서문소혜의 성격을 짐작할 수 있었다. 그녀는 상대의 기분이 어떻든 하고 싶은 말은 하는 성격인 것 같았다. 그런 그녀가 그다지 미운 생각은 들지 않았다. 이유강은 부드러운 표정을 지으며 말했다.

"기분 나쁘게 듣지 않을 테니 할 말이 있으면 하시오. 나는 그리 속 좁은 사람이 아니오."

"남자치고 속이 좁지 않은 사람은 한 번도 보지 못했어요. 그러나 이 공자님께서 속이 좁지 않다고 장담을 하시니 안심하지요."

웃는 듯 마는 듯 기이한 표정을 지으며 물끄러미 응시하는 서문소혜의 시선이 약간은 부담스러웠다. 서문소혜가 진지하게 말했다.

"아무래도 이 공자님께서 장신구를 통해 돈을 벌기는 힘들 것 같군요."

"어찌 그리 생각하시오?"

"이 공자님 입고 있는 옷이 매우 어색하다는 것을 알고 계신가요?"

"…이것, 그래도 꽤 주고 산 것이오."

"비단으로 만들었으니 제법 값은 나갔겠죠. 그러나 그 옷은 몇 년 전 잠시 나왔다가 실패한 옷이에요. 솔직히 말해서 무척 촌스럽거든요."

서문소혜는 진지하게 말했고, 환가영 역시 웃음을 참으며 고개를 끄덕였다. 보다 못한 고연위가 헛기침을 했다.

"험, 서문 소저, 조금 말이 과한 것 같소. 이 친구의 진면목이 중요하지 옷이야 뭐 그리 신경 쓸 거 있소?"

"아니, 가만있게. 서문 소저의 말을 더 듣고 싶군."

이유강이 태연히 말했다. 서문소혜의 눈에 약간의 이채가 스쳤다. 그녀는 말을 이었다.

"감각이 없으면 장신구 시장에서 살아남기 힘들어요. 그나마 번 돈 날리기 싫으면 차라리 그냥 싸구려 인형이나 계속 만들어 파시는 게 어때요?"

"흠……."

이유강은 담담히 고개를 끄덕였다. 서문소혜는 계속 이유강을 응시했다. 작은 표정의 변화 하나도 놓치지 않겠다는 듯 뚫어져라 쳐다보고 있었다. 환가영 역시 마찬가지였다. 이유강은 그런 그녀들에게 빙긋 웃으며 술을 권했다.

"서문 소저, 좋은 충고를 해주셨으니 한잔 올리겠소. 환 소저 역시 각오하시오."

"……."

그녀들은 말없이 술을 받아 잔을 비웠다. 이유강이 말했다.

"내친김에 부탁 하나만 하겠소. 서문 소저께서 그리 말씀하시니 내 유행 감각이 없는 것을 절실히 깨달았소. 그러니 내게 어울리는 최신 유행의 옷을 좀 골라주시면 어떻겠소?"

그러자 서문소혜는 고개를 저었다.

"글쎄요. 저는 그리 한가한 사람이 아니라서……."

다음날 오전 이유강은 장원에서 볼일을 마치고 항주 번화가로 걸어 들어갔다. 어제 제법 마신 술이 과해 해장을 좀 해야 할 것 같았다. 적당한 식당을 찾아 뜨겁고 얼큰한 국물이 있는 요리를 먹고 나니 조금 살 것 같았다. 계산을 하고 나가려는데 누군가 다가와 말했다.

"공자, 잠시 시간을 내주실 수 있으신지요?"

사십대 중반쯤 되는 사내였다. 말은 공손했지만 사나운 눈매는 감출 수 없었다. 이유강이 물었다.

"무슨 일이오?"

"공자를 뵙고자 하는 분이 계십니다. 저를 따라오시지요."

"알겠소."

이유강은 사내를 따라 걸었다. 비혼이 뒤에서 묵묵히 따라왔다.

사내는 말없이 걸었다. 일각이 지나도록 앞에서 걷기만 했다. 이유강은 슬슬 짜증이 났다.

"대체 나를 보자는 자가 누구요?"

"조용히 따라오기나 하시오."

사내는 뒤도 돌아보지 않은 채 내뱉듯 말했다. 이유강은 어이가 없었다. 그러고 보니 뒤쪽 멀찍이 적지 않은 인물들이 따라오고 있었다. 이유강은 걸음을 멈추고 말했다.

"이봐, 거기 잠깐 서지!"

그러자 사내가 신경질을 내며 돌아봤다.

"좋게 말할 때 그냥 따라… 컥!"

이유강이 부채로 사내의 명치를 가격했다. 비혼의 등에서 도를 잡아 빼어 사내의 목에 가져다 댔다.

"어떤 놈이 어설픈 수작을 부리는지 말하지 않으면 머리를 몸에서 분리시켜 버리겠다."

"사, 살려주시오."

겁을 주자 싱겁게도 사내는 살려달라고 애걸복걸했다. 뒤쪽에서 따라오던 수십 명의 인물들이 뛰어왔으나 비혼에 의해 모두 쓰러졌다. 대부분 기절하는 정도의 타박상을 입었으나 매우 불행하게도 비혼의 주먹에 안면을 강타당한 자들이 몇몇 보였다. 차라리 팔다리가 부러질지언정 얼굴은 보호해야 했을 터인데. 사내는 그것을 보고 더욱 벌벌 떨었다.

"저야 철검파의 소공자님이 시키는 대로 했을 뿐입니다. 제발 살려주십시오."

"그놈이었군."

속이 매우 좁은 놈이라고 하더니 결국 뭔가 일을 꾸민 모양이었다.

이유강은 도를 거두고 허리에 찼다.

"철검파로 안내해라."

"예."

사내는 목에서 칼을 거두자 살았다는 듯 안도했지만 여전히 주눅 들어 있었다. 조금 걷자 검은색 복면을 한 수십 명의 무사가 나타났다. 그들은 커다란 그물을 던지고 암기를 던지는 등 악랄하게 공격했다. 살수들이 분명했다. 사정을 봐주지 않고 모두 베어버렸다. 앞에서 안내하는 사내의 얼굴이 하얗게 변했다.

"아직 멀었나?"

"…거의 다 왔습니다."

사내는 어기적거리며 걷는 것이 오줌을 지린 듯했다. 잠시 후 황금색 현판에 '철검파(鐵劍派)'라고 적혀 있는 커다란 현문이 보였다. 문은 열려 있었다. 안에는 수백 명의 무사가 진을 치고 있었다. 무사들의 뒤쪽으로 호피를 깐 의자에 앉아 있는 백의청년의 모습이 보였다. 그는 부채를 살살 흔들며 미소 짓고 있었다. 이유강이 말했다.

"나를 보자고 한 이유가 뭔가?"

"겁없이 여기까지 오다니 어리석은 놈이군."

이유강이 도를 들어 겨눴다.

"합당한 이유가 없다면 용서하지 않겠다."

"용건은 무슨, 네놈이 어디서 굴러온 촌놈인지 모르겠지만 감히 나를 모욕했으니 살려두지 않겠다."

"듣던 대로 속이 좁은 놈이로군."

"뭣이? 네놈 지금 뭐라 했느냐?"

백의청년의 안색이 벌겋게 변했다. 이유강은 피식 웃었다. 그러자 백의청년의 표정이 더욱 험악해졌다. 부채를 몇 번 흔들더니 말했다.

"용서를 빌고 평생 충성하겠다 맹세하면 죽이지 않겠다. 어떠냐?"

"상황 판단이 잘 안 되나 보군. 자네야말로 나의 종이 되겠다면 살려주지."

"죽여라!"

백의청년은 부채를 집어 던지며 말했다. 그러자 무사들이 우르르 몰려왔다. 복면을 한 살수들이 사오십 명 정도, 나머지는 암흑가의 싸움패들 같았다.

"크악!"

"으아악!"

선두로 달려오던 살수 십여 명을 비혼이 황천길로 보내 버렸다.

"으으……!"

한 칼에 한 명씩 가로와 세로로 각각 쪼개져 있었다. 모두들 얼굴이 하얗게 변한 채 정지했다. 백의청년 역시 어정쩡한 자세로 굳어 있었다. 비혼이 걸어갔다.

움찔.

수백 명의 무사들이 뒷걸음질쳤다. 비혼이 뛰었다. 그러자 무사들은 질겁을 하며 뒤로 돌아 줄행랑을 치기 시작했다.

"크악!"

잠시 주저하던 한 명의 살수가 비혼의 주먹에 처참한 비명을 지르며 날아가자 무사들은 한 명도 남김없이 도망갔다. 텅 빈 공간에 백의청년만이 꾸부정하게 서 있었다. 이유강이 손가락을 까닥였다.

"이리로."

"예."

백의청년은 꾸부정한 자세 그대로 뛰어왔다. 그리고는 털썩 무릎을 꿇었다.

"살려주십시오!"

눈물을 흘리며 애원하는 백의청년의 모습은 실로 애처로워 보였다. 그러나 이유강은 고개를 저었다.

"살려줘 봤자 또 나를 귀찮게 할 텐데 내가 왜 그런 멍청한 짓을 하겠는가. 죽음을 담담하게 받아들이게."

"아닙니다, 대인! 절대로 그런 일은 없을 것입니다! 흑흑, 맹세합니다! 제발 살려주십시오, 대인!"

백의청년은 이유강의 다리를 붙잡고 엉엉 울었다. 이유강은 발을 휘둘러 백의청년을 뿌리쳤다.

"그래도 눈물을 흘리는 것을 보니 본디 심성이 악하지는 않은 것 같군. 내 특별히 배려하여 고통없이 단칼에 쪼개주지."

"제발, 제발……! 저, 그리 나쁜 놈 아닙니다! 흑흑, 살려만 주시면 무슨 일이든 하겠습니다! 제발… 한 번만 기회를 주십시오!"

"무슨 기회를 달라는 건가?"

"대인의 종이 되겠습니다! 제발 살려주십시오!"

이유강은 고개를 저었다.

"더 더욱 안 될 일이군. 틈만 나면 나를 죽이려 들겠지."

"절대 아닙니다! 흑흑, 제발 저를 믿어주십시오!"

"비혼!"

백의청년은 콧물까지 흘리며 빌었으나 이유강은 고개를 저으며 비혼을 불렀다. 그러자 비혼이 도를 위로 치켜들었다. 이유강은 담담히 말했다.

"안됐지만 나보다 더욱 분노한 자가 있지. 비혼은 나의 충복이지만 가끔은 나의 말을 듣지 않을 때가 있네. 지금이 바로 그런 때야. 그는 말을 못하지만 누구보다 잔인하지. 감히 내게 불손한 자는 한 명도 살려두지 않았어."

"대인, 제발 저자를 말려주십시오!"

백의청년의 안색이 하얗게 탈색되었다. 이유강은 안타까운 표정으로 그를 쳐다봤다.

"자네가 하도 불쌍하여 내가 한번 물어보겠네. 비혼, 이자를 살려주는 것이 어떻겠나?"

그러자 비혼이 갑자기 도를 이리저리 휘둘렀다.

팍팍팍!

땅에 도를 수십 번 찌르더니 죽어 있는 시체를 막 난도질하기 시작했다. 백의청년은 그 모습을 보고 안색이 하얗다 못해 파랗게 변했다. 특히 두 눈 주위는 검게 물들어 있었다. 그는 곧 생명이 꺼져 가는 환자처럼 안색이 파리해진 채 중얼거렸다.

"대, 대인, 소인을 제발… 한 번만 믿어주십시오."

"비혼의 분노가 저토록 컸다니, 힘들겠어."

"어허헝! 불쌍한… 인생… 제발……!"

백의청년은 필사적이었다. 이유강은 고개를 흔들었다.

"살겠다는 의지가 보통이 아니로군. 비혼, 이제 그만 분노를 거두게."

그러자 비혼이 피가 뚝뚝 떨어지는 칼을 들고 백의청년에게 다가왔다. 그리고는 백의청년의 목에 도를 들이댔다. 백의청년은 기겁을 하며 물러났으나 도는 그의 목에서 떨어지지 않았다. 이유강이 말했다.

"이제 그만 하게."

비혼은 칼을 거두고 뒤로 물러났다. 백의청년은 눈물을 펑펑 흘렸다.

"대인, 살려주셔서 감사합니다! 소인 철무생, 이 은혜를 잊지 않겠습니다!"

"더 이상 울지 말고 일어나게."

"흑흑, 감사합니다."

백의청년, 즉 철무생은 십년감수했다는 표정으로 일어나다 비혼이 쳐다보고 있는 것을 깨닫고는 뒷걸음질쳤다.

"조심하게. 조금이라도 내게 불손할 경우 언제 자네의 목을 따갈지 모르니 항상 긴장해야 할 거야."

"물론… 입니다."

부시럭!

"무생이 거기 있느냐?"

"예, 대인! 이곳에 있습니다!"

철무생은 이유강이 소리치자 잠자다 말고 일어나 그의 방 앞으로 뛰어왔다.

"장원에 쥐새끼들이 돌아다니는 것 같구나. 시끄러워서 잠을 잘 수가 있나."

"예, 걱정 말고 주무십시오. 제가 처리하겠습니다."

장원에는 수백 명의 인물이 은밀히 움직이고 있었다. 이유강은 비혼을 통해 그들을 감지할 수 있었다. 보아하니 철무생을 구하러 온 암흑가의 패거리들인 것 같았다. 비혼은 장원 가장 높은 전각의 지붕 꼭대기에 서 있었다.

철무생이 졸린 눈으로 몽둥이를 집어 들었다.

'졸려 죽겠는데… 제길, 그냥 처잘 것이지.'

짜증이 나 죽을 지경이었다. 그러나 조금이라도 그런 기색을 비출 수는 없었다. 그랬다간 언제 악마 같은 비혼이 목에 칼을 들이밀지 몰랐다.

'그래, 차라리 잘됐다. 쥐새끼들이나 죽여 분을 풀어야겠군.'

주위를 두리번거려도 쥐들은 보이지 않았다.

'이것 봐라? 누군가 있군. 숫자가 제법 많잖아?'

은밀하게 움직이는 그림자들. 철무생은 그중의 몇 명을 덮치려다 깜짝 놀랐다. 왼쪽 볼에 칼자국이 난 대머리장한이 조그맣게 소리쳤다.

"소공자님!"

"네놈들이 여긴 웬일이냐?"

"웬일이긴요. 소공자님을 구하러 왔습니다. 대인께서도 같이 오셨습니다."

"뭣이? 미쳤군! 제정신이 아니야!"

"예? 미치다니요?"

"닥치고 아버지는 어디 계시냐?"

철무생은 대머리장한을 쥐어박았다. 그러자 대머리장한은 더리를 움켜쥐고 인상을 썼다.

"이, 이쪽으로 오십쇼."

"어쭈? 그 표정은……?"

"아, 아닙니다."

대머리장한은 기겁했으나 철무생은 표정을 싸늘하게 굳혔다.

"이 새끼들, 내가 여기서 이러고 있으니 우습게 보이는 모양인데…
조만간 푸닥거리 한 판 해야겠군."

"아이고, 소공자님, 절대 그렇지 않습니다요."

"닥쳐! 단단히 각오하는 게 좋을 것이다!"

"예."

대머리장한은 풀이 죽은 표정으로 안내했다. 조금 걷자 수십여 명이
으슥한 곳에 옹기종기 모여 있는 것을 발견했다. 사십대 중반쯤 되어
보이는 인상이 험악한 사내가 소리쳤다.

"무생아!"

"아버지!"

"이게 대체 어찌 된 일이냐? 어떤 씹어 먹을 새끼가 감히 철검파에
들어와 부하들을 죽이고 너를 잡아갔단 말이냐? 내 오늘 그놈의 간을
빼 갈아 마셔도 분이 풀릴지 모르겠다! 그래, 다친 곳은 없느냐?"

"……."

철무생은 순간 가슴이 철렁하여 아무 말도 할 수 없었다. 주위를 둘
러봤다.

'헉!'

멀찍이 높은 전각의 꼭대기에 비혼이 이쪽을 쳐다보고 있는 것이 보
였다.

"표정이 왜 그러냐? 고생이 심했구나."

"아닙니다, 아버지! 빨리 부하들을 데리고 돌아가세요!"

"뭣이? 그게 무슨 말이냐?"

부친인 철검호가 펄쩍 뛰었다. 철무생이 창백한 안색으로 말했다.

"빨리 돌아가지 않으면 모두 다 죽습니다. 길게 설명할 시간 없으니 빨리 돌아가세요."

"고작 두 놈이라 들었다. 그놈들이 무슨 마교의 절대거마라도 된단 말이냐?"

"마교의 절대거마보다 더 잔인한 놈들입니다. 우리들 힘으로는 수백 명이 덤벼들어도 뼈도 못 추린다니까요. 빨리 가지 않으면 난도질당합니다."

"난도질이라 했느냐?"

철검호의 음성이 약간 떨렸다. 주위 부하들의 표정도 창백해졌다. 철무생이 조그맣게 말했다.

"목소리를 줄이세요. 저쪽 꼭대기에 있는 놈 보입니까?"

"헉! 저놈은 누구냐?"

"사람을 죽이고 시체도 난도질을 합니다. 죽일 때도 단칼에 한 명씩 쪼개 죽이더군요. 잠자는 사자의 코털 뽑는 짓을 하실 겁니까? 이제 겨우 저 살 만합니다. 빨리 애들 데리고 돌아가세요."

"무생아……!"

철검호는 안타까운 표정으로 철무생을 부르더니 이내 초조한 표정으로 고개를 돌렸다. 그리고는 성큼성큼 걸어갔다.

"모두 돌아가자."

"예."

부하들이 모두 반색하며 그를 따랐다. 철무생은 멍하니 그들을 쳐다봤다. 슬금슬금 걷던 철검호가 어느 순간 냅다 뛰며 말했다.

"다음에 고수들을 초빙해 부탁해 보겠다! 부디 몸조심하거라!"

"소공자님, 몸조심하십시오!"

철검호의 뒤를 따르던 부하들도 그렇게 말하며 뛰기 시작했다. 수백의 패거리들은 순식간에 장원 밖으로 뛰어나갔다.

"……."

며칠 후 이유강은 비혼과 철무생을 대동하고 항주 번화가로 나갔다. 이유강이 말했다.

"저번에 내 옷이 촌스럽다고 했는데 그 말이 사실이냐?"

"아, 아닙니다. 제가 미쳤었나 봅니다."

철무생의 목소리가 떨려 나왔다.

"솔직하게 말해라, 나는 그리 속 좁은 놈이 아니니."

"예, 솔직히 조금 촌스럽긴 합니다."

"그럼 최근 유행하는 옷을 맞추러 가야겠군. 앞장서라."

"예."

철무생은 항주 사교계에서도 알아줄 만큼 옷 잘 입기로 소문나 있었다. 이유강은 철무생의 단골집에서 백색의 멋진 비단옷을 맞춰 입고 청색의 용이 자수되어 있는 백색 부채를 들었다. 철무생이 침이 튀도록 칭찬했다.

"멋지십니다. 이제 항주의 모든 미녀들이 이 대인님 품에 안기지 못해 환장할 것이 분명합니다."

"시끄럽다."

"후후, 왜 이러십니까? 이제 더 이상 숨기시지 않으셔도 됩니다. 제가 다 알아서 하지요. 흐흐, 천하에 여자 후리는 데 저를 따라올 자는 아무도 없습니다. 내친김에 항주 사교계로 진출……."

"한 번만 더 그런 소리 하면 비혼과 일 대 일 면담을 시켜주지."

대경실색하는 철무생을 보며 이유강은 말했다.

"그리고 앞으로는 저 옷을 입도록. 나와 체격이 비슷하니 대충 맞을 것 같다."

"예? 아니… 이 옷은?"

한쪽에 벗어 던져 놓은 청색 상하의. 조금 전까지 이유강이 입었던 옷이다. 철무생의 안색이 구겨졌다. 이유강이 정색을 하며 말했다.

"표정이 매우 불손하게 느껴지는구나."

"아, 아닙니다. 입겠습니다."

"앞으로 일 년이다. 빨아 입는 것은 상관하지 않겠다. 하나 다른 옷을 입었을 경우 뒤의 사태는 나도 보장할 수 없다. 지금 당장 갈아입도록."

눈을 부라리자 철무생은 울상을 지으며 옷을 갈아입었다. 이유강이 말했다.

"역시 상당히 촌스럽군. 내 특별히 배려하여 그 부채도 줄 테니 사용해라."

"굳이 그러실 것까지는… 아, 아닙니다."

철무생은 자색 부채를 들고 히죽 웃었다.

"그러니까… 무엇이 유행할지 예상이 가능하다는 말이냐?"

"그건 그리 어려운 일이 아닙니다. 아니, 비록 촌스러운 것이라도 적당히 유행시키는 것쯤이야 쉬운 일입니다. 하물며 물건이 좋다면 말할 필요도 없습니다."

이유강이 따라주는 잔을 받으며 철무생은 의기양양한 표정을 지었다. 옆에서 고연위가 고개를 끄덕였다.

"가능할 거야. 무생이 추천한다면 항주의 기녀들 태반이 그것을 사용할 게 분명하거든."

"하하하, 역시 고 대협께서는 저를 알아주시는군요. 제가 한잔 올리겠습니다."

서호반점의 이층. 이유강은 철무생, 고연위와 함께 술을 마시는 중이었다. 고연위가 자신을 치켜세워 주자 철무생은 의기양양하다 못해 기고만장해졌다.

"으하하하, 대인님은 저만 믿으시면 됩니다 앞으로 저로 인해 항주 상권을 장악하실 수 있을 것입니다."

"……."

철무생은 거나하게 취해 있었다. 이유강은 그런 그를 굳이 뭐라고 하고 싶지는 않아 내버려 두었다. 고연위가 말했다.

"벌써 항주에 자네에 대한 소문이 자자하네."

"그게 무슨 소린가?"

"평범하지 않은 상재에 암흑가를 간단히 접수할 만큼 무예도 출중하니 항주 상인들이 잔뜩 긴장하고 있더군. 상인뿐 아니라 본 교와 관에서도 자네를 주시하고 있어."

"무예로 따지자면 자네가 한 수 위가 아닌가. 어찌 나 같은 평범한 상인을 주시하는지 알 수가 없군."

고연위는 고개를 흔들었다. 그는 멀찍이 서 있는 비혼을 가리키며 말했다.

"자네의 실력은 나 역시 장담할 수 없네. 더구나 저자, 비혼이라 했나? 줄곧 지켜봤네만 내가 상대할 수 없는 고수란 것을 알았지. 아니, 나의 아버지께서도 저자에겐 상대가 안 될 것 같다는 생각이 드네."

"……."

"도무지 호흡이 느껴지지 않아. 그러나 내가 감당할 수 없는 어떤 기운이 느껴진단 말일세. 저자는 대체 누구인가?"

"과찬이군. 비혼이 비록 나보다 훨씬 강한 고수이긴 하네만 자네의 부친이신 혈웅마검 대협에 비하지는 못할 거야. 자, 한잔하게."

이유강은 술병을 들어 고연위의 잔을 채웠다. 고연위는 잔을 비우고는 말했다.

"자네가 어떤 뜻을 품고 있는지는 솔직히 모르겠네. 그러나 자네는 결코 평범한 상인으로 만족할 만한 그릇이 아니란 것은 분명해."

"너무 치켜세우지 말게. 내가 볼 때 자네 역시 이곳에서 안주하며 지낼 사람은 아닌 것 같군."

그러자 고연위는 술을 한 잔 더 비웠다. 제법 술을 마셨으나 조금도 취한 것 같지 않아 보였다. 잠시 후 그는 입을 열었다.

"물론 나도 이곳에서 이렇게 지낼 생각은 없네. 나 역시 중앙으로 진출하고 싶은 욕망이 강하네."

"마교 총단 말인가?"

"단순히 명예 때문만은 아닐세. 강해지고 싶은 욕구 때문이지. 그곳에는 나와 비교도 안 될 만큼 강한 고수들이 우글거리고 있어. 그곳에 간다면 나 역시 보다 강해질 수 있을 거라는 생각이 드네."

"그렇겠지."

"그러나 나의 이런 욕망도 자네에 비하면 보잘것없어 보인단 말일세."

고연위이 눈이 사나워졌다. 이유강은 묵묵히 그를 응시했다.

"자네는 상인일 뿐이라 했지. 설령 그렇다 해도 이곳에서 만족할 자가 결코 아니야."

"……."

"충고 하나만 하지. 이것은 비록 우리가 만난 지 얼마 되지 않았지만 진심으로 자네를 생각해서 하는 말이야. 크고자 한다면 결코 본 교와 적이 되지 말게. 아주 친밀하게 관계를 유지하기 어렵다면 형식적이나마 친밀한 관계를 유지해야만 살아남을 수 있네. 설혹 관과 대립하는 일이 있더라도 본 교와 대립하면 그 순간 파멸임을 잊지 말게나."

"알았네."

이유강은 고개를 끄덕였다. 고연위의 말이 이어졌다.

"오늘따라 내가 말이 많군. 그러나 자네는 나의 투지를 일깨워 준 고마운 친구일세. 그렇기에 자네가 잘못되지 않았으면 좋겠어."

"고맙군."

"이미 본 교에서는 자네를 주시하고 있네. 물론 이곳 항주와 소주에서는 내가 있으니 걱정하지 않아도 되지만 자네가 중원 전체를 노리는 거상이 될 생각이라면 반드시 본 교 최상위층의 인물들과 인연을 맺지 않으면 안 될 것이야."

"좋은 충고로군. 반드시 참고하지."

이유강은 고개를 끄덕였다. 고연위가 술잔을 내밀었다. 철무생은 엎어져 자고 있었다.

다음날 이유강은 철무생에게 일꾼들을 풀러 장원을 수리하라 시켰다. 장원 보수는 매우 큰 공사였다. 간단한 청소는 환물들을 이용하여 가능했으나 부서진 전각의 보수는 전문적인 인부들이나 가능한 일이었다.

전문적인 인부들은 수십여 명이 동원되었고 잡일을 하는 장정들도 백여 명이나 되었다. 물론 잡일을 하는 장정들은 모두 철무생의 부하들이었다. 환물들이 인형을 만드는 장원 서쪽 지역은 생로환기진이 펼쳐져 있어 철무생은 물론 누구도 접근하지 못했다.

며칠이 지난 후 이유강은 철무생을 불러 물었다.

"공사는 진척이 있느냐?"

"완전히 보수되려면 적어도 육 개월은 지나야 될 것 같습니다."

"그렇겠지. 참, 보아하니 네 부하들을 불러 일을 시키는 것 같던데……."

"하하, 노는 놈들 뒀다 무엇 하겠습니까. 일이라도 부려먹어야지요."

이유강은 고개를 저었다.

"그들을 데려다 쓰는 것은 뭐라 하지 않겠다만 일을 시키는 만큼 보수는 확실히 지급해야겠다."

"그러실 것까지야……."

"시끄럽다. 잡일에 상응하는 임금을 반드시 지급할 테니 장부 작성을 꼭 하도록 해라."

"장, 장부 작성을……."

철무생은 울상이 되었다. 이유강이 의아한 듯 물었다.

"왜 그러느냐?"

그러자 철무생은 기어들어 가는 목소리로 말했다.

"사실 저… 까막눈입니다."

"……."

"그래도 제 이름은 쓸 줄 압니다."

"알았다. 나가봐라."

철무생은 머리를 조아리더니 밖으로 나갔다. 항주 사교계에서 알아주는 인물이요, 겉은 매우 뻔지르르한 명문의 자제처럼 행세하더니 글도 몰랐단 말인가. 어이가 없어 웃음이 나왔다.

'아무래도 믿을 만한 인재를 몇 명 구해야겠군.'

그동안 모든 것을 이유강 자신이 혼자 했으나 앞으로 규모가 더욱 커지면 힘에 부칠 것이 분명했다. 환물들을 통제하는 것을 제외한 나머지 것들은 다른 사람에게 맡겨도 될 것이다.

"바람이나 쐬어볼까."

공사가 어떻게 되어가나 확인도 할 겸 밖으로 걸어나갔다. 장정들이 분주히 돌아다니고 있을 줄 알았는데 보이지 않았다. 이상한 생각이 들어 찾아보았더니 부서진 한 전각 앞 공터어 사람들이 모두 모여 뭔가를 먹고 있었다.

'새참을 먹나 보군.'

잠시 멀리서 지켜보니 새참을 먹고 나더니 모두 다시 분주히 움직이기 시작했다. 철무생의 부하들뿐만 아니라 인부들도 철무생의 지시에 따라 일사불란하게 움직였다.

'글은 모르지만 사람 움직이는 법은 아는 녀석이군.'

그날 밤 이유강은 철무생을 다시 불렀다.

"네 부하들 중에 작업을 믿고 맡길 만한 자가 있느냐?"

"예? 왜 그러십니까?"

"이제 너는 다른 일을 해야겠다. 네 대신 장원의 보수를 맡길 만한 자가 있느냔 말이다."

"물론입니다. 제 부하는 아니지만 인부 중 한 명이 그 방면에서 잔 뼈가 굵어 오히려 저보다 백배 나은 자가 있습니다."

이유강은 반색했다.

"좋다. 그럼 그자에게 일을 맡기고 네 부하 중 가장 싸움을 잘하는 자를 붙여 그를 돕게 해라."

"장칠이라고 아주 성질 더러운 놈이 한 명 있습니다. 인상도 무척 험한 놈이죠."

"그런 놈 말고 참을성있게 인부들과 잡부들을 통솔할 만한 사람 없느냐?"

"음, 그래도 그놈이 가장 싸움을 잘합니다. 성질은 더럽지만 함부로 사람을 패지 않으니 괜찮을 겁니다. 애들도 그놈 말은 잘 듣지요."

"알았다. 그럼 그 둘을 지금 데리고 와라."

"예."

철무생은 밖으로 나가더니 잠시 후 험상궂은 대머리청년과 육십대 초반의 인부를 데리고 들어왔다. 이유강이 인부를 향해 말했다.

"저는 이유강이라 합니다."

"양기라 하오."

"장원 보수의 총책임을 맡기고자 하는데 자신있습니까?"

그러자 양기는 깜짝 놀라는 표정을 지었다. 그의 목소리가 떨렸다.

"나는 보잘것없는 인부에 불과한데 어찌 내게 그리 중한 소임을 맡기려 하시오?"

"충분한 자격이 있는 분이라고 들었습니다. 최고의 대우를 해드릴 테니 장원의 보수를 맡아주십시오."

이유강이 정중하게 말하자 양기는 감격한 표정을 지었다.

"대인께서 그리 말씀하시니 비록 일천한 재주지만 최선을 다해보겠소이다."

"모든 비용을 아끼지 않을 테니 소신껏 공사를 진행시켜 주십시오."

"믿어주신 만큼 실망시켜 드리지 않겠소이다."

이유강은 고개를 끄덕이고는 장칠이라 불리는 청년을 쳐다봤다. 장칠은 순간 움찔했다. 이유강이 말했다.

"너는 양 노인을 도와 공사를 잘 마칠 수 있도록 사람들을 통솔해야 한다."

"알겠습니다."

"그에 상응하는 충분한 보수를 줄 것이지만 조금이라도 양 노인의 말을 거역하거나 성질대로 행동하면 가만두지 않을 것이다."

그러자 철무생이 끼어들어 말했다.

"걱정 마십시오. 만일 그런 일이 생기면 제가 난도질을 해버리겠습니다."

순간 장칠의 안색이 창백해졌다. 이유강이 고개를 끄덕였다. 양기와 장칠이 밖으로 나갔다. 철무생이 물었다.

"그럼 앞으로 제가 할 일은 무엇입니까?"

"전에 말한 대로 장신구를 만들어 팔 생각이다. 확실히 유행할 만한 물건을 찾아내는 일이 네가 할 일이다."

"하하, 걱정 마시라니깐요. 싸구려 물품이라 해도 유행시킬 자신이 있습······."

철무생은 호들갑을 떨다 이유강의 살벌한 표정을 보곤 입을 다물었다.

"결코 이곳 항주에서 돈 몇 푼 벌어보자고 일시적으로 싸구려 물품이나 유행시키자는 것이 아니다. 물론 값은 쌀 수 있지만 항주와 소주에서 유행하여 명나라 전역으로 유행할 만한 물건들을 찾아야 한다."

"알겠습니다."

"돈은 얼마든지 들어도 좋다. 항주와 소주를 샅샅이 뒤져서 찾아내라. 네게 두 달의 시한을 주겠다."

"예."

철무생은 공손하게 포권하고 밖으로 나갔다. 그는 두 달 후에나 돌아올 것이다. 그를 대신해서 인부들과 잡부들의 임금을 지불하그 돈을 관리해 줄 인물이 필요했다. 이유강은 상인들을 통해 몇 명을 추천받아 그중의 한 명을 고용했다. 오량이라는 청년이었는데 눈빛이 맑은 것이 심성이 바른 것 같았다.

오량은 장원 공사에 들어가는 각종 자재, 인부들과 잡부들의 임금 등 공사 전반의 모든 비용에 대한 장부를 작성했고, 매일 저녁 이유강에게 결재를 받았다. 이유강은 오량이 작성한 장부를 검토하고 그때그때 필요한 돈을 주기만 하면 되었다. 그러나 오전에 장원으로 들려오는 상인들의 주문을 받고 계약을 체결하는 것은 직접 해야 했다.

"일을 꼼꼼하게 잘 처리하는군."

"아직 부족합니다."

이유강이 칭찬하자 오량은 머리를 긁적였다. 이유강이 빙긋 웃으며
물었다.

"지내기에 불편한 점은 없나?"

"지낼 만합니다. 다만 한 가지 궁금한 게 있습니다."

"뭔가?"

"장원 서쪽 지역에 금지(禁地)라고 적혀 있는 울창한 숲이 있던데 그
곳은 어떤 곳입니까?"

"차차 설명해 주겠네. 그곳은 들어가고 싶어도 들어갈 수 없는 곳이
니 공연히 시간 낭비하지 말고 사람들에게도 주의시키게."

"예."

오량이 밖으로 나간 후 이유강은 서쪽의 숲으로 걸어갔다. 빽빽하게 우거진 나무들과 이름 모를 풀들 사이로 작은 길이 나 있었다. 물론 모두가 허상이었다. 그 길을 따라 잠시 걸으면 낭떠러지가 나오고 길이 이어지지가 않아 다시 돌아올 수밖에 없었다. 그래도 이곳에 발을 디며 쓸데없이 고생하는 자가 없게 하기 위해 길 앞에 커다란 바위를 갖다 놓고 금지(禁地)라 새겨놓았던 것이다.

다섯 개의 건물을 모두 돌아보았다. 환물들은 하루 열두 시진 잠시도 쉬지 않고 열심히 일했다. 아직도 인형의 주문은 끊이지 않고 있었다. 사천이나 장안, 낙양의 상인들도 찾아왔다. 운송비 부담이 있으나 가격이 매우 싸니 먼 곳까지 와서 가져가 팔아도 충분히 이익을 남길 수 있다는 소문을 들은 모양이었다. 처음의 예상과는 달리 주문이 늘어나 앞으로 칠팔 개월 이상 계속 인형을 만들어야 할 것 같았다.

"무생이 돌아올 때까지 장신구를 만들 환물들을 만들어야겠군. 조만간 인형 제조를 줄이고 새로 만들어진 환물들과 함께 장신구 제조에 주력하는 게 좋겠지."

근처에 환물을 만들 수 있는 진흙은 널려 있었다. 서두르지 않고 하루에 이십 마리씩 만들면 이십 일 후에 사백 마리가 완성될 것이다. 사백 마리가 완성되면 그것들을 이용해 지금 있는 것과 똑같은 구조로 네 채의 건물을 지을 생각이었다.

'넉넉잡고 한 달이면 충분하겠군.'

새벽에 일어나 광마심법을 한 시진가량 수련하는 것으로 매일의 하루가 시작되었다. 전날 과하게 술을 마셔 광마심법의 수련을 새벽에 못한 적이 몇 번 있었으나 그동안 하루도 심법 수련을 빠뜨린 적은 없었다. 고통스럽지만 한 시진씩 매일 수련할 때마다 눈에 띄게 증가하는 내공을 생각하면 힘들다는 생각이 들지 않았다.

게다가 내공이 조금씩 증가할수록 시전 가능한 광마도법의 초식이 늘어나므로 그것 또한 삶의 낙 중 하나였다. 이해하지 못하는 일이 발생하여 인생의 중요한 일 년 반이란 세월을 잃어버렸지만 조급하게 생각하지 않기로 했다. 또다시 그 누구에게든 원하지 않는 일을 당하지 않으려면 실력이 있어야 하는 것이다. 언젠가 집을 떠나며 말하지 않았던가.

하늘을 나는 구름처럼 나는 자유롭게 살고 싶다. 그러기 위해서는 강해져야겠지. 누구에게도 패하지 않는 최강의 인간이 될 것이다.

그러나 아버지께서 말씀하신 대로 세상은 결코 그리 호락호락하지 않았다. 생각도 해보지 못한 황당한 일을 당하며 상상도 못할 괴물들과 섬에서 살았고 앞을 못 보는 맹인 생활도 했던 것이다. 그리고 지금도 마음속 깊은 곳에 존재하는 이해할 수 없는 아픔과 분노.

누구를 향한 분노이든 상관없었다. 그 대상이 죽음이 뭔가 석연치 않았던 사부 혹마든 개세무비의 절대고수인 마교주 엽무극이든 상관없었다. 중요한 것은 매일 강해지고 있다는 사실이었다.

그 누구라도 베어버릴 것이다. 사실을 아는 것은 강해지고 난 후에라도 늦지 않다. 그렇게 한 달의 시간 동안 이유강은 다시금 마음을 다스리며 환물 사백 마리를 만들고 그것들을 움직여 통나무 건물 네 채를 완성시켰다.

꾸준히 작업을 하다 보니 모든 작업을 가치는 데 이십오 일이 소요되었다. 특별히 한 달이라 정한 것은 아니었으나 예상보다 빠르게 작업이 완성되어 남은 며칠 동안 비혼을 만들 듯이 특별한 환물을 하나 만들 생각을 했다. 이 작업은 상당히 피곤하고 까다로운 작업이라 마음먹을 때 해야 했다. 꼬박 나흘이 걸려 만들어진 한 마리의 말[馬].

"훌륭하군. 이제부터 너는 풍혼(風魂)이다."

겉보기에는 평범한 흑색의 말로 보이나 자세히 보면 생기가 느껴지지 않았기에 철갑을 풍혼의 전신에 둘러 사람들이 알아보지 못하게 했다.

풍혼을 만든 후에는 하루 중 광마심법을 수련하고 오전에 상인들을 상대하는 일을 제외하고는 아무 일도 하지 않고 푹 쉬었다. 오량에게도 사흘 정도는 찾지 말라 일렀다. 그런데 쉰 지 이틀째 되는 날 정오쯤 오량이 찾아왔다.

"무슨 일인가?"

"대인, 죄송합니다. 찾지 말라 하셨는데……."

"괜찮으니 말해 보게."

"마교 항주 분타에서 나온 무사가 서신을 주고 갔습니다."

오량이 서신을 내밀었다. 이유강은 고개를 끄덕였다.

"알았어. 읽어보지."

"예, 그럼 가보겠습니다."

오량이 밖으로 나갔다. 이유강은 서신을 펼쳤다.

장원에서 한 달 동안 나오지 않는다 들었네.

오랜만에 만나 술이나 한잔하고 싶어 서신을 보내니 바쁘지 않으면 오늘 저녁 서호 비홍각으로 오게나.

항주와 소주제일의 미녀 두 명도 함께하는 자리네.

자네가 꼭 왔으면 좋겠군.

추신:꼭 오리라 믿어 의심치 않네.

고연위가 보낸 것 같았다. 추신을 보니 가지 않으면 상당히 서운해할 것 같았다.
"어제 충분히 쉬었으니 오늘은 이 친구와 한잔해야겠군."

비홍각은 서호(西湖) 가까이 위치한 주점이었다. 가본 적은 없었으나 호수의 야경을 바라보며 마시는 술맛이 좋다고 들었다. 저녁이 되려면 아직 멀었으나 오랜만에 서호의 경치도 구경할 겸 일찍 장원을 나서기로 했다. 풍혼을 타고 장원을 나서려다 이리저리 돌아다니는 장칠을 발견했다.
"장칠, 일은 잘돼가느냐?"
"투덜대거나 요령 피우는 놈들도 없으니 심심해 죽겠습니다."
"잠시 밖에 다녀올 테니 양 노인과 오량을 잘 도와주도록 해라."
"예, 다녀오십시오."
장칠은 허리까지 굽히며 공손히 포권했다. 반들반들한 대머리가 햇살에 눈부시게 번쩍거렸다.
'쯧, 겉보기엔 마흔이 넘어 보이는 자가 고작 스무 살이라니…….'
어울리지 않게 늙어 보이는 장칠의 험상궂은 인상 위에 위치한 대머리를 왠지 한 대 쥐어박고 싶은 충동이 들었으나 참았다. 장칠은 철갑을 두른 커다란 말을 경이롭게 쳐다보았다.
"이럇!"

이유강은 짐짓 보통의 말을 모는 것처럼 말고삐를 잡고 소리를 질렀다.

두두두!

풍혼은 이유강이 원하는 방향으로 방향을 틀더니 무서운 속도로 달리기 시작했다. 순간 장칠의 안색이 변했다.

"대, 대인, 그쪽은 담장입니다! 방향을……!"

그러나 풍혼은 담장을 가볍게 뛰어넘었다. 장칠의 입이 딱 벌어져 다물어지지 않았다.

두두두!

주위의 경관이 눈으로 흡수되듯 순식간에 지나갔다. 나무가 빽빽한 사이를 바람처럼 지나가는 풍혼 위에서 나뭇가지에 부딪치지 않으려면 고개를 잔뜩 숙이는 수밖에 없었다. 풍혼이 근 이십여 장 높이의 벼랑에서 확하고 뛰어내렸을 때는 순간 가슴이 철렁하지 않을 수 없었다. 이유강은 풍혼을 멈춰 세웠다. 비혼은 까마득하게 뒤처져 어디 있는지 눈에 보이지도 않았다.

"생각했던 것보다 더 빠르군. 나보다는 비혼이 타고 다니는 게 좋겠어."

비혼이 무공을 펼칠 수 있게 만든 것에 비해 풍혼은 오직 빠르게 달리도록 만들어진 환물이었다. 따라서 한 번에 십여 장을 도약하는 비혼에 비해 풍혼은 이십여 장을 뛰어넘을 만한 강한 도약력, 게다가 비혼처럼 도검에 손상되지 않는 강도를 갖고 있었다. 방향을 정해주면 스스로 모든 장애물을 피하며 빠른 속도로 달렸다.

"풍혼이 낼 수 있는 속도의 반도 발휘하지 않았는데… 이 이상의 속도는 아직 내가 감당하기 힘들겠군."

나중에 내공이 많이 늘어나 있을 때는 가능할 것이나 현재로서는 감당하기 힘들었다. 사실 풍혼을 만든 이유는 가끔 이유강이 천천히(?) 타고 다닐 때 쓰려는 용도도 있었으나 그보다는 비혼을 태우고 신속히 움직이기 위함이었다. 비혼은 풍혼이 극한의 속도로 달린다 해도 조금도 힘들어하지 않을 것이다.

쿵!

한참을 기다리자 방금 풍혼이 뛰어내린 벼랑에서 비혼이 떨어져 내렸다. 이유강은 비혼이 쉽게 따라올 만큼 속도를 늦추어 풍혼을 몰았다.

서호에 도착하니 배가 고팠다. 점심을 안 먹고 장원을 나섰으니 지금쯤 식사를 해야 저녁때까지 참을 수 있을 것이다. 근처의 식당에 들어가 간단하게 점심을 해결하고 차를 마셨다. 조그마한 식당이었으나 이층에 오르니 서호의 경치가 잘 보이는 게 운치가 있었다. 주인은 삼십대의 인상 좋아 보이는 갸름한 외모의 인물이었다. 이유강은 그에게 물었다.

"잘 먹었소. 한데 이 근처에 비홍각이 있다 들었는데 어디쯤 있는지 알고 있소?"

"이곳에서 멀지 않아요. 저쪽에 보이는 자그마한 야산의 중턱에 위치해 있지요."

이유강이 고개를 끄덕이자 주인은 다배에 다시 차를 가득 채워주고는 밑으로 내려갔다. 손님들이 몇 명 들어온 것 같았다. 식당이 조금

떠들썩해졌다. 이유강은 차를 한 모금 들이키고는 일어서려다 이층 한 쪽 구석에 앉아 있는 사람을 발견했다.

'낙척서생인가?'

그냥 보기에는 평범한 행색의 청년이었다. 깨끗이 손질된 연청색의 옷을 입었으나 이곳저곳 조금씩 해진 부위가 있는 것으로 보아 옷을 자주 사 입을 형편이 아닌 듯했다. 그는 차를 한 잔 마시며 책을 읽고 있었는데 잠시 후 한숨을 쉬며 책을 덮었다. 이유강은 그에게 다가가 물었다.

"왜 그리 한숨을 쉬는 것이오?"

"……."

청년은 의외인 듯 이유강을 쳐다봤다. 이유강은 포권했다.

"죄송하오. 처음 보는 분에게 무례를 범한 게 아닌가 싶은데 혼자 있기 무료하여 잠시 말벗이나 할까 하여 왔소만."

"앉으시오."

청년이 자리를 권했다. 조금은 경계하는 것이 그다지 내키지 않는 표정이었다.

"나는 이유강이라 하오."

"손각이라 하오."

손각은 날카롭게 이유강을 훑어보더니 갈을 이었다.

"행색을 보니 상당히 고귀한 집안의 자제 같은데 어찌 나 같은 서생 나부랭이에게 관심을 가지는지 모르겠군."

"그게 그리 중요하다 느끼시오?"

이유강은 손각의 눈을 강하게 쏘아보며 말했다. 손각의 눈이 일순 흔들렸으나 이내 담담해졌다.

"당신, 평범한 인물이 아니로군."

"나는 인재를 찾고 있소."

"그걸 어찌 내게 말하시오?"

손각은 냉소했다. 이유강이 말했다.

"손 형이라 불러도 되겠소?"

"마음대로 하시오."

"아까 왜 한숨을 쉬었는지 물어보고 싶소만……."

"당신이 알 바 아니오."

손각은 냉소를 풀지 않았다. 이유강이 말했다.

"세상이 이상하게 변하여 인재가 마땅히 뜻을 펼칠 곳이 없소. 그러니 어찌 한숨이 나오지 않겠소."

"…나를 인재라 생각하시오?"

"물론이오."

"매우 경솔한 사람이로군."

"사람은 은연중 자신의 기질을 드러내오. 손 형은 감추려 하나 내 눈에는 보이기 때문이오."

손각은 약간 당황하는 것 같았다. 이유강은 더 이상 말하지 않았다. 손각의 표정이 밝아졌다.

"죄송하오. 내 잠시 이 형을 시험했소."

"그게 무슨 말이오?"

"감추려 하나 보인다 말하셨소? 그것은 이 형에게도 해당되는 말이오. 내게도 그것이 보였소. 내게 지닌 바 재주는 이 형에 비하면 달 앞의 반딧불과 같이 초라하게 느껴져 심통을 부려본 것이오."

"손 형이 반딧불이라면 나 역시 반딧불에 불과하오."

이유강은 손을 저었다. 손각이 웃었다.

"사실 한숨을 쉰 것도 이 형에 비해 내가 너두 초라하게 느껴져 그런 것이오. 이 형이 나를 보기 전에 내가 먼저 보고 있었소이다."

"더 이상 그런 말 하지 마시오. 내겐 손 형 같은 분이 절실히 필요하오."

"나는 관직에 있다 물러난 사람이오. 관복을 벗을 때 모든 것을 버렸소. 평생 이렇게 글이나 읽으며 살 작정이오."

손각은 단호하게 고개를 저었다. 이유강이 말했다.

"마교의 천하라고는 하나 인재가 그 뜻을 펼치지 못할 만큼 암울하지는 않소."

"……."

손각은 말없이 생각에 잠겼다. 이유강은 묵묵히 그를 응시했다. 손각이 말했다.

"재력이 된다면 수많은 식객을 들이시오."

"무슨 말이오?"

"이곳 항주는 예로부터 인재가 많은 곳이오. 이 형의 그러한 마음이라면 많은 인재들이 몰려들 것이오."

이유강은 손각의 말에 고개를 끄덕였다.

"그렇군. 좋은 생각이오. 내겐 커다란 장원이 있소. 몇 개월만 있으면 깨끗이 보수가 되니 손 형 말대로 장원의 문을 개방하겠소."

"잘 생각하셨소. 그때 나도 친우들과 함께 가끔 놀러 가겠소. 그저 놀러 가 음식이나 축낼 생각이고 다른 뜻은 없으니 너무 크게 생각하지 마시오."

"부담 갖지 말고 언제든 들르시오."

이유강은 손각에게 포권하며 자리에서 일어났다. 그에게 더 이상 자신을 도와달라며 종용할 수는 없었다. 진정한 인재는 그릇을 보고 들어온다. 그런 의미에서 손각이 말한 식객(食客)은 매우 좋은 조언이었다. 식객들 중에는 어중이떠중이도 많을 것이나 그중에 훌륭한 인재가 끼어 있다면 그는 분명 은연중 자신을 지켜볼 것이다.

'쉽지 않군. 그러나 저러한 인재는 단 한 명만 내게 있어도 매우 큰 힘이 될 것이다.'

아직 저녁때가 되려면 시간이 좀 더 있어야 했다. 초청받은 자가 약속 장소에 미리 가 기다리는 것은 우스운 일일 것이다. 주위를 둘러보며 천천히 걸었다. 여기저기 시를 읊조리는 서생들의 모습이 많이 보였다. 한가로운 호수의 정경. 연인처럼 보이는 남녀가 배를 타고 활짝 웃으며 지나가는 모습도 보았다. 그러던 중 어디선가 비파 소리가 들렸다.

'귀에 익은 음률인데?'

배는 작았다. 한쪽에 사공이 노를 젓고 두 명의 여인이 앉아 있었다. 비파는 그중 한 여인이 연주하고 있었다.

'저들은……'

서문소혜와 환가영이었다.

'항주와 소주의 제일미녀라고 하더니 저 여인들을 두고 말하던 것이로군.'

고연위가 서신에 적어놓은 말이 생각났다. 서문소혜와 환가영 역시 오늘 저녁 술자리에 참석하기 위해 왔다가 일찍 도착해 호수의 흥취를 즐기고 있는 것 같았다. 이유강은 서문소혜의 비파 소리를 감상했다. 호수의 모든 것들이 그녀의 연주에 춤을 추는 것 같았다.

'아름다운 여인이로군.'

오늘로 두 번째 보았다. 햇살 아래 맑게 출렁이는 호수 위에서 살포시 미소 띤 얼굴로 진지하게 비파를 연주하는 그녀의 모습은 실로 아름다웠다. 옆에서 눈을 감고 그녀의 연주를 듣는 환가영도 눈부셨다. 도처에서 숱한 사람들이 그녀들을 넋이 나간 듯 쳐다보고 있었다.

특히 청년들은 매우 간절한 표정으로 그녀들을 훔쳐봤다. 그러나 아무도 그녀들이 있는 배에 접근하지 않았다. 그러고 보니 도처에 그녀들을 지키는 호위무사들인 듯한 무사들이 보였다. 그녀들에게 방해되지 않도록 멀찍이 포진해 있었으나 시종 주위를 살피는 것이 범상치 않아 보였다. 비파 소리가 그쳤다.

'이쪽으로 오는 건가?'

감미로운 비파 연주가 그치자 내심 아쉬운 기분이 들었다. 그녀들이 탄 배가 다가오고 있었다. 배는 금방 도착했고, 그녀들이 배에서 내렸다. 서문소혜가 말했다.

"이 공자님은 몰래 듣기를 좋아하시나 보군요?"

"그게 무슨 말이오?"

"예전에도 제 연주를 훔쳐 듣더니 지금도 몰래 연주를 들으시니 하는 말이에요."

이유강이 정색을 하며 말했다.

"귀에 저절로 들리는 음률 소리를 굳이 훔쳐 들을 필요가 있겠소?"

"……."

서문소혜의 표정이 차가워졌다.

"아무튼 실로 대단한 연주 실력이오."

"글쎄요."

이유강이 어색해져 물었다.

"왜 그러시오?"

"공자님은 저를 그다지 반가워하지 않는 것 같군요."

"내가 왜 소저를 반가워하지 않겠소?"

"내가 그것을 어찌 알겠어요?"

서문소혜의 얼굴이 붉게 변해 있었다. 이유강은 다소 당황했으나 애써 미소 지었다. 그때 환가영이 말했다.

"이 공자님 눈에는 전 보이지 않는가 보죠?"

"환 소저, 그게 무슨 섭섭한 말이오. 그럴 리가 있겠소?"

그녀 역시 뭔가 분노한 듯 얼굴이 붉어져 있었다. 이유강은 잠시 멍하니 서 있었다. 무슨 말을 잘못하기라도 했단 말인가? 처음에 호의적이었던 두 여인의 태도가 갑자기 변한 것을 이해할 수 없었다. 두 여인은 성격이 거의 비슷한 것 같았다.

서문소혜가 냉소하며 말했다.

"환매, 왠지 오늘은 연회가 내키지 않는 것 같아."

"반기는 사람도 없으니 나 또한 그렇군요."

"그게 무슨 말씀이오? 항주와 소주제일의 미녀들이 빠진다면 매우 슬플 것이오. 연위 역시 매우 실망할 것이 틀림없소."

이유강이 최대한 부드러운 표정을 지으며 말했다.

'제길, 제멋대로인 여인들이군. 연위는 뭐가 좋다고 이 골칫덩이들을 불렀단 말인가.'

두 여인과 함께 비홍각에 도착하자 주인이 직접 나와 이층의 창가 자리로 안내했다. 고연위는 아직 도착하지 않았는지 보이지 않았다.

잠시 기다리고 있자 고연위가 올라왔다. 이유강이 말했다.

"늦었군."

"미안하네. 서문 소저, 환 소저, 늦어서 미안하오."

고연위는 포권하고는 자리에 앉았다. 미리 주문을 했던 모양인지 고연위가 도착하자마자 점소이들이 풍성한 요리를 가져다 날랐다. 창밖으로 달이 보였다. 하늘 위에 떠 있는 달이 호수 위에도 있었다. 황금색 물결이 잔잔하게 출렁였다. 술이 몇 순배 돌았을 때 고연위가 이유강을 보며 말했다.

"이번에 총단으로 가게 되었네."

"정말인가? 축하할 일이로군."

"우릴 초대한 게 그것 때문이었군요?"

서문소혜와 환가영도 놀라운 듯 고연위를 쳐다봤다. 이유강이 물었다.

"그토록 고대하더니 어찌 된 일인가?"

"이번에 공을 세웠네. 정파 일당이 숨어 있는 근거지 한곳을 알아내 대대적인 소탕을 했지."

"……."

"사실 그들의 무공은 그다지 강하지 않지만 워낙 끈질긴 독종들이라 총단에서도 골치 아파하고 있어. 어디에 숨어 있는지 찾기도 무척 어렵지. 다행히 내가 그중 한곳을 발견했네. 비록 십여 명의 작은 무리였지만 구파일방 중 하나인 무당파와 예전 으대세가 중 하나인 문인세가의 후예도 그중에 섞여 있어 총단에서는 대우 기뻐하는 눈치야."

고연위는 상당히 흥분된 상태였다. 이유강이 술을 따라주며 말했다.

"축하하네. 한잔 받게나."

"앞으로 만나기 힘들 걸세."

고연위는 아쉬운 표정을 지었다. 이유강은 고개를 끄덕였다.

"그렇겠지."

"오늘 밤새워 마실 생각이네. 집에 돌아갈 생각일랑 하지 말게."

고연위는 작정을 한 듯했다. 환가영이 말했다.

"고 대협이 총단으로 가버리면 이제 우린 누구와 술을 마셔야 될까요?"

"축하할 일이나 많이 아쉽군요."

서문소혜도 고연위에게 술을 따라주며 말했다. 그러자 고연위가 말했다.

"하하하, 그렇소. 우린 매우 훌륭한 술친구였소."

환가영이 고개를 끄덕였다. 고연위의 눈이 환가영을 향해 일순 흔들렸으나 이내 안정을 되찾았다. 그는 갑자기 진지한 표정으로 말했다.

"환 소저, 아직도 나를 그저 친구 이상으로는 생각할 수 없는 것이오?"

"대협은 좋은 친구예요."

환가영은 조금 당황한 듯했으나 차분하게 말했다. 그러자 고연위는 크게 웃었다.

"좋소. 나 역시 그렇게 생각하겠소."

"네……."

약간은 어색한 분위기가 흐르는 것 같았으나 술잔이 돌며 분위기는 금방 자연스러워졌다. 그들은 언제 무슨 일이 있었냐는 듯 웃고 떠들어댔다. 고연위가 환가영을 내심 사모하고 있었다니.

'그동안 전혀 그러한 기색을 비추지 않았는데…….'

이유강은 내심 웃음이 나왔다. 고연위가 말했다.

"무슨 생각을 그리하고 있나? 한잔 받게."

"생각은 무슨. 참, 그럼 그 정파 일당은 모두 죽인 건가?"

"몇 명은 죽이고 대부분 사로잡았네. 모두 총단으로 압송되었으니 죽거나 살아 있어도 고문을 당해 망가져 있겠지. 도망간 자들도 몇 되지만. 근데 그건 왜 묻나?"

"아니네. 그냥 궁금했을 뿐이야. 아무튼 축하하네."

이유강이 술잔을 내밀었다.

술자리는 삼경이 훨씬 지나서야 파했다. 고연위는 매우 취한 상태로 부하들의 부축을 받아 집으로 갔고 두 소저도 각각 호위무사들의 호위를 받아 돌아갔다. 그러나 이유강은 취한 상태로 여전히 호수 근처에서 서성였다.

휘스스.

차가운 밤바람이 술을 깨게 했다. 달이 호수를 비춰 비록 밤이지만 주위는 투명하게 시야가 트여 있었다. 이유강은 검게 출렁이는 물결을 한동안 응시했다. 어느샌가 바람이 그쳤고 파문이 일던 물결 역시 잔잔해졌다.

"애석하군."

무당파와 문인세가의 후인들이라면 분명히 예전에 만난 그들일 것이다. 도와달라고 눈물까지 흘리며 간절히 부탁하던 우문설의 얼굴이 떠올랐다. 의기에 찬 눈빛으로 뜻을 같이하자던 곽무연과 문인비의 얼굴도 떠올랐다. 아마도 모두 죽었을 것이다. 살아 있더라도 고연위의 말처럼 망가져 있을 것이니 차라리 죽는 것만 못한 지경일 것이다.

"제길!"

고연위를 탓할 수도 없었다. 그의 입장에선 지극히 당연한 일을 한 것이다. 이유강은 허리춤에서 술병을 꺼냈다. 비홍각에서 한 병 챙겨 온 것이다.

벌컥벌컥!

마셔도 취하지 않고 오히려 정신이 더욱 맑아졌다. 고요한 호수 위에 떠 있는 달이 무척이나 밝았다.

"괜찮은 자들이었는데……."

남아 있는 술을 모두 호수 위에 부었다.

"**찾**았느냐?"

"예."

철무생은 정확히 이 개월 만에 장원으로 돌아왔다. 그의 옆에는 예쁘장한 얼굴을 한 십사오 세가량의 소녀가 한 명 서 있었다.

"화아라 해요."

소녀는 생긋 웃으며 자신을 소개했다. 이유강은 고개를 끄덕이고는 철무생을 쳐다봤다. 그러자 철무생이 별 모양의 머리에 꽂는 장신구를 건네주며 말했다.

"소주 저잣거리에서 노점상을 하는 자의 일을 돕던 아이입니다. 이것을 직접 만들었는데 아직 솜씨는 조금 부족하나 감각이 상당히 뛰어나 아예 사 왔습니다."

"사 오다니?"

"말 그대로입니다. 원래 고아였던 아이를 주워다 키웠다 합니다. 그놈에게 은자 이십 냥을 주었더니 고맙다고 절까지 하며 데려가라더군요. 난도질을 하려다 참았습니다."

"……."

이유강은 철무생이 건네준 장신구를 자세히 살폈다. 별 모양의 다소 특이한 형태. 단순하면서도 세련되어 보이는 감각이 범상치 않았다. 여기에 세밀한 솜씨만 가미되었다면 명품으로 보아도 손색없을 것 같았다. 이유강은 화아를 쳐다봤다.

"이것, 네가 만든 것이냐?"

"예."

"누구에게 배웠느냐?"

"저잣거리에서 어깨너머로 배웠어요."

이유강은 고개를 끄덕였다.

"내게 와서 일할 생각이 있느냐? 최고의 대우를 해주겠다."

"……."

"무생이 비록 너를 사 왔다 하나 나는 너를 구속할 생각이 없다. 네가 원하는 대로 하거라."

"저를 받아주세요. 대인을 위해 일하겠어요."

살짝 웃으며 말하는 화아의 눈이 초롱초롱하게 빛났다. 눈이 예쁜 소녀였다. 이유강은 부드럽게 미소 지었다.

"너를 최고의 명인으로 키워주겠다. 이제부터 네가 만들고 싶은 것은 무엇이든 마음대로 만들어보거라. 필요한 모든 것을 아끼지 않으마."

"대인……."

화아는 눈물을 글썽거렸다. 이유강이 말했다.

"이제 그만 나가보거라. 무생, 화아가 지낼 곳을 신경 써서 마련해 줘라."

"예."

철무생은 화아를 데리고 나갔다. 이유강은 별 모양의 장신구를 만지 작거리며 생각했다.

'무생이 실로 보석과 같은 인재를 데려왔군.'

손재주가 뛰어난 장인은 셀 수도 없이 많지만 화아처럼 감각이 천재 적인 아이는 극히 드물었다. 평생을 가도 유행품 하나 만들지 못하는 평범한 사람들은 도저히 이해 못하는 탁월한 감각인 것이다.

'무생, 대단한 녀석이야.'

화아가 아직 가공되지 않은 보석이라면 철무생은 그것을 알아볼 수 있는 능력의 소유자였다. 문맹에 속이 좁고 성격이 다소 괴팍하지만 멋과 풍류에 있어서는 누구도 그를 따를 자가 없었다.

다음날 이유강은 철무생에게 소주로 다시 가서 솜씨있는 장인 몇 명 을 모집해 오라고 시켰다. 철무생은 이틀 정도 후에 다섯 명을 데리고 돌아왔다. 이남 삼녀로 나이는 이십대에서 오십대까지 다양했다. 모두 손재주는 뛰어나나 감각이 없어 그럭저럭 입에 풀칠이나 하는 정도로 먹고사는 사람들이라 철무생이 높은 보수를 준다 하니 모든 것을 팽개 치고 따라온 것이다.

"열심히 한다면 그 어떤 곳보다 좋은 대우를 약속하겠소."

"예."

이유강은 화아, 철무생, 그리고 새로 온 다섯 명의 장인과 함께 거의 사흘 동안 전각의 한 방에 틀어 앉아 장신구를 만들었다. 화아가 모양을 고안하면 장인들이 그것을 만들었고 이유강은 과정을 지켜보았다. 철무생은 매우 냉정하게 그것의 단점들을 지적했다. 사흘이 지났을 때 드디어 모두가 만족할 만한 장신구가 완성되었다.

"훌륭하군."

이유강은 만족한 표정을 지으며 고개를 끄덕였다. 별 모양이었으나 끝이 뾰족하지 않았고 나선형으로 살짝 구부러진 것이 처음 본 것보다 훨씬 세련되어 보였다. 화아가 말했다.

"모양은 똑같지만 재료는 다르게 해도 좋을 것 같아요. 금과 은, 상아, 산호나 각종 색깔의 옥, 흑단목, 수정으로 만든 후에 비취, 금강석, 홍강옥, 청강옥, 흑요석 등을 박아 넣으면 어떨까요?"

"좋은 생각이로군."

화아가 말한 대로 만든다면 비싼 재료비로 인해 값이 매우 비싸질 것이다. 상류층의 여인들에게만 팔 것이라면 몰라도 평범한 여인들은 꿈도 꾸지 못할 것이 분명했다. 그러나 이유강은 화아가 마음껏 이야기하도록 내버려 두었다.

이유강은 화아와 장인들에게 수고했다고 격려한 후 적절한 보상과 함께 휴가를 주었다. 밖에 나가는 것은 좋으나 이곳에서 만든 장신구에 대해서는 그 누구에게도 이야기를 하지 않겠다고 약조를 시켰다. 이유강은 혼자 방에 앉아 생각 중이었다.

'일단은 구하기 쉬운 재료로 해야겠지.'

화아의 말대로 산호나 상아로 하면 좋겠지만 귀한 것들이라 구하기 힘들었다. 몇천 개 정도는 만들 수 있을 것이다. 그러나 수십만, 아니, 수백만 개를 만들려면 그러한 재료로는 불가능했다. 그렇다고 구하기 쉬운 재료로만 하게 되면 쉽게 모조품이 만들어질 것이 분명했다. 쉽게 답이 나오지 않았다. 급할 것은 없었다. 앞으로 몇 개월의 여유가 있으니 그때까지 생각해 보면 될 것이다. 어차피 이번에 새로 만든 사백의 환물들도 나무 인형 제작에 투입되어 있었다.

똑똑!

"이 대인님, 무생입니다."

"들어와라."

철무생이 조심스레 방문을 열고 들어왔다.

"장신구를 많이 만들려면 이제 사람들을 많이 모아야 하지 않겠습니까?"

"당장 만들 생각은 아니니 그럴 필요는 없어."

"알겠습니다. 그럼 물러가지요."

"괜찮은 위치에 규모가 큰 주점이나 객잔, 잡화점을 몇 개 세울 생각이다."

그러자 철무생이 눈을 동그랗게 떴다.

"정말이십니까? 다른 것은 몰라도 주점이라면 제가 전문가가 아니겠습니까. 그런데 차라리…….'

문득 철무생이 무슨 말을 하려다 머뭇거리며 눈치를 봤다.

"왜 그러느냐?"

"기왕에 물장사로 돈을 벌고자 생각하셨다면 차라리… 주점보다는 기루가 낫지 않을까 합니다. 경쟁이 무척 치열하지만 솔직히 마음먹으면 무엇이든 못하겠습니까. 흐흐, 뭐, 자랑은 아니지만 제 아버지께서 관장하는 기루도 몇 곳 있으니…….'

"좋은 생각이다. 일단 한번 알아보거라."

"예."

철무생은 흥분된 표정으로 나갔다. 이유강은 내심 생각했다.

'그다지 내키지는 않으나 어차피 존재하는 것들이다. 정보 수집에는 객잔이나 기루만큼 좋은 곳이 없겠지.'

장원의 보수는 꾸준히 이루어지고 있었다. 부서진 건물의 반 정도가 거의 원상으로 복구되었다. 이유강의 뒤에서 오량과 양 노인이 따라왔다. 양 노인이 말했다.

"보수 작업이 예상보다 빠르게 되고 있소이다. 내일부터는 장원 동쪽의 호수를 손볼 생각이오."

"고생이 많습니다. 계속 수고해 주시지요."

이유강이 고개를 끄덕였다. 장원을 한 바퀴 둘러본 후 풍혼을 타고 장원을 나섰다. 항주의 번화가에나 가볼 생각이었다. 철무생에게 알아보라 지시했으나 그에게만 맡길 수는 없어 직접 찾아보려 하는 것이다. 한참을 가는데 돌연 수십 명의 무사가 앞을 가로막았다.

"잠깐 멈춰라!"

"무슨 일이오?"

눈빛이 범상치 않아 보이는 무사들이었다. 삼십대 중반의 날카로운 인상을 지닌 무사가 다가왔다.

"네가 이유강이냐?"

"그렇소만……."

"우리와 잠시 동행해 줘야겠다. 이놈을 끌어내려라!"

무사 몇 명이 다가왔다. 이유강은 풍혼을 움직여 그들을 훌쩍 뛰어넘었다.

"무슨 일인지 이유를 대시오!"

"감히! 저 새끼를 잡아 내려라! 반항하면 팔다리 하나쯤은 잘라도 좋다!"

그러자 무사들이 공중으로 도약하며 사방에서 덮쳐 왔다. 이유강은 풍혼을 움직여 그들의 공격 반경에서 벗어났다. 다시 삼십대 사내의 화난 목소리가 들렸고, 지켜보던 수십 명의 무사들이 모두 달려들었다. 이유강은 도를 빼내 들었다.

"말로 해선 안 될 놈들이군."

수십 명의 무사들은 둥글게 원형으로 주우를 포위했다. 서너 명이 날아와 이유강의 팔다리를 노렸다. 이유강은 도를 휘둘러 막았다. 다시 서너 명이 날아와 팔다리를 노렸다. 이유강은 풍혼 위에서 몸을 회전시켜 그들의 공세를 피하고 내려섰다.

차앙! 차창!

땅으로 내려서기가 무섭게 서너 명의 무사가 공격해 왔다. 그들은 계속 같은 곳을 노렸다. 서너 명이 물러가면 또다시 서너 명이 들어오고, 끝이 없었다.

'연환검진?'

피하기 어려운 것은 아니었다. 그러나 조금만 실수해도 팔다리가 잘릴 판이었다. 혹시라도 마교의 무사들이면 충돌을 피할까 했는데 이제는 그러고 싶은 생각이 없어졌다. 상중하를 노리던 세 명의 무사를 피하니 전후좌우로 네 명의 무사가 달려들었다.

"크악!"

"으악!"

달려들던 네 명의 무사. 그들의 검을 든 손이 검과 함께 모두 땅으로 떨어졌다. 다시 달려드는 세 명의 무사 역시 손이 팔에서 분리되었다.

"……."

순간 무사들이 멈칫하는 것 같았다. 손이 잘린 무사들은 고통스런 표정으로 뒷걸음질쳤다.

"네놈들이 내 팔다리를 자르려 했으니 나 역시 그렇게 했을 뿐이다. 그러나 또다시 앞으로 나서는 놈이 있다면 아예 목을 쳐버리겠다."

이유강은 무사들의 원형 진 바깥에 서 있는 삼십대 사내를 향해 걸어 갔다. 그러자 두 명의 무사가 달려들었다. 이유강은 단숨에 그들의 목을 잘라 버렸다. 비명조차 지르지 못하고 쓰러진 그들의 분리된 몸체에서 피가 솟아올랐다. 무사들의 안색이 하얗게 질렸다. 더 이상 다가오는 자가 없었다. 저항을 포기한 그들을 지나 이유강은 사내를 향해 걸었다. 사내는 더 이상 무사들을 다그치지 않고 묵묵히 검을 뽑았다.

"적당히 겁을 주어 끌고 가려 했더니 내가 네놈을 잘못 봤군. 그러나 감히 내 부하들을 해친 대가는 매우 혹독할 것이다."

이유강은 그의 삼 장 앞에 섰다.

"쓸데없이 더 이상 피를 보고 싶지 않으니 부하들을 데리고 꺼져라."

"흥!"

사내는 대답 대신 검을 휘둘렀다. 삼십육 개의 검영(劍影)이 눈을 혼란시키며 쇄도했다. 무슨 검법인지 알 수는 없었으나 상당히 현묘한 이치가 담긴 초식이었다. 이유강은 신형을 좌로 세 번 회전시키며 도를 휘둘러 사내의 초식을 모두 받아냈다. 사내가 놀란 표정을 지으며 다시 초식을 펼치려 했지만 그 자세를 잡기도 전에 이유강은 검을 든 사내의 오른팔을 잘라 버렸다.

"으윽!"

사내는 급히 어깨의 한곳을 누르며 지혈했다. 안색이 창백해진 채

비틀거렸지만 주저앉지는 않았다.

"…어찌 나를 단 일 초에!"

그는 자신의 팔이 잘린 것보다 단 일 초에 패배한 사실을 믿을 수 없다는 표정이었다.

"크으, 고연위와 비슷한 실력이라 들었는데 사실이 아니었군."

"마교에서 나왔나?"

이유강은 차가운 표정으로 사내를 쳐다봤다. 사내는 고개를 저었다.

"흐흐, 제길, 그 말을 들어야 했는데…….."

사내는 괴상하게 웃더니 알 수 없는 말을 했다. 그리고는 품속에서 한 통의 서찰을 내밀었다.

"……."

이유강이 서찰을 받자 사내는 돌아서더니 큰 소리로 뭐라 외쳤다. 그러자 무사들이 시신을 수습하더니 한쪽으로 쭉 모였다. 사내가 말했다.

"언제고 네놈과 다시 대결하여 목을 따주마!"

"기대하지."

이유강이 고개를 끄덕이자 사내와 무사들이 사라져 갔다. 이유강은 서찰을 폈다.

'유운장?'

서찰의 내용은 유운장주란 자가 이유강을 유운장으로 초청하는 글이었다. 다른 내용은 없었다. 이유강은 서찰을 품속에 집어넣고 소리쳤다.

"이제 그만 나오시오!"

그러자 근처의 커다란 나무 뒤에서 한 명의 서생이 긴장된 표정으로 걸어나왔다. 왜소한 체격인 그는 깨끗한 백의를 입었고 손에는 책을 들고 있는 그다지 특별해 보이지 않는 이십대 초반의 서생이었다.

"미안합니다. 숨어서 지켜보려 했던 것은 아니었지요."

"보아하니 서생인 듯한데 이곳은 웬일이시오?"

이유강이 노려보며 묻자 서생은 애써 미소를 지었다.

"이곳은 누구나 지나다니는 관도입니다. 내가 못 다닐 이유가 없지요."

"그렇군."

이유강은 잠시 숨을 고르고 안색을 부드럽게 하여 말했다.

"미안하오."

"괜찮습니다. 심정을 이해합니다."

"모두 지켜보았소?"

"처음부터 모두 보았습니다."

서생의 안색은 굳어 있었다. 이유강은 포권을 하고는 돌아섰다.

"그럼 나는 이만 가보겠소."

"꼭 그렇게 죽일 필요까지 있었습니까?"

"……."

서생의 말에는 뼈가 있었다. 이유강은 걸음을 멈추고 서생을 돌아봤다. 서생이 말했다.

"마치 즐기기라도 하는 듯… 실로 가슴이 떨려 지켜보기 힘들 지경이었습니다. 그들이 잘못은 했지만 내가 생각할 때 당신의 실력은 굳이 그들을 그렇게 죽이거나 부상을 입히지 않아도 될 만큼 뛰어난 것이 분명합니다."

"지금 나를 훈계하는 것이오?"

"내가 무슨 자격으로 항주의 신흥부호인 이 대인을 훈계할 수 있겠습니까? 다만 나는 내가 생각하는 것을 솔직하게 말하는 것이지요."

"나를 어찌 아시오?"

"손각과 나는 친구입니다. 그 친구가 당신을 무척 칭찬하기에 대체 어떤 인물인지 한번 만나보고 싶었지요."

이유강은 눈앞의 서생을 자세히 쳐다봤다. 왜소하지만 눈빛이 범상치 않았다. 이유강은 그를 향해 공손히 포권했다.

"손 형에게 친우들이 있다고 들었습니다. 제가 매우 큰 실례를 범한 것 같군요. 저는 이유강이라 합니다."

"여송이라 합니다. 말씀은 많이 들었으나 이렇게 만나뵙기 잘한 것 같은 생각이 듭니다."

"조금 전에 나를 잔인하다 훈계하시더니 만나기 잘했다는 말은 무슨 뜻인지요?"

그러자 여송은 고개를 저었다.

"손각에게 듣고 나름대로 생각했습니다. 그러나 직접 보니 제 생각이 틀렸다는 것을 깨달았지요."

"실망하셨다는 의미로 받아들이겠습니다."

이유강이 고소를 지으며 말하자 여송이 고개를 저었다.

"기대에 미치지 못하다는 것이 아닙니다. 당신은 제가 상상했던 것과 전혀 다른 인물입니다. 그저 학식이 매우 뛰어난 문사임과 동시에 그릇이 크고 상재가 뛰어난 기인이라 생각했습니다."

"나는 그렇게 그릇이 큰 사람은 아닙니다."

"솔직히 그릇은 아직 잘 모르겠습니다. 그러나 한 가지 확실한 것은 당신은 결코 상인으로 만족할 인물이 아닙니다. 가슴속에 애써 숨기고 있는지 모르겠으나 제게는 무서운 칼이 느껴집니다. 혹여 내가 당신의 일을 돕게 된다면 내 손에도 피가 마를 날이 없겠지요."

이유강은 여송의 눈을 직시했다. 여송은 태연히 시선을 받았다. 이유강은 진지한 기색으로 말했다.

"저를 도와주십시오."

"당신의 진심을 알고 싶습니다."

"……."

이유강은 잠시 생각에 잠겼다. 여송이 담담히 쳐다보고 있었다.

"나는 마교를 칠 생각입니다."

이유강은 나직하지만 힘있게 말했다. 순간 여송의 안색이 딱딱하게 굳어졌다. 이유강은 여송의 눈에서 시선을 떼지 않았다. 여송이 순간 몸을 약간 떨었다.

"따르지 않으면 죽일 것입니까?"

"나는 진심을 말했을 뿐입니다."

이유강은 여송을 실제로 죽일 생각을 하고 있었다. 처음으로 내비친 진심이었다. 그 누구도 절대 알아서는 안 되는 사실이었다. 그럼에도 불구하고 말을 한 것은 분명 모험이라 할 수도 있었다. 어떤 분야든 일정한 경지 이상에 오르면 굳이 오랜 만남이 없어도, 그저 이렇게 몇 마디 말만 해보아도 사람을 알아보는 안목이 생긴다고 했다.

손각이나 여송이 그런 경우였다. 이유강은 여송이 손각보다 더 뛰어난 기재라는 것을 방금 전에 간파할 수 있었다. 여송은 겉보기에는 매우 평범해 보였다. 체구도 왜소했고 얼굴도 지극히 평범했다. 또한 그 눈빛마저도 평범했다. 그러나 기실 그 눈빛은 평범한 것이 아니었다. 그저 스스로를 평범함 속에 감추고 있을 뿐이었다. 이유강은 묵묵히 기다렸다. 이윽고 여송이 입을 열었다.

"항주에 기의라는 분이 계셨지요. 지금은 돌아가셨습니다."

처음 들어보는 이름이었다. 여송이 말을 이었다.

"그분은 그저 고기나 잡고 밭을 일구며 사는 누가 봐도 매우 평범한 사람이었습니다. 그러나 그것은 그분의 겉모습일 뿐 실제로는 매우 학식이 뛰어난 학자이셨지요."

"……."

"그분이 저의 스승이십니다. 저와 손각. 그리고… 서문소와 화옥, 이렇게 네 명이 같이 배웠습니다. 서문소 대형이 가장 나이가 많았고 손각과 화옥은 저와 나이가 비슷해 서로 친구로 지냈습니다."

이유강은 순간 서문소란 이름을 어디선가 들어본 기억이 났다. 마교주 엽무극에게 천재적인 두뇌가 있다고 했다. 그자의 이름이 서문소인 것 같았다. 그러나 묻지 않고 이어지는 여송의 말을 들었다.

"서문소 대형과 화옥은 매우 야심이 컸습니다. 뛰어난 만큼 능력도 뛰어났지요. 손각과 나는 별다른 야심이 없었기에 상관없었으나 그 둘의 사이는 그다지 좋지 않았습니다. 오 년 전 스승님이 돌아가시자 대형과 화옥은 한동안 다투더니 어디론가 사라졌습니다. 대형은 마교에 들어갔고 마교주의 오른팔이 되었습니다. 손각은 대과에 장원으로 급제하여 관복을 입었으나 얼마 전 옷을 벗고 나왔습니다. 그는 이제 예전의 스승님처럼 조용히 은거하며 제자들을 키울 생각이라 하였습니다."

이유강은 고개를 끄덕였다. 예상했던 대로 여송의 대형이란 자가 마교주의 오른팔인 서문소와 동일 인물이었던 것이다. 여송에게 물었다.

"그렇다면 그 화옥이란 자는 어찌 되었습니까?"

"그의 소식은 알지 못합니다. 서문소 대형에게 죽음을 당했을 수도 있겠으나 그 친구 역시 그리 호락호락한 자가 아니니 어디서 무슨 일을 꾸미고 있는지 알 수 없지요."

"내게 이런 사연을 말하는 이유가 무엇입니까?"

이유강이 묻자 여송이 말했다.

"저 역시 진심을 보인 것입니다."

"그렇다면… 나를 도와주겠다는 뜻입니까?"

이유강은 가슴이 뛰었다.

"대인께서는 학식에 있어서 결코 저에게 떨어지지 않습니다. 따라서 절대 무모하게 일을 벌일 분이 아님을 잘 알고 있습니다. 그러나 무엇보다 확신할 수 있는 것이 한 가지 있습니다. 독하지 않으면 장부가 아니라 했습니다. 제가 잔인하다 말한 것은 대인을 떠보려 했던 것뿐입니다. 마교와 상대하기 위해서는 그러한 독한 칼이 필요합니다. 그것에서 가능성을 보았습니다. 지혜와 칼을 겸비한 대인 밑에서라면 제가 가진 모든 능력을 발휘할 수 있을 것 같습니다."

"나와 함께하면 대형인 서문소와 대립하게 될 텐데 그래도 상관없습니까?"

"그는 야심을 위해 세상을 어지럽히고 있습니다. 저는 그와 맞서 싸울 생각을 오래전부터 하고 있었지요. 마지막으로 한 가지만 묻겠습니다."

여송의 표정이 숙연해졌다. 이유강은 그의 말을 기다렸다.

"대인께서는 마교주 엽무극을 꺾을 칼을 준비하고 계십니까?"

"……."

이유강은 고개를 끄덕였다.

"준비하고 있습니다."

여송은 미소를 짓더니 무릎을 꿇었다.

"그것을 준비하지 않았다면 지금부터 준비하라 말씀드리려 했던 것뿐입니다. 이미 준비하고 계셨다니 실로 다행입니다. 이제부터 여송은 대인과 뜻을 함께하겠습니다."

유운장은 알아본 바 항주의 부호 중 한 명인 유 대인의 장원이라 했다. 이유강은 그가 무슨 이유로 초청했는지 궁금했지만 내심 불쾌한 생각이 들어 찾아가지 않았다. 용무가 있으면 다시 찾아올 것이다. 그런데 무슨 이유에서인지 그 후로 그곳에서 더 이상 특별한 연락이 오지 않았다. 여송이 방문을 두드렸다.

"대인, 여송입니다."

"들어오시지요."

여송이 들어왔다. 이유강은 반색했다. 며칠 전 여송은 이유강과 뜻을 함께하기로 한 후 하루 정도 장원에서 거했다. 이튿날 신변 정리와 자신이 그동안 아끼던 제자들과 인재 몇 명을 데려온다고 장원을 나섰던 것이다. 여송이 말했다.

"며칠 전 말씀드렸던 저의 제자들과 그동안 알고 지내던 인재들을 데려왔습니다."

"수고하셨습니다. 그들을 들어오게 하세요."

이유강은 반색하며 그를 맞았다. 여송이 문을 열자 십삼 세 정도의 소년과 소녀, 그리고 약관의 나이로 보이는 서생 세 명이 들어왔다. 여송이 말했다.

"이자는 손후라 하며 손각의 사촌 아우입니다. 이자는 구자삼, 그리고 이쪽은 음서라고 합니다."

여송이 이름을 소개할 때 손후, 구자삼, 음서는 각각 포권했다. 담담하게 꽉 차 있는 눈빛들. 굳이 시험하지 않아도 될 만큼 뛰어난 인재들이 분명했다. 여송은 이어 자신의 제자들을 소개했다.

"담린과 지연입니다. 이 아이들은 제가 이곳에 있으면서 계속 가르칠 생각이지요."

"담린이라 합니다."

"지연이에요."

두 소년과 소녀는 공손하게 포권했다. 호기심으로 초롱초롱 빛나는 눈빛들. 이유강은 담린과 지연을 보고 웃음이 나왔다. 바로 이유강 자신이 어렸을 때 가졌던 눈빛이 아니던가.

"이곳을 집이라 생각하고 편히 지내도록 하여라."

"예."

담린과 지연은 포권하고 밖으로 나갔다. 이유강은 여송과 손후, 구자삼, 음서와 잠시 이야기를 나누었다. 손후 등은 모두 학문에 상당한 성취를 가지고 있었으나 각각의 관심 분야가 달랐다. 손후는 병법에, 구자삼은 상업에, 음서는 치국에 관심이 있었다. 조만간 규모가 커지면 각각의 특기에 맞는 임무를 부여하는 것이 좋을 듯했다. 이유강이 말했다.

"나는 마교를 칠 생각입니다."

그러자 여송을 제외한 손후 등의 안색이 가볍게 변했다. 크게 놀라지 않는 것을 보니 여송을 통해 들은 것 같았다. 이유강은 말했다.

"내가 여송을 믿어 진심을 보였듯이 당신들에게도 진심을 보였습니다. 나와 뜻을 같이할 생각이 있습니까?"

손후가 말했다.

"현재 천하가 매우 혼란스럽고 마교가 그 혼란의 주체임을 알고 있습니다. 일개 무림의 무뢰배들에게 황실이 굴욕당하는 것은 백성 된 자로서 참을 수 없는 일이었으나 그들에게 대항할 힘이 없어 눈물로 나날을 지새웠습니다. 여송님은 제가 실로 존경하고 있는 분입니다. 저와 자삼, 서의 능력을 합한다 해도 여송님을 따르지 못합니다. 그러한 여송님이 대인께서 마교를 능히 제압할 수 있는 지혜와 칼을 겸비하신 분이라 말씀하셨습니다. 저희는 그 둘 중 지혜의 한 축이 되어 대인을 돕겠습니다."

이어서 구자삼이 말했다.

"후의 의견은 저의 생각과 동일합니다. 저희들은 죽마고우로 어떤 일이든 셋이 뜻을 같이하기로 결심한 바 있습니다. 마교를 치는 것은 시대의 요청입니다. 미천한 저를 받아주셔서 정말 감사합니다. 대인께서 뜻을 펼칠 수 있도록 지혜의 일부가 되겠습니다."

마지막으로 음서가 말했다.

"그동안 대인께서 직접 하신 일들 중 많은 부분들을 저희에게 맡겨 주십시오. 앞으로 대인께서는 좀 더 큰 것을 보셔야 할 것입니다. 마교를 물리치고 황실의 평안을 구축하는 것은 신하 된 자로서 마땅히 해야 할 소임, 저 역시 지혜의 한 축이 되어 목숨을 아끼지 않겠습니다."

이유강은 고개를 끄덕였다. 사실 이들이 말한 황실의 평안은 이유강 자신과 별 상관이 없었다. 남의 나라 황실 사정에 간섭해서 무엇 하겠는가. 또한 무림의 사정도 마찬가지였다. 무림이 혼란스러운 것 또한 이유강과 아무 상관이 없는 일이었다. 마교를 상대하고자 하는 것은 엽무극과 십대마존을 꺾어야 한다는 본능적인 외침에 의한 것이지 특별한 대의명분을 가진 것은 아니었다.

그러나 여송을 비롯한 이들에게는 마교를 치는 것 이상의 대의명분이 존재했다. 따라서 이들이 진심으로 자신을 돕기로 작정한 이상 이들이 요구하는 황실의 안정에도 관심을 가질 필요가 있었다. 물론 마교만 처리하면 모두 해결될 문제였다. 이유강이 말했다.

"알겠습니다. 나와 뜻을 같이해 주신 것에 진심으로 감사드립니다. 그러나 애석하게도 아직은 갖춰진 것이 별로 없습니다."

일단은 현재 진행되고 있는 나무 인형과 장신구에 대한 전반적인 상황을 설명했다. 여송이 말했다.

"대인의 능력이 실로 놀랍습니다. 일전에 환물에 관한 내용을 천축의 고서에서 살짝 본 적이 있었는데 그것이 실재하다니요."

모두 놀란 표정을 지었다. 이유강은 비혼을 들어오게 했다. 매우 실력이 있는 호위무사로 생각했던 비혼이 환물임을 알게 되자 여송 등은 더욱 놀란 표정이었다. 손후가 물었다.

"비혼의 능력은 어느 정도입니까?"

"비혼 독자적으로 싸우면 일류고수를 능히 상대할 수 있을 것이고, 내가 조종한다면 마교 수뇌부의 고수를 제외한다면 쉽게 밀리지 않을 자신이 있습니다."

"실로 대단합니다. 그렇다면 비혼과 같은 환물을 많이 만들어 마교와 싸우는 게 좋지 않겠습니까? 혹시 그것이 대인께서 준비하신 칼이 아닌가 생각이 듭니다."

"그렇지 않습니다."

이유강은 고개를 저었다.

"비혼과 같은 환물을 만드는 것은 내게도 매우 시간이 걸리고 힘든 일입니다. 설사 그러한 환물을 수백여 개 만든다 해도 실제로 내가 조종하여 무공을 펼칠 수 있는 환물은 하나에 불과합니다. 즉, 그 시간에 다른 환물들은 나의 조종과는 무관하게 주입받은 하나의 초식만 펼치겠지요. 물론 그 정도만 해도 상당한 도움이 될 것이나 마교의 수십만 고수를 상대하기에는 역부족이지요. 게다가 마교 수뇌부의 고수가 등장하면, 예를 들어 십대마존 정도의 고수라면 설령 내가 조종하는 환물이라 해도 부서질 가능성이 높습니다. 환물의 능력은 한계가 있습니다. 엽무극과 십대마존을 상대할 칼은 바로 나입니다. 내가 직접 그들을 벨 것입니다. 물론 앞으로 오 년의 세월이 지나야 가능한 일입니다."

사실 동물의 뼈를 이용하면 손후가 말한 대로 할 수 있었다. 그러나 그렇게 하면 모든 사람들이 자신을 악마동자와 연관 지어 생각하게 될 가능성이 높았다. 그러한 내막까지 알려줄 필요는 없었다. 손후가 고개를 끄덕였다.

"대인을 믿겠습니다."

이유강이 말했다.

"내가 상인이 되어 돈을 벌고자 하는 이유는 천하 각지에 상단의 세를 구축하여 정보를 얻고자 하기 위함입니다. 또한 마교의 금줄을 파악하여 그것을 절단하고자 하는 이유도 있습니다."

손후가 고개를 끄덕였다.

"저도 짐작하고 있었습니다. 적을 아는 것만큼 중요한 것은 없지요. 기루나 객잔, 저잣거리의 노점상들까지 이용해야 합니다. 물론 그것과 병행하여 적의 비밀을 캐내는 무공이 뛰어난 무사들도 많이 필요할 것입니다."

"마교는 매우 방대한 조직이니 그에 연관된 막대한 금줄이 존재할 것입니다. 우리의 상세(商勢)가 천하 각지로 뻗어나간다면 분명 그 금줄을 파악할 수 있을 것입니다."

이유강이 고개를 끄덕이며 말했다. 모두들 감탄하는 표정을 지었다. 음서가 눈을 빛내며 말했다.

"구백 마리의 환물 장인에 대해 드릴 말씀이 있습니다."

그는 말을 이었다.

"가능하시다면 그 환물 장인들을 통제할 수 있는 장인들을 따로 두시는 게 앞으로 대인께서 활동하시기에 편할 것 같은 생각이 듭니다. 총 아홉 개의 건물이라 했으니 아홉 명의 믿을 수 있는 장인을 구하고 그들에게 각각 백 명의 환물 장인들을 통제하게 하십시오."

그러자 구자삼이 동조하며 말했다.

"맞는 말입니다. 앞으로는 한 가지의 유행품을 노리기보다는 다양한 유행품을 시기 적절하게 만들어내는 것이 중요할 것 같습니다. 그러기 위해서는 수시로 환물들을 통제하여 품목을 바꿔줄 필요가 있습니다. 그 때마다 대인께서 일일이 작업하시려면 시간이 많이 부족하실 것입니다."

"음……."

이유강은 생각에 잠겼다. 가능한 일이었다. 암흑마기를 사람에게 주입하여 일백의 환물을 통제하게 하는 것은 어려운 일이 아니었다. 물론 암흑심법 자체를 전수하는 것은 아니었다. 암흑심법으로 암흑마기를 축적하는 것은 함부로 전수할 수 없었다. 그러나 환물 인형들에게 특정 행동을 지시할 수 있는 능력을 줄 수는 있었다. 백 마리의 환물 인형을 효율적으로 통제할 수 있도록 한 사람당 대략 일 년의 암흑마기를 주입해 주면 될 것 같았다.

이유강이 말했다.

"아주 좋은 생각입니다. 그런데 이 일은 실로 믿을 만한 자들이 필요합니다."

그러자 음서가 빙긋이 웃으며 말했다.

"사람 쓰는 것은 저에게 맡겨주십시오. 실망시키지 않을 자들을 찾아 선발하겠습니다."

"부탁하겠습니다."

이유강은 고개를 끄덕였다. 구자삼이 말했다.

"대인, 구백 마리의 환물 인형은 매우 유익하게 활용할 수 있을 것 같습니다. 그러나 그것은 물건을 만들어 파는 데 그칠 뿐입니다. 그것은 돈을 버는 여러 방법 중 하나일 뿐입니다. 특산품을 싸게 사서 비싼 곳에 파는 교역도 필요하다고 생각됩니다. 제게 맡겨주시면 좋은 기회들을 찾아보겠습니다."

"생각했던 바입니다. 부탁하겠습니다."

이유강은 미소 지었다. 말을 할 필요가 없었다. 이들은 스스로 자신이 해야 할 일이 무엇인지 알고 있었다. 그때 여송이 자리에서 일어났다.

"이제 대인께 드릴 말씀이 있습니다."

"말씀하시지요."

여송이 갑자기 정색을 하며 말하자 이유강은 의아한 생각이 들었다. 여송이 입을 열었다.

"대인께서 이미 느끼셨듯이 이들은 각자의 분야에서 탁월한 능력을 가지고 있습니다. 구자삼에게 유행품 개발과 새로운 사업에 관한 전반적인 일을 맡기시고 필요한 사람을 선발하여 상세를 구축하는 것은 음서에게 맡기시면 어떻겠습니까? 저는 손후와 함께 마교에 대한 정보를 입수하고 그에 대비한 전략을 세우도록 하겠습니다. 대인께서는 이제 마교를 상대할 칼에 대해 구체적인 관심을 가지셔야 할 때인 듯합니다."

핵심을 찌르는 말이었다. 이유강은 순간 마음속의 무거운 짐이 상당히 가벼워진 것을 느꼈다. 진정으로 이유강 자신이 그들에게 부탁하고자 했던 의중을 이미 여송은 간파하고 있었다. 여송이 말했다.

"모든 조직은 위계질서가 확실하고 각각의 권한과 책임이 분명해야 합니다. 이제부터 대인께서는 저희들에게 지금과 같은 존칭 존어를 쓰지 마십시오. 저희는 대인을 주군으로 생각하여 모시겠습니다."

"주군이라니, 가당치 않습니다."

"반드시 그렇게 하셔야 합니다."

"……."

여송의 표정은 진지했다. 손후 등의 눈도 굳은 결의가 담겨 있었다. 이유강은 여송의 의중을 짐작했다. 앞으로 세도 더욱 방대해질 것이다. 이유강 자신에게 권위가 필요한 것이다.

"알겠… 소."

"감사합니다. 대인의 뜻에 따라 신명을 바쳐 일하겠습니다."

여송과 손후, 구자삼, 음서가 일제히 일어나 포권했다.

이유강은 양 노인을 찾았다. 장원 동쪽에 위치한 호수가 멋지게 손질되어 있었다. 호수 중앙에 운치있게 자리한 전각 역시 완전히 보수가 끝나 있었다. 삼층으로 이루어진 탑과 외양이 비슷한 전각의 이층은 제법 괜찮은 객잔의 이층처럼 사방을 다 볼 수 있게 전망이 트여 있었다. 양 노인이 말했다.

"다행히 이 전각은 그다지 손볼 것이 없었소. 호수 역시 비록 오래 방치되어 있었지만 물길이 잘 통하여 생태가 잘 보존되어 있었소이다. 사시사철 멋진 풍경을 보일 것이니 기대하셔도 좋을 것이오."

"기대 이상입니다. 매우 만족합니다."

이유강은 흡족한 표정을 지었다. 이제 이곳에서 수많은 식객들이 시를 짓고 술을 마시며 학문을 논할 것이다. 비록 서호의 화려한 풍광에는 미치지 못하겠지만 버드나무와 연꽃이 어우러진 이곳의 분위기는 누구라도 감탄을 금하지 못할 만큼 나름의 매력이 있었다. 양 노인이 말했다.

"대인께서 저를 찾으신 이유가 따로 있으신 것 같은 생각이 드오만."

"다름 아니라 한 가지 부탁을 드리고자 왔습니다."

"말씀하시오. 제가 할 수 있는 것이라면 무엇이든 들어드리겠소."

이유강은 양 노인의 손을 잡았다.

"장원의 보수가 모두 끝나도 장원에 남아주셨으면 좋겠습니다. 장원의 규모가 작지 않아 많은 관리가 필요할 것 같은데 양 노인께서 장원 관리의 책임을 맡아주시지 않겠습니까? 직접 수리하실 필요는 없고 일할 수 있는 사람들을 많이 붙여 드릴 테니 그들에게 지시만 내려주십시오."

"……."

양 노인은 잠시 말을 하지 않았다. 잠시 후 그는 입을 열었다.

"…대인께서는 제게 가족이 없음을 알고 계셨소이까?"

"예, 무생에게 들었지요. 이곳을 집이라 생각하시고 남아주십시오."

이유강은 빙긋 웃었다. 양 노인의 눈에 눈물이 맺히는 것 같았다.

"노부는 목공 출신이오. 오래전 가족이 있었으나 화적에게 모두 죽었다오. 그 후론 오직 공사판에서 평생을 구르며 살았소만… 대인처럼 노부를 인정해 주는 사람을 한 번도 만나지 못했소이다."

양 노인은 말을 이었다.

"내 평생 소원이 노년에 이런 큰 장원을 관리하며 사는 것이었소. 한데 이렇게 꿈이 이루어질 줄은 정녕 몰랐소이다. 미력하지만 대인을 위해 최선을 다하여 장원을 가꾸고 관리하겠소이다."

"감사합니다. 최고의 대우를 해드리겠습니다."

이유강은 양 노인의 손을 꽉 잡았다. 그러자 양 노인은 고개를 저었다.

"노부에게 돈은 더 이상 의미가 없지요. 죽을 때까지 이곳에서 머무르게 해주신다면 그것으로 충분하외다."

이유강은 양 노인의 말을 듣고 고개를 끄덕이며 더 이상 말하지 않았다. 잠시 후 식사 시간이 되어 점심을 양 노인과 같이 먹었다. 식사를 마치고 차를 마시며 이유강이 말했다.

"장원의 지하에 백여 개의 큼직한 석실을 간들고자 하는데 가능하겠습니까?"

"가능은 하겠지만… 수월한 공사가 아니라 시간이 매우 오래 걸릴 것이외다. 못 잡아도 이 년 남짓한 시간이 필요할 것이오."

양 노인의 말에 이유강은 잠시 고민에 빠졌다. 그렇게 오래 걸려서는 안 되었다. 사람을 많이 투입한다면 공사를 빨리 끝낼 수 있지 않을까도 생각해 보았다. 그러나 지상의 건물에 이상을 주지 않고 지반을 튼튼히 하며 지하를 파내는 작업은 쉽지 않을 것이 분명했다. 양 노인이 말했다.

"대인, 지하 석실이 많이 필요한 것이라면… 제가 봐둔 곳이 있지요. 차라리 그곳을 매입하는 것이 어떻는지요. 이곳에서 그리 멀지 않소이다."

"그런 곳이 있습니까?"

"예, 석실이 수백 개는 될 성싶은데 아무래도 수리가 필요하겠지요. 그러나 한두 달만 손보면 될 것이니 괜찮을 성싶소만."

"좋은 생각입니다. 음서를 보낼 테니 그와 상의하여 그곳을 매입하시고 사람들을 고용해 보수해 주십시오."

이유강은 두루마리 종이를 그에게 주었다.

"내가 원하는 구조입니다. 이미 존재하는 곳이니 그것과 동일하게 할 수는 없을 것이나 비슷하게라도 만들어주셨으면 합니다."

"흠, 거의 비슷하게 할 수 있을 것 같소이다. 두 달의 기한이면 충분할 것이오."

양 노인은 고개를 끄덕였다. 그때 철무생이 이곳 전각과 이어진 호수의 석교(石橋) 위를 급히 뛰어오고 있었다. 이유강이 소리쳤다.

"무생, 무슨 일이냐?"

"대인, 큰일났습니다! 정체 모를 무사들이 장원에 몰려와 대인을 찾고 있습니다!"

"알았다. 그곳으로 안내해라."

第十八章
유운장의 습격

대략 일백의 무사들이었다. 복장을 보니 일전에 유운장이라는 곳에서 보낸 자들과 비슷했다. 인물들을 훑어보니 그때 한 팔이 잘려 두고 보자며 떠났던 삼십대 사내의 모습도 보였다. 그의 옆에는 상당히 날카로운 인상의 중년 무사들이 서넛 서 있었는데 실력이 범상치 않아 보였다. 특히 흑색의 긴 머리칼을 날리며 흑색 옷을 입고 있는 한 명의 청년. 그가 오늘 온 자들 중 가장 강한 자인 것 같았다. 이유강은 그를 보며 순간 인상을 구겼다. 흑색의 긴 머리칼, 아래위 흑색 단복, 음울한 분위기. 자신이 가장 싫어하는 그 누군가와 닮은 복장이 아닌가.

"저놈들입니다."

철무생이 이를 갈며 말했다. 한쪽을 보니 공사를 하던 철무생의 부하 일백여 명이 모여 있었다. 망치나 톱, 기타 연장을 들고 있는 모습이 일을 하다가 철무생이 외쳐 부르자 후닥닥 뛰어온 것 같았다. 그들은 모두 누군가를 쳐 죽일 것 같은 표정으로 서 있었다. 상당히 화가 난 표정들이었는데 그 이유는 금방 알 수 있었다.

"장칠……."

험상궂은 대머리청년. 장칠이 어깨에 피를 흘리며 쓰러져 있었다. 어깨에 비수가 박혀 있었고 옆구리의 검으로 베인 듯한 상처에서 피가 흐르고 있었다. 다행히 깊은 상처는 아닌 듯했으나 어깨의 상처는 상당히 심한 듯했다. 장칠의 옆에는 손후가 검을 들고 서 있었고 그의 앞에 한 명의 무사가 역시 검을 들고 대치하고 있었다. 보아하니 성질 급한 장칠이 무사들을 후려 패려다 손후 앞에 있는 무사에게 공격을 당한 것이고 장칠이 위험하자 손후가 막은 것 같았다. 손후의 눈빛이 제법 날카로웠다. 검법을 알고 있는 줄은 몰랐는데 놀라운 일이었다.

철무생이 장칠을 발견하고는 그에게 뛰어갔다.

"장칠, 이게 어찌 된 일이냐?"

"으, 저놈이 그랬습니다."

"이런 쒸팔! 감히 항주 바닥에서 내 부하를 건드렸단 말이지?"

철무생이 벌떡 일어나 부하들을 노려봤다.

"모두들 연장 챙겼냐?"

"예."

철무생과 그 부하들의 눈빛이 사나워졌다. 금방이라도 한판 붙을 것 같았다. 이유강이 말했다.

"무생, 잠시 기다려라."

"대인, 이놈들이!"

이유강은 철무생을 저지하고는 유운장의 무사들을 향해 걸어갔다. 비혼이 날아와 그의 뒤에 섰다. 이유강은 흑의청년을 보며 말했다.

"남의 집에 쳐들어와 사람을 상하게 했으니 용서하지 않겠다."

"초청을 받았으면 냉큼 뛰어왔어야 했다. 그러기는커녕 나의 부하를 두 명이나 죽이고 한 명의 팔과 일곱 명의 손을 잘랐더군."

흑의청년은 비릿하게 웃으며 말했다. 이유강은 냉소했다.

"네놈이 유운장의 장주로군. 그래서 어쩌겠다는 것이냐?"

"감히 유운장을 멸시했으니 네놈을 죽이고 이곳을 우리가 접수하겠다."

이유강은 도를 뽑았다.

"내 집에서 피를 보고 싶지는 않다. 싸우고 싶으면 모두 밖으로 나가라."

"좋다. 앞으로 내 소유가 될 이곳에 피가 흐르는 것은 나 역시 그다지 원치 않는 일이지."

흑의청년은 마치 자신이 이곳의 주인이 될 것인 양 말했다. 잠시 후 장원 밖의 공터에 모두 도착했다. 이유강이 물었다.

"한 가지 묻겠다. 나는 네놈과 유운장에 별다른 잘못을 한 기억이 없다. 그런데 왜 내게 시비를 거는 것인지 말해라."

그러자 흑의청년은 순간 흠칫하더니 엷은 미소를 머금고 이유강을 쳐다봤다.

"크큭, 그러고 보니 내가 중요한 것을 잊었군. 내 부하들을 잃은 기분에 내가 잠시 흥분했었어. 좋아. 네놈에게 한 가지 제의를 하겠다."

"……."

흑의청년이 말했다.

"네놈이 유운장에 충성하고 앞으로 버는 돈의 반을 우리에게 상납하면 살려주겠다. 뿐만 아니라 네놈이 하는 일을 더욱 잘되게 도와주겠다. 비록 이익의 반을 상납해야 하지만 지금보다 훨씬 규모가 커질 것이니 오히려 더욱 이익일 것이다. 게다가 숱한 도적이나 악도들로부터 보호도 해줄 것이니 이 얼마나 좋은 제안……."

"개 풀 뜯어 먹는 소리 하고 있군."

흑의청년의 안색이 확 변했다. 그는 이유강의 뒤에 있는 촐무생을 죽일 듯이 노려봤다.

"지금 뭐라 했느냐?"

"말도 안 되는 잡소리 때려치우고 뒈질 준비나 해라."

촐무생이 검을 빼어 들었다. 그러자 흑의청년이 비릿한 웃음을 지었다.

"네놈을 잘 알고 있지. 고작 암흑가의 부랑배 따위가 주제를 고르는 구나. 누가 저놈의 입을 좀 막아줘라!"

그러자 흑의청년의 뒤에 서 있던 무사 한 명이 촐무생에게 달려들었다. 촐무생은 큰 소리를 질러대며 검을 휘둘렀다. 화가 단단히 난 모양이었는지 검초가 사뭇 사나웠다. 결국 무사와 십여 초 겨루더니 촐무생은 무사의 가슴을 베어버렸다.

"크악!"

무사는 가슴에서 나오는 피를 손으로 막으며 그 자리에 엎어졌다. 촐무생은 파안대소했다.

"크하하하, 고작 이따위 놈들을 믿는 것이냐? 어디 네놈이 한번 덤벼봐라!"

"건방진 놈!"

흑의청년의 뒤에서 또 다른 무사가 뛰어나왔다. 눈이 매서운 중년 무사였다. 이유강이 소리쳤다.

"무생, 물러나라! 네가 상대할 자가 아니다!"

"걱정 마십시오. 제가… 크헉!"

단 일 초에 철무생의 검이 바닥에 떨어졌다. 손아귀가 찢어졌는지 철무생의 오른손에서 피가 흘러내렸다. 중년 무사의 검은 곧바로 철무생의 목을 향해 쇄도했다. 순간 하나의 검이 그 검을 막았다.

챙!

검의 주인은 손후였다. 중년 무사는 싸늘한 웃음과 함께 손후를 공격했다. 이유강은 손후가 움직이는 것을 보고 있었으므로 잠자코 있었다. 이 기회에 손후의 실력을 한번 보고 싶었다. 놀랍게도 손후는 중년 무사에게 조금도 밀리지 않았다.

손후의 검이 둥근 원을 연속으로 그렸다. 그것은 그리 빠르지도 느리지도 않았지만 중년 무사의 쾌속한 공격을 모두 받아내고 있었다. 대략 삼십여 합을 겨룬 후 중년 무사는 손후의 일검에 옆구리를 베이는 부상을 입었다. 가볍지 않은 상처인 듯 피가 흘러나왔고, 안색이 핼쑥한 상태였으나 중년 무사는 두 눈의 살기를 풀지 않았다. 흑의청년이 조금 놀란 표정을 지었다.

"태극혜검? 그러고 보니 멸문한 무당과 곤련이 있는 자였나? 의외로군. 아직도 무당의 상위검법을 구사하는 자가 살아 있다니 말이야. 큭큭, 이거 잘만 하면 용돈 좀 벌겠군."

"닥치시오! 인연이 닿아 이 검법을 배웠을 뿐 무당과 나는 아무 관련이 없소!"

손후는 흑의청년을 노려보며 말했다. 그러자 흑의청년은 비릿한 미소를 지었다.

"그거야 모르지. 내가 어찌 알겠나. 이봐, 한 가지 제안을 다시 하겠다."

흑의청년은 고개를 돌려 이유강을 쳐다봤다. 이유강은 고개를 저었다.

"네놈과 헛수작을 할 만큼 한가하지 않다."

"원래는 모두 죽여 버릴까 했는데 갑자기 생각이 바뀌었다. 실로 죽이기 아까운 자가 있군. 어떠냐, 네놈이 나의 무공을 받아낼 수 있다면 더 이상 피를 보지 않고 물러나 앞으로 귀찮게 하지 않겠다. 그러나 만일 네가 패한다면 네놈을 비롯하여 여기 있는 모든 놈들이 나의 부하가 되는 것이다. 이에 응하지 않는다면 유운장에 있는 수백 명의 부하들까지 동원해 모두 죽여 버리겠다."

협박이나 다름없었다. 이유강은 흑의청년을 강하게 노려봤다. 툭하면 죽인다고 협박하던 사부 흑마가 생각났다. 경박한 말투와 교만한 표정. 겉모습만 비슷한 게 아니었다. 하는 짓도 비슷했다. 이유강은 고개를 끄덕였다.

"응해주지. 그러나 네놈과 싸울 자는 따로 있다. 그자와 싸워 이긴다면 내가 직접 싸워주겠다."

죽립을 쓴 비혼이 도를 빼어 들고 흑의청년에게 다가갔다. 흑의청년이 화난 듯 소리쳤다.

"감히 네놈이 나서지 않고 이따위 녀석을 내세우다니! 좋다! 이놈을 해치우고 네놈과도 싸워주지!"

그는 검을 빼어 들었다. 푸른색 빛이 나는 범상치 않아 보이는 검이었다. 평범한 비혼의 도로는 감당하기 힘든 명검인 듯했다.

'시간을 오래 끌면 불리하다.'

단번에 승부를 낼 작정이었다. 흑의청년의 무위가 어느 정도인지 짐작이 가지 않았기에 방심할 수 없었다. 비혼이 도를 들어 흑의청년의 미간을 겨눴다. 그러자 흑의청년의 표정이 순간 변했다. 그러나 이내 냉소를 지으며 검을 휘둘렀다.

스스슷!

수백 개의 검영(劍影). 하나의 검이 수백 개로 늘어났다가 다시 하나로 합쳐지고 있었다. 그 검은 비혼의 목을 꿰뚫듯 빠르게 쇄도했다.

'이백이십구……!'

이유강은 순간 가슴이 서늘했다. 사부를 제외하고 지금까지 만난 최고의 고수였다.

'부하들과 월등한 실력 차이를 보이는군. 비혼을 내세우지 않았다면 큰 낭패를 당할 뻔했구나.'

비혼은 쾌속하게 일곱 번의 방위를 바꾸며 흑의청년의 검을 피하고는 오른손에 들었던 도를 왼손으로 바꿔 잡으며 전방으로 도를 찔렀다.

"헉!"

순간 흑의청년이 대경실색하며 몸을 돌려 물러났다. 흑색 천 한 자락이 허공에 휘날렸다. 이유강은 내심 놀랐다.

'피하다니…….'

쉽게 피할 수 없는 공격이었다. 정확한 허점을 노려 공격한 것이었다. 비록 옷이 베어지긴 했으나 상처 하나 입지 않고 피한 것이다. 실로 동물적인 몸놀림이었다. 흑의청년은 명치 아래 한 자 정도 잘려 나간 옷을 보고는 안색을 굳혔다. 그의 표정이 기묘하게 변했다.

"큰소리치는 이유가 있었군. 오랜만에 재밌는 상대를 만났어."

푸른색의 검. 강한 바람이 검 주위로 모였다 분산되었다. 낙엽과 흙먼지가 사방을 뒤덮었다. 그 순간 폭사되는 한줄기 쾌검. 비혼의 전신을 위에서 아래로 단번에 쪼갤 듯 흑의청년의 신형은 공중에 떠 있었고 검은 이미 비혼의 몸을 가르고 있었다. 아니, 그런 것처럼 보였다. 비혼은 기이한 각도로 몸을 꺾었고 도신을 돌려 흑의청년의 내려치는 검을 비껴 쳤다.

차앙!

땅에 착지한 흑의청년의 중심이 일순 흔들리며 비틀거릴 때 비혼의 도가 아래에서 마치 흑의청년의 사타구니에서 머리까지를 일도양단할 듯한 기세로 솟아올랐다. 영락없이 몸이 쪼개질 판. 흑의청년의 몸이 순간적으로 일 장 뒤로 이동했다. 이유강은 깜짝 놀랐다.

'순간 이동…… 말로만 듣던 이형환위가 아닌가.'

놀라고 있을 때가 아니었다. 푸른색의 빛. 수십 줄기의 빛이 일어나 있었다.

푸스스스.

빛줄기에 부딪친 낙엽들, 작은 돌멩이들이 모두 가루로 변했다. 나선형으로 빙빙 돌던 빛줄기가 비혼의 주위 삼십육 방위를 모두 점한다 싶더니 한순간 모두 검형(劍形)으로 변하여 쇄도했다.

'삼백십칠……!'

이유강은 비혼의 몸에 온 정신을 집중했다. 삼백 번을 넘어가는 고도의 초식을 펼치려면 그 순간 이유강 자신을 잊어야 했다. 비혼을 조종하는 것이 아니라 이 순간 비혼이 되어야 했다. 이것은 매우 위험한 일로 누가 지금 이유강을 공격하기라도 한다면 속수무책으로 당할 수밖에 없었다. 기진을 펼치고 그 안에 안전하게 본신을 보호해야 안심이 될 터이나 지금은 그럴 상황이 아니었다.

팔랑.

비혼의 옷자락이 서너 군데 잘려 나갔다. 우수수 떨어지는 소나기 사이를 피하듯 비혼은 수십 개의 검 사이를 느볐다. 그러던 어느 순간 비혼의 몸이 잔뜩 움츠려졌다 펴지며 흑의청년을 향해 날아갔다. 기이한 각도. 몸이 지상과 수평으로 빙글 돌았다. 비혼의 도가 흑의청년의 뺨을 스쳤다. 경악하여 검을 휘두르는 흑의청년의 검을 비껴 치며 비혼의 도가 흑의청년의 허리를 갈랐다.

카앙!

흑의청년이 다급히 칼자루로 도를 막았다. 순간 드러난 허점. 비혼의 도가 일곱 번 공간을 갈랐다.

휙휙휙휙휙휙!

일곱 번의 파공음. 피가 약간 튀었으나 단말마는 없었다. 흑의청년은 일 장 뒤에 있었다. 그의 왼쪽 어깨 부분. 옷이 잘려진 채 피가 새어 나오고 있었다. 심한 상처는 아니었는지 흐르는 피는 그리 많지 않았다. 흑의청년은 그 상처가 마치 자신과는 상관없는 일인 듯 신경 쓰지 않았고, 상당한 의혹이 서린 눈빛으로 비혼을 쳐다보고 있었다. 이유강은 잠시 망연했다.

'그 와중에 단 하나를 제외하고 여섯을 피했군. 게다가 그 하나도 찰과상일 뿐이다.'

이형환위라는 신법으로 피했을 것이다. 흑의청년은 더 이상 공격해오지 않았다. 그동안 회오리치는 먼지와 낙엽으로 인해 이유강을 제외한 그 누구도 그 안의 상황을 알지 못했다. 실로 눈 깜짝할 사이에 서로 몇 번의 검과 칼을 주고받은 것이다.

바람이 약해지며 낙엽과 흙먼지가 가라앉았다. 흑의청년이 말했다.

"놀라운 수하를 두었군. 손에 땀이 나보기는 진정 오랜만이야."

그는 뺨에 흐르는 피를 문지르며 묘하게 웃었다.

"이런 자를 수하로 두고 있는 네놈은 역시 결코 평범한 상인이 아닐 것이다. 오늘은 돌아간다만 앞으로 지켜보겠다."

이유강은 냉소했다.

"오해하지 말았으면 좋겠군. 나는 그저 돈을 많이 벌고 싶은 상인일 뿐이니. 약속대로 다시는 찾아와 무고한 피를 흘리게 하지 말았으면 한다."

"크큭, 좋다. 그러나 그것은 네놈이 평범한 상인이었을 때이다. 만일 조금이라도 수상쩍은 수작이 보일 시 가만두지 않겠다."

"마교에서 나온 것인가?"

이유강은 내심 궁금한 것을 물었다. 흑의청년은 묘한 표정을 짓더니 웃었다.

"마교라……."

그는 더 이상 말하지 않았다. 곧바로 수하들을 데리고 사라졌다. 이유강은 내심 가슴을 쓸어내렸다. 비혼을 조종하여 힘겹게 동수를 이뤘으니 직접 상대했으면 흑의청년의 검을 감당할 수 없었을 것이다. 마교에는 저러한 고수들이 수도 없을 것이다. 그렇다면 가슴이 답답해져야 정상일 텐데 이상하게도 마음 한구석에서 묘한 흥분이 서렸다. 광마도법의 진정한 위력. 비혼이 보여준 것은 그중 빙산의 일각일 뿐이다. 내공만 받쳐 준다면 두려울 것이 없었다.

'다음번에는 내가 직접 상대해 주겠다.'

장원 동쪽 호수에 있는 전각. 이유강은 요즘 이곳을 부쩍 많이 찾았다. 이층에 마련된 탁자에서 식사를 마치고 여송과 대화 중이었다. 여송이 차를 한 모금 마신 후 말했다.

"지난번 유운장 무사들의 습격 사건 이후 으 일 동안 장원 내부와 외부 곳곳에 기진을 설치했습니다. 물론 대부분의 기진은 평시에 작동하지 않습니다. 그러나 그때처럼 외부의 습격이 있을 시에는 유용하게 쓰일 수 있을 것입니다. 이미 발진된 몇 개의 진법은 장원의 담장 근처에 펼쳐진 것으로 문을 통하지 않고 담을 넘어서는 들어올 수 없게 하기 위함입니다."

"수고했소."

이유강은 여송이 내민 책을 받아 책장을 넘겼다. 이백 개가 넘는 기진(奇陣)의 도해였다. 그것이 설치된 장원으 위치와 진법을 발동하는 방법, 파진법(破陣法) 등이 상세히 적혀 있는 책자였다. 대략 훑어보니 이백 개의 진법 중 평범한 것은 아무것도 없었다. 그중 어느 하나라도 제대로 발진되면 장원을 습격하는 자들은 상상할 수 없는 공포와 혼란을 겪으며 무력한 상태가 될 것이 분명했다.

"천천히 읽어보겠소."

여송이 미소 지었다.

"굳이 읽어보시지 않아도 그중에 대인께서 모르시는 것은 없을 것입니다."

"별말씀을. 이것은 손후 등에게도 숙지시키는 게 좋겠소. 또한 양 노인에게도 진법이 설치된 주변의 지형지물은 건드리지 않도록 주의시키시오."

"알겠습니다. 앞으로 인재들이 모이면 그들 중 몇 명을 차출하여 장원의 수비를 맡길 작정입니다. 무예를 몰라도 이백 개의 기진을 자유자재로 움직일 수 있다면 그 한 명이 능히 수백 명의 호위무사 못잖은 위력을 발휘할 것입니다."

"좋은 생각이오."

이유강은 차를 한 모금 마셨다. 여송이 물었다.

"한데 대인께서는 요즘 장원 서쪽에 자주 가 계시던 것 같습니다."

"무엇을 좀 만들고 있소."

여송이 고개를 끄덕였다.

"예. 그런데 마교의 고급 정보를 수집하려면 무예가 뛰어난 자들이 상당수 필요합니다. 또한 장원의 세가 항주뿐 아니라 타지까지 뻗어 나가 방대해지는 상황이라 비록 마교와 충돌이 없다 해도 지역 상인이나 세력들과 각종 대소 시비에 시달릴 것입니다."

"사실 내가 요즘 틀어박혀 있는 이유가 바로 그것 때문이오. 일단은 돈을 주고 낭인이나 호위무사들을 고용하는 것도 한 방법이 될 것이나 그들에게는 소속감이 없으니 중요한 임무를 맡기기 어렵소. 또한 그러한 자들 중에 과연 얼마나 무예가 출중한 인재가 있을지도 의문이오."

"대인께선 이미 복안이 있으신 듯합니다."

"무공에 어느 정도 기초가 있는 자라면 단기간에 일정 수준의 실력을 가질 수 있도록 하는 수련장을 만들 작정이오. 수련장은 도합 백 개이고 하나의 수련장은 능히 수십 명이 들어갈 만한 큰 석실이오. 각각의 석실에는 하나의 환물을 두어 누구나 그 환물이 펼치는 변화를 깨우치고 석실에 앞으로 내가 새겨놓을 초식을 연성하지 못하면 다음 석실로 들어갈 수 없게 할 것이오."

여송의 눈에 이채가 스쳤다.

"상당히 흥미롭습니다. 그 백 개의 수련장을 모두 통과하는 데 걸리는 시간은 어느 정도입니까?"

"자질이 있다면 하나의 수련장당 하루 정도면 가능하오. 변화와 초식을 깨닫는 것은 순식간일 수도 있으나 수천 번의 반복 수련을 하지 않으면 결코 환물이 펼치는 완벽하고 빠른 변화를 뚫을 수 없소. 따라서 체력과 인내심이 부족한 자들에게는 매우 힘든 수련이 될 수도 있소."

"도합 백 일……."

"그렇소. 비록 아주 평범한 무공이라도 꾸준히 십 년 정도 내공을 수련한 무사들이라면 그 백 일 수련을 통해 능히 상당한 수준에 이를 수가 있소. 또한 그것을 통과한 자들에게는 내가 비급을 만들어 그 이상의 수준에 이를 수 있도록 지속적으로 도와줄 생각이오. 사실 변화와 초식만을 석실의 벽에 새겨놓아도 그것을 연성하기에 충분하나 내가 굳이 환물을 만들어 그것과 대련하게 만드는 이유는 실전 경험을 갖게 하기 위함이오. 물론 백 개 이후에도 환물을 만들어 실전 경험을 쌓게 하면 좋을 것이나 그러기에는 내가 오직 그것에만 매달려야 할 만큼 많은 시간이 필요하오. 그 정도 능력의 환물을 만드는 것은 쉬운 일이 아니기 때문이오."

여송이 고개를 끄덕였다.

"현명하신 생각입니다. 백 개의 수련을 마친 자들은 능히 비급을 보고도 실력을 향상시킬 수 있을 것입니다."

"그러나 최소한 십 년의 내공을 지닌 자들을 모으는 문제가 결코 쉽지 않소."

그러자 여송이 미소 지었다.

"그 문제는 제게 맡겨주십시오."

"아, 무슨 복안이 있소?"

이유강이 반색하며 묻자 여송이 고개를 저었다.

"아직은 없습니다. 그러나 제가 반드시 그 문제를 해결하도록 하겠습니다. 대인께서는 더 이상 그 문제를 신경 쓰지 마시고 수련장에 필요한 환물 제조에 전념하십시오."

"고맙소."

"그런 말씀 마시지요. 당연히 제가 해야 할 일입니다. 그런데 전혀 무공을 모르는 자들에게는 그 수련이 불가능한 것입니까?"

"가능은 하지만 어지간한 노력으로는 돌파하기 힘들 것이오. 십 년 내공이 받쳐 주지 않으면 위력이 많이 떨어지기 때문이오. 그것을 위해 생각한 것이 있는데 백 개의 수련장 외에 별도로 몇 개의 수련장을 만들 생각이오. 그곳에는 칼을 사용하는 기본 동작과 기본 체력을 수련하는 방법, 그리고 기본적인 내공심법이 벽에 새겨져 있을 것이고 수십 마리의 환물이 각종 도법이나 검법의 기수식을 반복 시전해 줄 것이오. 그로 인해 무공을 모르는 자들이라 해도 빠르면 육 개월 정도면 광마도법의 일백연무관에 도전할 수 있게 될 것이오."

그러자 여송이 빙긋 웃었다.

"실로 대인이 아니라면 그 누구도 불가능한 일입니다. 광마일백연무관(狂魔一百演武館)에 들 인재들과 무공은 모르나 자질과 성정이 우수한 인재들, 그리고 쓸 만한 호위무사들을 확보하겠습니다."

"수고해 주시오."

第十九章 서문소혜와 환가영

한동안 대부분의 시간을 환물 만드는 데 보냈고 그렇게 백일연무
관과 기초 수련장에 필요한 모든 환물을 다 만들고 나자 근 한 달 반의
시간이 훌쩍 지나갔다. 양 노인을 불러 물었더니 예상외로 공사가 쉽
지 않아 아직도 달포 정도는 더 공사를 해야 할 것 같다고 한다. 이유
강은 휴식도 취할 겸 철무생과 함께 항주 시내에 나왔다가 서호반점에
들렀다. 철무생이 말했다.

"대인, 실로 오랜만에 이곳에 온 것 같습니다. 하하."

"그동안 너도 수고가 많았지. 한잔해라."

이유강은 철무생에게 술을 따라주었다.

"아닙니다. 사실 요즘은 예전보다 뭔가 사는 게 더 재미가 쏠쏠합니
다. 대인을 따르게 된 것이 제게 실로 홍복이 아닌가 싶습니다."

"자삼이 네 능력을 무척 칭찬하더구나."

"하하, 뭐, 그 정도야······."

철무생은 입이 찢어질 듯 웃으며 술을 들이켰다. 사실 요즘 화아의 별 모양 장신구가 상당한 인기를 누리며 항주와 소주에 유행되고 있었다. 이에는 사교계와 화류계를 누비며 유행시킨 철무생의 공이 상당했던 것이다.

물론 구자삼의 치밀한 계략도 빼놓을 수 없었다. 이유강은 기실 사업에 관한 것을 모두 구자삼에게 위임하고 보고만 받고 있었다.

대략 한 달 전 음서가 추천한 아홉 명의 장인들에게 암흑마기를 일년씩 주입시키고 환물을 통제하는 방법을 알려주었다. 그들은 각각 백 마리씩의 환물을 통제했고 구자삼이 요구하는 대로 언제든지 새로운 물건을 만들 수 있게 된 것이다. 장원의 보수 공사가 끝난 후 오량은 그 능력을 인정받아 장원 전체의 돈을 관리하는 중요 자리에 올랐고 구자삼은 사업 전반을 총괄했다.

"이 공자, 아니, 이 대인님이라 해야겠군요. 무척 오랜만이에요."

귀에 익은 목소리의 주인공은 서문소혜였다. 환가영도 있었다. 그녀들은 지금 막 이층에 올라온 듯했다.

"안녕하시오. 환 소저도 오랜만에 뵙소이다."

"네, 반가워요."

환가영이 미소 지었다. 철무생이 일어나 포권했다.

"소저들 오셨습니까?"

"네, 철 공자는 자주 뵙는군요."

사교계에 자주 출몰하는 철무생이라 그녀들과도 최근에 만난 모양이었다. 서문소혜 등은 다른 자리에 가지 않고 멀뚱히 서 있었다. 이유강이 말했다.

"이쪽으로 앉으시겠소?"

그러자 그녀들은 사양하지 않고 앞에 앉았다.

"소저들께서는 이곳에 자주 오는 것 같소이다."

"모르셨습니까? 서호반점은 사실 서문 소저님 소유입니다."

철무생이 말했다. 이유강은 고개를 끄덕였다.

"그랬었군. 그렇다면 반점이 잘 운영되고 있나 살피러 오신 듯하오만."

"꼭 그런 것은 아니에요. 이곳 말고도 소혜 언니가 소유한 반점이나 객잔은 수백 곳이 넘죠."

환가영이 말했다. 이유강은 눈을 크게 떴다.

"수백 곳이라 하셨소? 대단하군. 과연 항주제일의 부호라는 소문이 허언이 아닌 듯하오."

"이 대인님도 요즘 기루나 객잔을 매입하고 계시다고 들었어요. 항주의 신흥부호로 이 대인님의 명성이 자자하더군요."

서문소혜가 쳐다봤다.

"한 가지 물어볼 것이 있어요."

"말씀하시오."

그녀가 얼굴을 정색하며 묻자 이유강은 조금 의아했다.

"구자삼 공자를 어떻게 설득하셨나요?"

"자삼을 아시오?"

"최고의 대우를 해주겠다는 본 가의 제의를 관심없다며 일축했던 사람이죠."

그녀의 안색은 조금 상기되어 있었다.

"이 대인님은 주목을 받고 있어요. 앞으로는 그리 쉽지 않을 거예요."

"그게 무슨 말이오?"

"아버님께서도 이 대인님을 주시하고 계세요. 가급적이면 본 가의 영역에는 침범하지 마세요. 그분이 작정하시면 항주 전체의 상인들을 규합하여 이 대인님을 고립시키는 것은 매우 쉬운 일이죠. 저잣거리 노점상들의 텃새와는 비교할 수 없을 거예요."

"현재 나로 인해 서문세가에서 손해를 본 곳이 있소?"

"물론 아직 미미해요. 그러나 항주의 여각 및 주류(酒流), 철간과 해운, 대부(貸付), 귀금속 도매 및 견직(絹織)은 본 가의 주력 사업이에요. 물론 그 외에도 셀 수 없지만 최소한 본 가의 주력 사업은 침범하지 않는 게 좋으실 거예요."

이유강은 잠시 망연했다. 환가영이 말했다.

"소주에서도 유행품을 연신 쏟아내는 이 대인님을 주시하는 상인들이 많아요."

"……."

이유강은 잠시 침묵했다. 어느 지역이든 신흥부호를 달갑게 생각하는 곳은 없다. 더구나 짧은 기간에 승승장구하며 상세를 넓히고 있는 자신을 달갑지 않게 생각할 것은 자명한 사실이었다. 일전의 저잣거리 상인들이나 암흑가 패거리들과는 달리 서문세가나 환가장 같은 거대 상가들이 방해를 한다면 서문소혜 등의 말처럼 앞으로 매우 곤란해질 것이 분명했다. 굳이 그녀들의 비위를 거스를 필요는 없었다.

"두 분 소저 가문에 비하면 나는 그 백분지 일도 미치지 못하는 작은 규모일 뿐인데 그렇게 경계를 하다니 이해할 수가 없소. 알겠소. 내 가급적 그쪽 영역은 자제하도록 노력하겠소."

"너무 기분 나쁘게 생각하지 마세요. 저 역시 이렇게 말하는 것이 그리 유쾌하지는 않아요. 그러나 이 대인님을 생각해서 말씀드렸어요. 유운장 사건은 시초에 불과해요. 앞으로 그보다 더 심한 일도 많을 거예요."

서문소혜는 유운장의 무사들이 장원을 습격했던 사실도 모두 알고 있는 것 같았다. 이유강은 그녀를 노려보며 물었다.

"유운장을 어찌 아시오?"

"왜 저를 그리 노려보시는 거죠? 항주에서 벌어지는 자그마한 일 하나도 본 가의 이목을 벗어나지 못해요. 이미 유운장과 이 대인님의 대립은 모르는 자가 없어요."

서문소혜는 화가 났는지 표정이 싸늘해졌다. 이유강은 안색을 풀고는 부드럽게 말했다.

"미안하오. 요즘 그것 때문에 신경이 쓰여 나도 모르게 과민해진 것 같소."

"그냥은 기분이 풀리지 않을 것 같군요."

"내가 어찌하면 좋겠소?"

"오늘 서호의 야월이 무척 아름다울 것 같아요. 시내에만 있기엔 너무 답답해요."

그녀는 언제 그랬냐는 듯 살짝 웃음을 머금고 있었다.

철무생은 장원으로 돌아가고 이유강은 두 소저와 함께 마차에 탔다. 마차는 서문소혜의 소유였는데 매우 크고 화려했다. 마차를 모는 마부 외에 서너 명의 호위무사가 수행하고 있었고, 보이지 않았지만 무공이 뛰어난 수십 명의 무사가 은밀하게 마차를 호위했다.

마차의 내부는 역시 화려했다. 이유강은 푹신한 의자에 앉았고 두 소저 역시 그와 마주 보는 화려한 의자에 앉았다. 마차 안에서는 상큼하고 시원한 향이 났다. 그것은 그녀들에게서 나는 향인 것 같았다. 밀폐된 곳으로 들어오니 그녀들의 몸에 뿌린 향수 냄새가 코를 자극했다. 그녀들은 이상하게 마차 안에 들어온 후부터는 말이 없었다. 이유강은 사실 여인들과 이렇게 마차를 타보기는 처음이었다.

"마차 내부가 무척 화려하고 멋진 것 같소."

내심 어색함을 참기 힘들어 한마디 했다. 그녀들은 그 말에 살짝 웃으며 고개를 끄덕이기만 했다. 이유강은 이리저리 마차 내부를 둘러보았다. 왠지 그녀들과 시선을 마주치기가 어색했다. 자신을 향한 그녀들의 시선이 느껴졌다. 특히 서문소혜가 묘한 표정으로 자신을 쳐다보고 있었다. 이유강은 문득 그녀를 직시했다.

"왜 그렇게 쳐다보시오?"

그러자 무안한 듯 그녀의 얼굴이 약간 붉게 변했다.

"제가 쳐다봐서 기분이 나쁘신가요?"

"하하, 마음껏 쳐다보시오. 기분 나쁠 이유가 없소."

"이 대인님은 지금껏 여인과 진지하게 만나본 적이 없는 것 같아요."

서문소혜는 지그시 한숨을 쉬었다.

"소저, 도착했습니다!"

호위무사가 외치는 소리가 들렸다. 셋은 밖으로 나갔다. 사위는 어둑했고 휘영청 떠오른 달이 호수를 내리비추고 있었다. 모두들 잠시 말을 잃고 서호의 야경을 감상했다.

이유강은 문득 두 소저를 쳐다봤다. 달빛에 은은하게 비추인 서문소혜의 얼굴은 신비로운 느낌이 들 정도로 매혹적이었다. 뭔가 생각에 잠겨 있는 듯 약간 새침한 표정의 환가영은 즉시 끌어안고 입이라도 맞추고 싶을 만큼 고혹적이었다. 이 두 여인 중 하나를 택하라면 천하의 그 누구라도 심각한 고민에 빠질 것 같았다.

'실로 아름다운 여인들이로군.'

귀하게 자라 가끔은 제멋대로인 면이 있긴 하지만 그것으로 그녀들의 아름다움이 퇴색될 수는 없었다. 이유강은 가슴 한구석에서 묘한 감정이 요동치는 것을 느꼈다. 그러다 내심 그개를 흔들었다.

'나는 해야 할 일이 많은 몸이다.'

이전에 느껴보지 못한 특이한 감정이었지만 이유강은 어렴풋이 그것이 무엇인지 알 수 있었다. 그러나 그것은 현재로서는 용납할 수 없는 감정이었다.

'아무래도 더 이상 만나지 않는 게 좋겠군.'

이유강은 내심 결단을 했다. 그때 서문소혜가 다가와 물었다.

"무슨 생각을 그리하세요?"

환가영도 다가왔다. 그녀들의 몸에서 다시 좋은 냄새가 풍겨왔다. 각각 달랐지만 비슷하기도 한 향이었다. 아까 마차 안에서도 맡았던 것과 동일했다. 달콤새콤하면서도 시원한 기분이 느껴졌는데 계속 맡으면 이상한 충동이 일 것 같았다. 이유강은 웃으며 고개를 흔들었다.

"별일 아니오. 호수의 야경이 화려하여 잠시 그에 취해 있었소."

바람이 시원하게 불었지만 이유강은 허리춤에서 부채를 빼내 펼쳐 흔들었다. 서문소혜가 그 모습에 살짝 웃었다.

"저는 이곳을 무척 좋아해요."

"그럴 것 같소."

서문소혜는 호수를 바라보며 말했다.

"사실 서호는 매일 다른 표정을 짓고 있어요. 어렸을 때부터 숱하게 보았지만 한 번도 같은 표정을 본 적이 없었죠. 항상 새로운 표정을 지어 올 때마다 저를 가슴 설레게 해요."

"호수의 표정이라……. 하하, 실로 멋진 표현이오."

"그러나 가끔은 그것이 서운할 때도 있어요. 아무리 다가가 친해지려 해도 절대 속내를 드러내지 않는 누구처럼 말이에요."

"그럴 수도 있겠소."

이유강은 고개를 끄덕였으나 내심 당황했다. 서문소혜의 두 눈이 자신을 정면으로 응시하고 있었다. 어찌 그녀가 말한 바를 짐작하지 못하겠는가. 이유강은 고개를 돌렸다.

"달이 참 밝은 것 같소."

"……."

서문소혜는 말이 없었다. 환가영이 문득 말했다.

"답답하군요."

"그게 무슨 말이오?"

"왜 자신을 그리 숨기시나요?"

환가영의 음성은 격양되어 있었다.

"내가 무엇을 잘못했소?"

"잘못한 것은 없어요."

환가영은 한숨을 쉬었다. 서문소혜가 말했다.

"환매의 말대로 당신이 잘못한 것은 없어요. 그러나 더 이상 감정을 숨기지 말았으면 해요."

그녀의 음성도 조금 차가워져 있었다. 이유강은 마음이 무거워졌다.

두 여인의 눈빛을 보니 뭔가 단단히 작정을 한 것 같았다.

"내가 이해할 수 있게 쉽게 설명해 주었으면 좋겠소."

그러자 서문소혜가 말했다.

"당신의 마음을 알고 싶어요."

"무슨 말인지 잘 모르겠소."

이유강이 고개를 흔들자 환가영이 노려보며 물었다.

"저인가요, 아님 서문 언니인가요?

"……."

이유강은 순간 이 여인들이 무엇을 묻는지 깨달았다. 두 여인의 따가운 시선이 느껴졌다.

"왜 내게 그리 묻는 것이오? 그대들이라면 보다 멋진 사람들을 만날 수 있을 터인데."

"대답해 주세요."

이유강은 고개를 흔들었다.

"내 어찌 그대들 중의 한 명을 택할 수 있겠소. 소저들처럼 아름다운 분들이 내게 그리 마음을 써주시니 일단 매우 감사하다는 말씀을 드리고 싶소. 그러나 내겐 해야 할 일이 매우 많고 또한 내일을 기약하지 못할 만큼 험한 길이 열려 있소. 앞으로는 우리 서로 만나지 않는 것이 좋을 것 같소."

"……."

호수의 차가운 바람이 셋의 전신을 훑고 지나갔다. 이유강은 부채를 접어 허리에 찼다. 그녀들은 조용했다. 이유강은 더 이상 아무 말도 할 수 없었다. 어쨌든 뜻을 전했으니 잘된 것이다. 잠시 정적이 흘렀다. 서문소혜가 입술을 깨물며 말했다.

"당신이 가고자 하는 길이 무엇인지 알 수 없지만 저와 함께하면 그 것이 더 빨리 이루어질 수도 있어요."

"물론 그럴 것이오. 하나 나는 그럴 수 없소. 미안하오."

이유강은 단호하게 말했다. 순간 서문소혜의 동공이 크게 흔들렸다. 환가영이 물었다.

"이제 다시 만나지 않겠다고요? 우연히 마주치면 어떻게 하죠? 모른 척이라도 하실 건가요?"

"그런 경우에는 그냥 가볍게 인사하고 지나가는 게 좋을 듯하오."

"그럼 오늘이 당신, 아니, 이 대인님과 함께 야월을 감상하는 마지막 날이로군요."

"그런 것 같소."

서문소혜가 냉소하며 말했다.

"좋아요. 그럼 제가 이별을 기념하는 연주를 들려 드려도 되겠지요?"

"그렇게 하시오."

그녀는 마차에서 비파를 가져와 훌쩍 날아오르더니 멀리 호숫가 버 드나무의 가지 위에 걸터앉았다.

'놀라운 신법이다. 무공을 감추고 있었군.'

가느다란 버드나무 가지 위에 앉았지만 그녀의 몸은 조금도 흔들리 지 않았다. 마치 편안한 바위에라도 앉아 있는 듯 그녀는 편안해 보였 다. 홍색의 비단옷이 바람에 나부꼈다. 비파를 연주하는 그녀의 카로 옆에 달이 있었다.

딩딩딩딩!

연주는 매우 구슬펐다. 처음에는 잔잔하고 아름답더니 어느 순간 매 우 사나워지며 애간장을 녹이듯 구슬픈 곡조로 바뀌었다. 갑자기 바람이 흔들렸고 물결이 파동 쳤다. 달도 흔들리고 온 주위가 흔들리는 것 같았다. 순간 이유강은 깜짝 놀랐다.

'사백이십일……!'

공기의 파동. 음파가 이루는 기의 파동이었다.

푸스스스!

주위의 풀과 나뭇가지들이 가루로 변했다. 이유강은 순간 피할 엄두가 나지 않았다. 피할 길을 알고는 있었지만 음파를 막아낼 내공이 부족했다. 이유강의 신형이 흐릿해지며 전후좌우로 움직였다. 가까스로 피할 수는 있겠지만 막중한 내상을 각오해야 할 것 같았다.

"……."

이유강은 신형을 멈췄다. 쾅 하며 이 장 옆의 커다란 바위가 산산이 부서졌다. 음파가 방향을 바꾼 것이다. 서문소혜는 연주를 멈추고 일어섰다. 이유강은 그녀가 자신을 노려보고 있음을 깨달았다. 방금 전 가공할 그 음파는 그녀가 시전한 것이 분명했다.

"당신이 그렇게 잘났다고 생각하나요?"

서문소혜의 음성은 분노에 절어 있었다. 이유강은 어이가 없었지만 애써 미소를 지었다.

"소저, 그게 무슨 말이오? 내가 언제 그러한 생각을 했단 말이오?"

"닥쳐요! 당신의 무공은 형편없군요! 내가 지금 얼마든지 당신을 죽일 수 있다는 사실을 알았으면 좋겠어요!"

"……."

이유강은 순간 가슴에서 뭔가 울컥하고 올라왔다. 세상에서 제일 듣기 싫은 말. 흑의인에게 수없이 들었던 아픔의 상처들이 깨어나고 있었다.

"지금… 나를 죽인다 말했소?"

"흥! 물론이에요!"

서문소혜는 냉소했다. 이유강은 서문소혜를 노려보며 말했다.

"죽일 수 있으면 죽여보시오."

"못 죽일 것 같은가요?"

"핫핫, 내 조금 미안한 감정이 있었는데 소저의 이런 모습을 보니 실로 그러한 마음이 조금도 들지 않는군. 한마디로 실망이오."

"그 말, 진심인가요?"

서문소혜의 안색이 파리하다 못해 창백하게 변했다. 이유강은 고개를 끄덕였다.

"물론이오. 소저와 더 이상 얘기하고 싶지도 않소. 나는 이만 돌아가겠……."

그때 갑자기 서문소혜가 호수를 향해 뛰어들었다. 이유강은 깜짝 놀라 급히 소리쳤다.

"무슨 짓이오?"

이유강은 서문소혜가 뛰어든 물속으로 뛰어들었다. 캄캄해서 보이지 않았지만 그녀가 뛰어든 위치를 정확히 파악하고 들어왔기에 금방 찾을 수 있었다. 그녀는 물에 몸을 맡긴 채 움직이지 않고 있었다. 이유강은 그녀를 한쪽 팔로 안았다. 부드러운 감촉이 느껴졌다. 그녀는 저항하지 않았다. 헤엄을 쳐서 호수 밖으로 그녀를 안고 나왔다.

"소저, 정신을 차리시오!"

물에 흠뻑 젖은 옷과 머리칼에서 물이 주르르 흘러내렸다. 이유강은 서문소혜를 안은 채 잠시 서 있었다. 그녀는 눈을 감고 있었다. 촉촉하게 젖은 얼굴 아래 새하얀 목 선. 이렇게 가까이 본 것은 처음이었다.

무엇보다 그녀를 안고 있는 두 팔과 가슴에 느껴지는 부드럽고 따스한 감촉은 황홀한 느낌을 동반했다. 조심스럽게 그녀를 내려놓으려 할 때 그녀가 눈을 떴다. 이유강은 물었다.

"괜찮으시오?"

"……."

서문소혜는 말없이 이유강의 얼굴을 응시했다. 그녀의 표정은 무척이나 평온해 보였다. 이유강은 내심 어이가 없었다. 서문소혜가 물었다.

"그냥 죽게 내버려 두지 왜 나를 구하셨나요?"

"내 소저를 어찌 구하지 않을 수 있겠소."

"제가 죽는 게 두려웠나요?"

이유강은 한숨을 쉬며 고개를 끄덕였다.

"그렇소. 죽지 마시오."

그러자 서문소혜의 얼굴에 홍조가 들었다. 그녀는 미소 지으며 말했다.

"당신의 본심이 알고 싶었어요."

"물론 소저를 무척 아끼오만 그렇다고 생각이 변한 것은 아니오. 나의 마음은 변함이 없소."

순간 서문소혜의 안색이 변했다.

"이 손 놓으세요."

이유강은 팔에 안고 있던 서문소혜를 땅에 내려놓았다.

"소저……."

"나를 이렇게 비참하게 하다니, 내가 언제 당신을 좋아하기라도 했나요? 당신이야말로 분수를 모르고 나를 좋아한 것이 아닌가요?"

"진정하시오."

"죽여 버리겠어!"

그녀의 표정이 차가워지며 홍색 경장이 심하게 흔들렸다. 버드나무 가지 위에 있던 비파가 그녀의 수중으로 빨려들었고, '디딩' 소리가 들리며 공기가 진동했다. 풀들이 뽑혀져 올라 가루가 되고 자갈과 흙 먼지도 허공으로 떠올랐다. 이유강은 기혈이 진탕되는 것 같아 니공을 끌어올렸으나 사방에서 밀려드는 음파를 피하기 쉽지 않았다.

'정말 나를 죽일 작정이군.'

살기가 담겨져 있는 음파를 더 이상 막아낼 수 없었다. 이대로 있다간 심맥이 상해 죽을 것이다.

'결국 암흑마기를 끌어올려 제압할 수밖에 없는 건가?'

좀처럼 드러내지 않으려 했던 무공이었으나 어쩔 수 없었다.

그때 갑자기 '땅' 하는 소리가 나며 사방에서 회오리치던 자갈 등이 바닥으로 떨어져 내렸다. 심맥을 압박하던 음파도 사라졌다. 비파의 현 하나가 끊어진 것 같았다. 서문소혜의 안색은 창백했다. 공세를 거두느라 내상을 입은 것이 분명했다. 그녀는 아무 말도 하지 않고 잠시 이유강을 응시했다.

쾅!

서문소혜는 비파를 땅에 집어 던졌다. 그리고는 훌쩍 몸을 날려 어디론가 사라져 버렸다. 무척이나 빠른 신법이었다. 순식간에 십여 장 밖으로 간다 싶더니 이십 장 밖에 있었고 다시 삼십 장 밖에 모습이 보이더니 이내 사라져 버렸다. 이유강은 잠시 그대로 서 있었다.

'어쩔 수 없는 일이다.'

사실 서문소혜처럼 아름다운 여인에게 끌리지 않는다면 그것은 거짓말이었다. 이유강은 정의 사슬에 얽매이고 싶지 않아 본능적으로 그렇게 말한 것이었다. 앞으로 마교와 싸우려면 홀로 고독한 수련 생활을 보내야 한다. 여인과 함께 있다가는 칼이 무디어질 것이 분명했다. 게다가 그녀도 매우 위험해질 것이다.

그 언제가 될지 모르지만 건곤일척(乾坤一擲)의 대전쟁이 벌어질 때 실로 끔찍한 일이 발생할 수도 있었다. 그저 이렇게 조금 아쉬운 마음으로 그녀를 보내는 것이 가장 현명할 것이란 생각이 들었다. 가끔 멋진 풍경이나 밤하늘의 월광을 감상할 때 슬쩍 생각이 나겠지만 그 정도야 얼마든지 웃으며 견딜 수 있었다.

쏴아아!

바람이 세게 불며 나뭇가지와 풀들이 흔들렸다. 이유강은 한쪽에서 호수를 바라보며 말없이 서 있는 환가영을 쳐다봤다. 조용히 돌아섰다. 아무 말도 하지 않고 그대로 내버려 두는 것이 좋을 것이다. 그렇게 몇 걸음을 걸었다.

"당신은 바보 같아요."

환가영이 복잡한 표정으로 노려보고 있었다. 그녀는 무슨 말을 하려는지 몇 번을 망설이다가는 이내 한숨을 쉬었다.

"당신은 이 자리를 벗어나고 싶겠죠? 가세요. 저도 더 이상 당신과 얘기하고 싶지 않아요."

"미안하오."

단호하게 떠나는 것이 더 이상 무슨 일이 벌어지는 것을 막아줄 것이다. 그 어떤 말을 듣는다 해도 이것이 가장 현명하게 그녀의 마음을 단념하게 해줄 것이 분명했다.

차앙!

갑자기 들리는 금속음. 이유강은 걷는 것을 멈추고 돌아섰다. 환가영이 비수를 꺼내 들고 서 있었다.

"소저."

"가세요. 당신과는 상관없는 일이에요."

환가영의 음성에는 힘이 없었다. 이유강은 그녀를 향해 걸어갔다. 환가영은 비수를 목에 갖다 댔다.

"오지 말아요."

"소저, 이러지 마시오."

"이러는 제가 싫겠죠. 하지만 저는 정말 죽고 싶어요. 당신은‥ 저를 무시했어요."

환가영의 눈에서 눈물이 흘러내렸다. 이유강은 그녀의 손에서 비수를 빼앗았다. 그녀는 저항하지 않았다. 이유강이 말했다.

"소저, 내가 어찌 소저를 무시했다 여기시오. 소저처럼 아름다운 분은 내게 너무 과분하다는 생각이 들었을 뿐이오."

"…거짓말하지 말아요."

"진심이오. 내가 만일 평범한 유생이었다면 소저를 사랑했을 것이오."

이유강은 자신도 모르게 환가영의 눈에 맺힌 눈물을 손으로 닦아주었다. 그러자 환가영이 미소를 짓더니 이유강의 품으로 뛰어들었다. 이유강은 엉겁결에 그녀를 끌어안고 입을 맞췄다. 부드럽고 촉촉한 감촉이 느껴졌다.

"……!"

이유강은 환가영의 윗입술을 빨았다. 혀로 그녀의 입술을 열었다. 그녀는 저항하지 않았다. 두 팔을 뻗어 이유강의 얼굴을 힘껏 끌어안더니 입술을 열어 이유강의 혀를 받아들였다. 순간 이유강은 온몸이

야릇한 기분에 휩싸였고, 지독한 갈증이 일었다. 더 이상은 참기 힘들어 급히 입술을 떼었다.

"……."

무슨 말을 하려 했더니 환가영이 손가락을 입에 갖다 대고 고개를 흔들었다. 그녀는 잠시 평온한 표정으로 품에 안겨 있었다. 봉곳한 가슴의 부드러운 감촉과 그녀의 전신에서 느껴지는 따스한 체온. 이유강은 뭔가 뜨거운 것이 올라오는 것을 가까스로 참았다. 그녀를 조심스럽게 떼어냈다.

"소저, 용서하시오."

"아니에요."

환가영의 두 볼은 석류처럼 붉게 변해 있었다. 이유강은 그런 그녀의 모습에 다시금 끌어안고 입을 맞추고 싶은 충동을 느꼈다. 그러고 보니 평소에 환가영을 보면 항상 이러한 충동이 인 것 같았다. 그러더니 결국 조금 전에 참지 못하고 행하고 말았던 것이다. 불현듯 화가 치밀었다. 바로 이런 감정에 얽매일 것 같아 조심했던 게 아니었던가. 이유강은 환가영을 향해 포권했다.

"소저, 그럼 나는 이만 가보겠소. 부디 좋은 사람 만나 행복하게 사시길 바라겠소."

"……!"

순간 환가영의 몸이 파르르 떨렸다. 입술을 깨물며 무섭게 노려보더니 눈물을 주르륵 흘렸다.

"역시… 당신은 어쩔 수 없군요."

환가영은 한없이 슬픈 표정을 짓더니 몸을 훌쩍 날려 어디론가 사라져 갔다. 서문소혜가 보여주었던 것과 동일한 신법이었다. 연약하게만 보았던 두 여인이 실로 놀라운 무공을 감추고 있었다니.

좌아아.

바람이 불었다. 마차도 어디론가 사라졌고 이유강은 홀로 남아 있었다. 잠시 시원한 바람을 느끼며 호수의 정경을 감상했다. 뭔가 안타까운 감정이 가슴을 찔렀다. 조금은 성급하게 그녀들의 감정을 두시한 채 상처를 준 것이 아니었을까. 그랬다면 자존심이 상했을 수도 있을 것이다. 그러나 어차피 치를 일이라면 차라리 잘된 것일 수도 있었다. 한편으로 후련한 마음도 들었다.

'내가 너무 한곳에 오래 있었군.'

항주에 와서 지낸 시간이 적지 않았다. 떠날 때가 된 것이다. 직접 실전을 겪으며 실력을 높여 나갈 필요도 있었다. 여인에게 무공이 형편없다는 소리를 들으니 내심 자존심도 상했다. 앞으로 여송과 구자삼 등으로 인해 장원은 스스로 확장되어 갈 것이다. 내일부터 광마일반 연무관에 환물들을 배치하고 각각의 석실에 초식을 새겨 넣을 생각이었다.

'그 작업이 끝나면 여송에게 장원을 맡기고 항주를 떠나야겠군.'

장원은 철저한 상단으로 커 나갈 것이다. 가능하면 마교와 교분도 맺고 마교에 상납도 하게 할 생각이었다. 그렇게 본체를 숨기며 여송은 꾸준히 인재를 모아 세력을 넓힐 것이다. 최후의 한순간, 자신이 마교의 목줄을 틀어쥘 때 여송 등은 마교의 심맥을 잘라야 한다. 그때까지 장원의 본체는 숨겨져야 할 것이다.

'이제 나와 함께 마교를 대적할 진정한 칼들을 찾아야 한다.'

광마일백연무관과 기초무예수련장을 모두 완성하는 데는 열흘의 시간이 소요되었다. 각각의 연무관에 환물을 배치하고 벽에 초식을 새기는 것은 이유강이 했고 석실 곳곳에 기진(機陣)과 기관을 설치하는 것은 여송과 손후가 했다. 모든 것을 마치고 이유강은 여송을 불렀다.

"이제 나는 떠날 것이오."

"짐작하고 있었습니다."

"장원은 철저히 상가(商家)의 역할을 해야 하오. 가능하면 마교의 수뇌부와도 교분을 쌓고 그들이 원한다면 상납도 하시오. 천하 곳곳에 지부를 세우고 세력을 넓히되 지역의 거대 상가들과는 되도록 충돌을 피하도록 하시오. 특히 항주의 서문세가와 소주 환가장의 비위는 건드리지 마시오."

"알겠습니다."

"각 지역의 상인들과도 교분을 쌓으며 가급적 우호적으로 흡수하는 방법을 택하시오. 한 지역의 상권을 완전히 장악하기보다는 천하 곳곳에 산재한 주요 상권의 일부를 모두 확보하는 게 좋을 것이오. 중용을 지키며 쓸데없는 충돌이 일어나지 않도록 주의하시오."

"맡겨주십시오."

여송은 미소 지었다. 이유강은 네 권의 책을 내밀었다.

"광마도법의 초식이 적힌 비급들이오. 전에 말한 대로 이것을 관리하여 자격이 되는 인재들에게 전해주시오."

네 권의 책에는 백한 번째 초식에서 오백 번째 초식까지 총 사백 개의 초식이 각각 일백 개씩 나누어져 기록되어 있었다. 여송은 책을 가지런히 정돈하여 탁자 위에 놓으며 말했다.

"한 가지 말씀드릴 것이 있습니다. 마교에는 마교를 후원하는 십대상가가 있습니다. 그들이야말로 마교의 자금줄입니다. 십대상가는 천하 주요 지역의 핵심 상권을 장악하고 있는 거대 상가들입니다. 서문세가와 환가장도 그 십대상가에 포함되어 있습니다."

"마교를 후원하는 십대상가가 존재한단 말이오?"

"그렇습니다. 특히 서문세가와 환가장은 천하 상권의 꽃이라 할 수 있는 항주와 소주 두 지역 상권의 삼 할 이상을 장악하고 있는 초거대 상가들입니다. 더욱이 마교주 엽무극의 오른팔인 서문소는 서문세가의 후계자입니다. 아마도 서문세가가 십대상가의 수장이 아닐까 생각됩니다."

"그가 서문세가의 인물이었다니……."

이유강은 표정을 굳혔다. 그렇다면 서문소혜는 서문소와 남매지간인 것이다. 내심 속이 쓰렸다.

'그녀들과는 결국 악연이었단 말인가.'

여송이 말했다.

"저는 마교의 천하제패가 이 십대상가와 무관하지 않다고 보고 있습니다. 마교는 불과 오 년 전만 해도 그 세가 이리 방대하지 않았습니다. 마교주 엽무극과 십대마존이라는 상상을 초월하는 괴물들이 존재하긴 했으나 지금과 같이 조직적이고 체계적으로 천하를 장악할 만한 능력은 없었지요."

"결국 마교를 상대하기 위해서는 이 십대상가를 무너뜨려야 한단 말이오?"

"솔직히 쉽지 않은 일입니다. 십대상가 중 단 한 곳만 위험에 처해도 마교가 나설 것입니다. 그땐 감당할 수 없습니다."

그럴 것이다. 수십만의 무사들을 지닌 마교. 그 세를 유지하기 위해서는 자신을 후원하는 십대상가를 보호할 것이 자명했다. 한 번에 십대상가를 일시에 무너뜨리지 않는 이상 불가능한 일이었다. 이유강은 끄덕였다.

"잘 알겠소. 내가 칼을 움직여 그 기회를 열어주겠소. 그때까지 최선을 다해주시오. 이제부터 나는 이곳과는 전혀 관계없는 일개 무부가 되어 강호에 출도할 것이오."

"이것을 준비했습니다."

여송은 품에서 옥으로 만든 직인(職印)을 꺼냈다.

"본 장의 이름을 일전에 말씀하신 대로 흔하고 평범하게 풍운장이라 지었고 현판도 제작하고 있습니다. 당장은 아니나 조만간 종이에 금액을 적고 이 직인을 찍으면 천하 어느 전장에서든 인출이 가능하도록 해 놓겠습니다. 물론 이것과 동일한 직인을 장원에서도 사용할 것입니다."

직인은 풍운장주인(風雲莊主印)이라는 글자와 함께 두 마리의 용이 뒤엉킨 그림이 양각되어 있었다. 이유강은 끄덕이며 직인을 품속에 넣었다.

"풍운장, 좋은 이름이오. 너무 많은 책임을 넘기는 것 같아 미안하지만 대외적으로 풍운장의 장주가 되어 모든 것을 맡아주시오."

"제가 해야 할 일입니다. 염려치 마시고 맡겨주십시오."

"고맙소. 앞으로 나는 마교를 물리칠 때까지 가급적 이곳을 방문하지 않을 것이오. 내 방에 내가 특별히 만든 환물 인형을 하나 남겨둘 것이니 긴급히 연락할 일이 있으면 그 환물 인형의 손을 잡고 나를 부르시오."

"그 환물 인형으로 대인께서 직접 글을 읽을 수도 있습니까?"

"물론이오. 말을 할 수는 없으나 행동은 사람과 동일하게 할 수 있소. 따라서 내가 전하는 의사는 환물 인형이 붓을 들어 적어 전할 수 있소."

여송은 감탄하는 표정을 지으며 말했다.

"대단합니다. 장원에서 진행되는 주요 사항을 제가 매일 환물 인형 앞에 적어놓겠습니다. 매일 일정한 시간에 확인해 주십시오."

"그럴 필요 없소. 나는 이제 장원의 일에는 신경 쓰지 않을 생각이오. 나의 도움이 필요한 긴급한 경우나 내가 반드시 알아야 할 중요한 사항이 있을 때만 연락하시오."

"그렇게 하겠습니다."

이유강은 여송과 대화를 끝내고 풍혼 위에 올라타 장원을 나섰다. 순식간에 장원을 벗어나 인근의 야산에 도착했다. 이유강은 풍혼 위에 탄 채 기진으로 보호된 한 채의 건물을 응시했다.

광마일백연무관(狂魔一百鍊武館).

평범한 건물의 현판이었다. 그리 크지 않은 건물 안에는 지하로 통하는 통로가 있고 지하에는 도합 일백이십 개의 석실로 이루어진 커다란 수련장과 이백여 개의 작은 석실이 존재했다. 그중 일백 개의 수련장은 광마도법의 제일 초식부터 일백 초식까지 각각 수련할 수 있는 곳이었다.

그 밖의 이십 개 수련장 중 열 개는 기초 수련장으로 권(拳), 검(劍), 도(刀)의 기본이 되는 중요한 기수식을 시범 보이는 환물들이 있었고 체력과 내공을 단련하는 구결들이 벽에 적혀져 있었다. 나머지 열 개의 수련장은 광마일백연무관을 통과한 자들이 조용히 수련할 수 있는 장소로 그곳에는 벽에 초식도 새겨져 있지 않았고 특별히 지도하는 환물도 없었다. 여송이 그들에게 비급을 주어 수련할 수 있게 할 것이다.

마지막으로 이백여 개의 작은 석실들에는 수련하는 자들이 지낼 수 있는 각종 편의 시설들이 마련되어 있었다. 수련생들의 식사를 준비하는 주방과 식당, 침소 및 휴식 공간 등이었다.

"이곳에서 많은 자들이 깨달음을 얻었으면 좋겠군."

이유강은 현판을 보며 만족한 웃음을 지었다.

"풍혼, 가자!"

이유강은 풍혼을 움직여 산을 내려가 관도로 접어들었다. 비혼이 충분히 따라올 만큼 속도를 늦추었지만 그래도 보통의 말이 달리는 속도보다 빨랐다.

두두두!

지축을 울리는 강한 말발굽 소리가 점점 멀어졌다. 일진광풍(一陣狂
風)이라도 일었던가. 구름처럼 일어난 흙먼지가 관도를 뒤덮더니 한참
후에야 가라앉았다.

〈제1권 끝〉